17218
H.

MEMOIRES

POUR SERVIR

A L'HISTOIRE

DES

HOMMES

ILLUSTRES.

TOME III.

MEMOIRES

POUR SERVIR

A L'HISTOIRE

DES

HOMMES

ILLUSTRES

DANS LA REPUBLIQUE DES LETTRES.

AVEC

UN CATALOGUE RAISONNE'

de leurs Ouvrages.

TOME III.

A PARIS,

Chez BRIASSON, Libraire, rue S. Jacques,
à la Science.

M. DCC. XXIX.

Avec Approbation & Privilege du Roy.

PREFACE.

ES jugemens que le ublic a formé de ces Memoires, ont été bien differens les uns des autres. Tout le monde s'eſt accordé à loüer l'entrepriſe & à approuver le deſſein; mais il n'en a pas été de même de l'execution.

Les uns perſuadés qu'un Ouvrage de cette nature ne peut être parfait dans ſes commencemens, ont régardé avec des yeux indulgens les défauts, les omiſſions, & les mépriſes qui s'y trouvent. Ils ont crû qu'il étoit juſte de paſſer quelque choſe à l'Auteur en faveur des difficultés de l'entrepriſe. Remplis de zele pour tout ce qui tend à la gloire & à l'avantage de laRépublique des Lettres, ils ſe ſont bien gardés de décrier

a iij

un Livre qui y a un rapport
effentiel, parce qu'il s'y trouvoit quelque chofe de repre-
henfible; ils fe font fait au contraire un plaifir de contribuer
à fa perfection, en découvrant
avec toute la politeffe qu'on
doit attendre d'un vrai Savant,
les erreurs & les manquemens
qu'ils y ont remarqués. J'ai eû
l'avantage de trouver dans ces
difpofitions un grand nombre
de Savans de diftinction & de
merite, qui n'ont point dé-
daigné de jetter les yeux fur
mon Ouvrage, qui m'ont en-
couragé par leur approbation à
le continuer, & qui m'ont même fait part de leurs corrections. Je pourrai dans la fuite
faire connoître ceux à qui j'ai
cette obligation, lorfque je
donnerai un fupplément des
additions, corrections, &c.
qui doivent être faites à ces

PREFACE.

Memoires. Je ne puis cependant m'empêcher de citer ici par avance une personne auſſi illuſtre par ſa naiſſance, que celebre par ſon merite, & ſon érudition, & dont le nom ſeul fait l'éloge en tout genre de Litterature. Je veux dire le R. P. *Tournemine* Jeſuite à qui je ſuis redevable de quelques corrections ſur le P. Bouhours & M. de Leibnitz, dont je ferai uſage dans le ſupplément dont je viens de parler. J'eſpere que l'on voudra bien continuer à me faire connoître mes fautes, puiſque c'eſt le ſeul moyen de perfectionner mon Ouvrage & de le rendre utile. Il eſt une infinité de faits & de dates qui ne ſont connus que d'un petit nombre de perſonnes, & le Public ne peut manquer d'avoir beaucoup d'obligation à ceux qui prennent la

PREFACE.

peine de l'inftruire en les lui revelant.

Quelques-uns fe font plaints du choix que j'ai fait de certains Savans preferablement à d'autres. Je ne m'arrête point à répondre à ceux qui ont été fâchez d'y en trouver dont ils avoient déja la vie dans quelques livres de leur Bibliotheque; je travaille pour tout le monde, & non pas pour quelques perfonnes particulieres; ainfi mon Ouvrage ne doit point faire de diftinction, tous les Savans illuftres font de fa competence, & doivent y avoir entrée. D'ailleurs comme mes Eloges font toûjours tirés de plufieurs Auteurs, il eft prefque impoffible qu'ils ne prefentent quelque chofe de nouveau.

Ceux qui ont trouvé à redire que j'aye inferé quelques

PREFACE

Savans affez obfcurs, ont plus d'apparence de raifon; mais ils doivent faire attention que tel Auteur qui n'intereffe en aucune façon les uns, intereffe fort les autres, & qu'il en eft que je n'aurois point mis fans quelques motifs particuliers qui m'y ont porté. Au refte, je ferai toûjours trés-refervé à ne mettre d'Etrangers que ceux qui ont un nom affés confiderable parmi les Savans, ou dont la vie peut piquer la curiofité par quelque endroit. Pour ce qui eft des François je pourrai me donner un peu plus de liberté, comme ils nous touchent de plus près, il en eft plufieurs, que l'on ne fera pas fâché de connoître, quoiqu'ils foient moins illuftres & moins celebres que les autres.

Le plus grand reproche que l'on m'ait fait, & celui fur le-

PREFACE.

quel on a le plus infifté, eft le défaut d'ordre. Mais ceux qui
me le font ne conviennent
point entre eux. Les uns vou-
droient un ordre chronologique, les autres l'ordre alpha-
betique; d'autres fouhaiteroient
que les Savans fuffent difpofés
par ordredeSciences&deFacul-
tez;d'autres enfintrouvent qu'il
feroit mieux de mettre enfemble ceux de chaque Nation.Le-
quel de tous ces ordres eft le
meilleur, & lequel devrois-je
fuivre? J'avoue que dans un
Ouvrage complet il feroit ridicule de laiffer de la confufion
dans les articles qui le compo-
fent, & qu'il faudroit fuivre un
de ces ordres au hafard d'être
defaprouvé par ceux qui feroient portez pour un autre.
Mais dans un Ouvrage periodi-
que comme le mien, la chofe me paroît affez inutile. Il

PREFACE.

ſuffit qu'on ait la facilité de trouver les Auteurs que l'on veut connoître, avantage qui manque ſouvent aux Ouvrages même où l'ordre regne d'avantage. Mon Livre n'eſt pas proprement de ceux qu'on lit de ſuite, il reſſemble aux Dictionnaires, aux Journaux &c. dont le goût, l'occaſion, le deſir de s'inſtruire de quelque choſe, fait rechercher certains articles préferablement aux autres, & pourveu qu'on puiſſe les trouver ſous ſa main, quand on le ſouhaitte, il me ſemble qu'on en doit pas demander d'avantage.

Au reſte, je tâcherai de rendre cet Ouvrage de plus en plus curieux, intereſſant & exact; on s'eſt déja apperçû dans le ſecond volume des ſoins que je me ſuis donné pour cela, & on le reconnoîtra encore

PREFACE.

d'avantage dans ce troiſiéme.
Quelques perſonnes m'ont
envoyé des memoires que je
n'ai pû encore mettre en ordre ; je ne manquerai pas dans
la ſuite de le faire à l'égard de
ceux qui ſont aſſez circonſtan-
ciés, & dont les dates ſont aſſez
marquées pour être de quelque
utilité au public. J'eſpere qu'ils
donneront à mon Livre un nouveau merite.

TABLE ALPHABETIQUE
des Auteurs.

TABLE.

APPROBATION.

J'Ai lû par ordre de Monfeigneur le Garde des Sceaux le troifième volume des *Mémoires pour servir à l'Histoire des Gens de Lettres*, & j'ai crû qu'on pouvoit en permettre l'impreffion. A Paris le 1. Août 1727. HARDION.

PRIVILEGE DU ROY.

LOUIS, par la grace de Dieu, Roy de France & de Navarre : A nos amez & feaux Confeillers, les Gens tenans nos Cours de Parlement, Maîtres des Requêtes ordinaires de notre Hôtel, Grand Confeil, Prevôt de Paris, Baillifs, Senechaux, leurs Lieutenans Civils, & autres nos Jufticiers qu'il appartiendra SALUT : Notre bien amé ANTOINE-CLAUDE BRIASSON, Libraire à Paris, nous ayant fait remontrer qu'il lui auroit été mis en main un Manuscrit, qui a pour titre : *Memoires pour servir à l'Histoire des Hommes Illustres dans la République des Lettres, avec un Catalogue raisonné de leurs Ouvrages*, qu'il souhaiteroit faire imprimer & donner au Public, s'il nous plaisoit lui accorder nos Lettres de Privilège sur ce necessaires, offrant pour cet effet de le faire imprimer en bon papier & en beaux caracteres, suivant la feüille imprimée & attachée pour modele sous le contre-scel des presentes ; A CES CAUSES, voulant traiter favorablement ledit Exposant, Nous lui avons permis & permettons par ces Presentes, de faire imprimer lesdits Memoires & Catalogue ce dessus specifiés, en un ou plusieurs volumes, conjointement, ou séparément, & autant de fois que bon lui semblera, sur papier & caracteres conformes à ladite feuille imprimée & attachée pour modele sous notredit contre-scel, & de le vendre, faire vendre & débiter par tout notre Royaume, pendant le tems de *huit années* consecutives, à compter du jour de la date desd. Presentes. Faisons défenses à toutes sortes de personnes de quelque qualité & condition qu'elles soient, d'en introduire d'impression étrangere dans aucun lieu de notre obeïssance; comme aussi à tous Libraires-Imprimeurs & autres, d'imprimer, faire imprimer, vendre, faire vendre, débiter, ni contrefaire lesdits Memoires & Catalogue ci dessus exposés, en tout ni en partie, ni d'en faire aucuns Extraits, sous quelque prétexte que ce soit, d'augmentation, correction, changement de Titre, ou autrement, sans la permission expresse & par écrit dud. Exposant ou de ceux qui auront droit de lui, à peine de confiscation des Exemplaires contrefaits, de trois mille livres d'amende contre chacun des contrevenans, dont un tiers Nous, un tiers à l'Hôtel-Dieu de Paris, l'autre tiers audit Exposant, & de tous dépens, dommages & interêts. A la charge que ces Présentes seront enregistrées tout au long sur le Registre de la Communauté des Libraires & Imprimeurs de Paris, & ce dans trois mois de la datte d'icelles, que l'impreffion de ce Livre fera faite dans notre Royaume & non ailleurs, & que l'Impretant fe conformera en tout aux Reglemens de la Libr. & notamment à celui du 10. Av. 1725. & qu'avant de l'expofer en vente, le manufcrit ou imprimé qui aura fervi de copie à l'impreffion dudit Livre fera remis dans le même état où l'Approbation y aura été donnée, és mains de notre très-cher & feal Chevalier Garde des Sceaux de France le fieur Fleuriau d'Armenonville, Commandeur de nos Ordres; & qu'il en fera remis 2 exemplaires dans nôtre Bibliotheque publique, un dans celle de nôtre Château du Louvre, & un dans celle de nôtre très-cher & feal Chevalier Garde des Sceaux de France le Sr Fleuriau d'Armenonville, Commandeur de nos Ordres; le tout à peine de nullité des Prefentes, du contenu defquelles vous mandons & enjoignons de faire joüir l'Expofant ou fes ayans caufe pleinement & paifiblement, fans fouffrir qu'il leur foit fait aucun trouble ou empêchement. Voulons que la copie des Prefentes qui fera imprimée tout au long au commencement ou à la fin dud. Livre foit tenue pour dûëment fignifiée, & qu'aux copies collationnées par l'un de nos amez & féaux Confeillers & Secretaires, foi foit ajoutée comme à l'original COMMANDONS au premier notre Huiffier ou Sergent, de faire pour l'execution d'icelles, tous Actes requis & neceffaires, fans demander autre permiffion, & nonobftant clameur de Haro, Charre Normande, & Lettres à ce contraires: CAR tel eft notre plaifir. DONNE' à Paris le vingt-huitiéme jour du mois de Novembre, l'An de Grace mil fept cens vingt-fix, & de notre Regne le douziéme. Par le Roy en fon Confeil, DE S. HILAIRE.

Régiftré fur le Regiftre VI. de la Chambre Royale des Libraires & Imprimeurs de Paris, No 530. F. 421, conformement aux anciens Reglemens confirmez par selui du 28 Fevrier 1723. A Paris le 3 Dec. 1726

Signé, VINCENT, Adjoint.

MEMOIRES

MEMOIRES

POUR SERVIR

A L'HISTOIRE

DES

HOMMES

ILLUSTRES

DANS LA RE'PUBLIQUE
des Lettres.

Avec un Catalogue raifonné
de leurs Ouvrages.

GABRIEL BARLETTE.

A B R I E L Barlette , Jacobin , fe diftingua dans le quinziéme fie-cle par fes Prédications, qui donnerent lieu à ce Proverbe vulgaire. *Nefcit prædicare, qui nefcit Barlettare.* Il étoit né à

Tome III.   A

G. Bar-
lette.

Barlette dans le Royaume de *Naples*,
[en latin *Barulum*.] On ne sçait rien
de sa vie, ni quand il est mort. Il
paroît seulement dans ses Sermons
qu'il étoit en vie lorsque les Turcs
prirent *Otrante*, en 1480. C'étoit
un saint Religieux, que son zéle
menoit quelquefois un peu loin.
On en juge par le stile de ses Sermons, qui est d'une impetuosité
surprenante. On ne sçauroit discon-
venir qu'ils ne fussent remplis de
bonnes choses, & que les principes
qu'il y établissoit, ne fussent fondez
sur des preuves solides : mais ce qu'il
y avoit de bon dans ces discours,
étoit absolument gâté par les fausses
plaisanteries, les quolibets, les histo-
riettes, & le stile burlesque dans lequel ils étoient composez ; en voici
quelques exemples, que je rapporte
à l'exemple de Bail, dans l'Ouvrage
qu'il a fait sur les Prédicateurs, intitulé : *Sapientia foris prædicans*.

Dans le Sermon du Vendredi de la
troisiéme semaine de Carême, il dit :
Quomodo Samaritana cognovit Chris-
tum esse Judæum ? Respondeo, quòd
triplici de causa 1. *Ad habitum quem*

portabat. 2. *Quia Nazaræus in cujus* G. B A R=
capite novaculum non aſcendit. 3. *Ra-* LETTE,
tio ad Circumciſionem ; nullus alius po-
pulus erat circumciſus. Cette derniere
raiſon a donné lieu aux railleries de
Theophile Raynaud , qui a vigou-
reuſement pouſſé Barlette là-deſſus.

Dans le Sermon de Pâques il
parle ainſi : *Altercatio facta eſt quis*
debebat ire ad Matrem annuntiare
hanc Reſurrectionem. Adam dixit :
Mihi incumbit , quia fui cauſa mali.
Reſpondit Chriſtus: Comedis ficus , forte
in via morareris. Abel ſimiliter dixit ;
cui Chriſtus : Non , quia invenire
Caïn poſſes , qui te occideret. Noë ;
Mihi incumbit : Non ibis , quia bibis
libenter. Venit Joannes-Baptiſta ; Ego
ibo : Non verè , quia habes indumen-
tum de pilis. Et Latro ; Ad me perti-
net : Non , quia habes tibias fractas.
Miſſus eſt Angelus , qui cantare cœpit:
Regina Cœli , lætare , alleluia ; quia
quem meruiſti portare , allelnia ; reſur-
rexit ſicut dixit , alleluia.

Dans le Sermon de la Pentecôte.
In cæleſti Palatio facta eſt diſſentio in-
ter Patrem & Spiritum ſanctum.
O Pater , inquit Filius , promiſſi Apoſ=

A ij

*tolis meis Paracletum & Consolatorem;
tempus advenit ut promissum teneam.
Cui Pater: Sum contentus, indica Spi-
ritui sancto. Cui Spiritus sanctus : Dic
mihi quomodo te tractavere ? Cui Filius : Vide me per charitatem. Osten-
dit ei latus & manus & pedes perfora-
tos. Heu mihi ! sed vadam in alia effigiè,
quam non audebunt tangere.*

Dans le Sermon du Mardi de la
Pentecôte. *Malus Presbyter non dicit*
Pater noster *cum corde. Incipit :* Pater
noster, qui es in cœlis. *Præpara
equum, ô serve, ut eamus ad villam.*
Sanctificetur nomen tuum. *O Catha-
rina, pone ad focum illam carnem.* Pa-
nem nostrum quotidianum da nobis
hodie. *Prohibe catum à farcimine.* Et
dimitte nobis debita nostra. *Da equo
blandum.*

Les deux Bibliothecaires des Ja-
cobins ont excusé differemment ces
endroits , & d'autres semblables qui
se trouvent dans les Sermons de
Barlette. Altamura qui prétend les
expliquer & y donner un bon sens ,
y réussit fort mal. Le Pere *Quetif,*
qui soutient avec *Leandre Alberti,*
que Barlette n'est point l'Auteur des

Sermons qui portent ſon nom , du G. BAR-
moins dans l'état où ils ſont main- LETTE.
tenant, mais qu'ils ſont interpollez
& gâtez , trouveroit plus de créance, ſi l'on n'avoit d'autres Sermons ,
comme ceux de *Menot* , de *Maillard*,
&c. qui contiennent des choſes encore plus extraordinaires. Quoiqu'il
en ſoit , il ne faut pas croire que l'on
jugeât de ces diſcours dans le temps
qu'ils ont été faits , de la même maniere qu'on en juge à préſent. Le
peuple groſſier recevoit alors avec
ſimplicité les choſes ridicules qu'on
lui diſoit , & n'y entendant point
fineſſe , ne les regardoit que comme
des inſtructions dont il devoit faire
ſon profit.

Les Sermons de Barlette ont paru
ſous ce titre :

Sermones à Septuageſima ad Feriam
tertiam poſt Paſcha. Item , *Sermones*
XXVIII. de Sanctis. Item , *Sermones*
tres de Paucitate ſalvandorum , de ira
Dei & Choreis, & quatuor pro Domi-
nicis Adventus. in 8°. Le P. Quetif
compte treize éditions de ces Sermons faites depuis l'an 1505. juſquen
1585. La plus belle eſt celle de Ve-

A iij

G. BAR-
LETTE.

nise en 2. volumes *in* 8°. faite en
1577.

V. *Altamura & Quetif. Bibl. Dominic. & Essais de Litter.* 15. *Octobre* 1702.

NICOLAS COEFFETEAU.

N. COEF-
FETEAU.

NICOLAS *Coeffetteau* nâquit en 1574. à *Saint Calais*, dans le Maine. Il entra dans l'Ordre de S. Dominique en 1588. âgé seulement de quatorze ans ; après sa profession, c'est-à-dire, en 1590. il vint à *Paris* achever ses études, & y fit de si grands progrés qu'en 1595. il fut chargé d'enseigner la Philosophie. Il fut ensuite reçû Docteur en Theologie, & on l'éleva bien-tôt aux premieres Charges de son Ordre. Son Eloquence le fit briller dans la Chaire, & son érudition & la beauté de son stile lui attirerent l'estime des Sçavans. Les Evêchez de *Lombez* & de *Xaintes*, que Messieurs *de Sainte Marthe* lui font donner par la Reine Mere de Louis XIII. ne paroissent pas lui avoir été offerts ; peut-être

lûi donna-t-on ſeulement des pen- N. COEF-
ſions deſſus. En 16↓7. il fut fait Evê- FETEAU.
que de *Dardanie*, Adminiſtrateur &
Suffragant du Dioceſe de *Metz*, dont
il s'appliqua avec beaucoup d'ardeur
à bannir le Calviniſme qui y regnoit.
En 1621. le Roi le nomma à l'Evê-
ché de *Marſeille*, mais il n'en prit
point poſſeſſion, étant mort le 21.
Avril 1623. Quoiqu'il n'eût alors que
49. ans, la goutte à laquelle il étoit
fort ſujet, l'avoit rendu très in-
firme.

Catalogue de ſes Ouvrages.

1. *Réponſe à l'Avertiſſement adreſſé
par le Sereniſſime Roy de la grande Bretagne Jacques I. à tous les Princes &
Potentats de la Chretienté. Paris
1610. in 8°.* Ce fut le Roi Henri IV.
qui à la ſollicitation du Cardinal *du
Perron* chargea *N. Coeffeteau* de faire
cette Réponſe.

2. *Apologie pour la Réponſe à l'A-
vertiſſement du Sereniſſime Roy de la
Grande Bretagne, contre les accuſa-
tions de Pierre du Moulin, Miniſtre de
Charenton. Paris 1614. in 8°.*

3. *Merveilles de la ſainte Euſha-
riſtie, diſcouruës & deffenduës contre*

8 *Mém. pour servir à l'Histoire*
N. Coef-*les infideles. Paris* 1605. Item 1608.
feteau. *in* 8°.

4 *Examen, ou Refutation du Livre*
de la Toutepuissance & de la Volonté
de Dieu, publié par P. du Moulin,
Ministre de Charenton. Paris, 1617.
in 8°. Ces quatre Ouvrages ont paru
ensuite ensemble avec un nouveau
traité sous ce titre : *Oeuvres du R. P.*
en Dieu Nicolas Coeffeteau, &c.
contenant un nouveau Traité des noms
de l'Eucharistie, auquel est refuté tout
ce que les sieurs du Plessis, Casaubon,
& M. Pierre du Moulin, ont écrit sur
ce sujet contre la doctrine de l'Eglise.
Paris 1622. *in fol.* pp. 960. Dans tout
ce qu'il écrivit contre les Heretiques,
dit M. Perrault, il usa toûjours d'une
telle moderation, qu'il n'avança jamais rien qui les blessât en leur personne, n'ayant en vûë que de com-
battre leur erreur, en quoi il ne suivoit pas seulement les regles d'une
exacte morale ; mais les plus fins preceptes de l'éloquence, qui ne permet
jamais les injures, dont l'effet naturel est de soulever l'Auditeur contre celui qui les dit, & de le rendre
favorable à celui à qui elles sont dites.

5. *Réponſe au Livre intitulé : le* N. Coef-
Myſtere d'iniquité du ſieur du Pleſſis , feteau.
*où l'on voit fidellement déduite l'Hiſtoi-
re des Souverains Pontifes , des Empereurs & des Rois Chrétiens dépuis ſaint
Pierre juſqu'à notre ſiecle. Paris.* 1614.
fol.

6. *Pro ſacra Monarchia Eccleſiæ
Catholicæ Apoſtolicæ & Romanæ adverſus Rempublicam Marci Antonii
de Dominis , quondam Archiepiſcopi
Spalatenſis Libri quatuor prioribus ejus
Libris opoſiti, Lutetiæ.* 1623. *fol.* 2.
vol. Le Pape Gregoire XV. l'avoit
engagé à compoſer cet Ouvrage ,
qu'il avoit deſſein de pouſſer plus
loin en refutant de même le reſte de
l'Ouvrage de *Dominis* , mais la mort
l'empêcha de l'executer.

7. *Examen du Livre de la Confeſſion de foi publiée ſous le nom du Roy
de la Grande Bretagne , traduit du latin du Cardinal du Perron. Paris* 1604.
in 8°.

8. *La défenſe de la ſainte Euchariſtie & preſence réelle du Corps de* J. C.
*contre la prétendue Apologie de la Cene,
publiée par Pierre du Moulin. Paris*
1606. *in* 8°. *It.* 1617. *in* 8°.

N. Coef-
feteau.

9. *Le Sacrifice de l'Eglise Catholique, Apostolique & Romaine, & les
merveilles de la sainte Eucharistie.
Paris 1608. in 8°.*

10. *Réfutation des faussetez contenues en la deuxième addition de l'Apologie de la Cene du Ministre du Moulin. Paris 1609 in 8°.*

11. *Examen du Livre du Sieur du
Plessis contre la Messe. Par Jacques
Davy, Evêque d'Evreux, depuis
Cardinal du Perron, & Archevêque
de Sens, publié par Nicolas Coeffeteau:
nouvelle Edition. Evreux 1620. in 8°.*
2. tom. Quelque réputation qu'ayent
eû ces Ouvrages de controverse,
leur merite a été fort éffacé par ceux
qui ont paru depuis, & où l'on voit
regner une critique plus exacte, des
raisonnemens plus précis & des
preuves plus solides.

12. *Premier Essai des Questions
Théologiques traitées en notre langue
selon le stile de S. Thomas & des autres Scholastiques, par le commande-
ment de la Reine Marguerite Duch. de
Valois. Paris 1607. in 4°.* C'est une
Traduction des 26 premieres questions de la premiere Partie de la

Somme de S. Thomas , qu'il fi t par N. Coef-
ordre de la Reine Marguerite , qui feteau.
l'avoit fait son Prédicateur. Mais
comme elle déplut à la Faculté de Paris , qui souffrit avec peine qu'on ex-
posât aux yeux du Public des choses qu'elle croyoit devoir être refer-
vées aux Theologiens , & que cette
Faculté le fit avertir de discontinuer,
il n'alla pas plus loin.

13. *L'Hydre défaite par l'Hercule
Chrétien. Paris in 12. 1603. & 1605.*
C'est un Livre de Morale.

14. *Tableaux des passions humaines,
de leurs causes & de leurs effets. Paris
1615. in 12.* Cet Ouvrage a été réimprimé plusieurs fois depuis ; on
l'a même traduit en Anglois & imprimé en cette langue à Londres en
1621. *in 8°.*

15. *Tableau de la penitence de la
Madelaine , deuxiéme Edition. Paris
1620. in 12.*

16. *Tableau de l'innocence & des
Graces de la B. Vierge Marie Reine
des Hommes & des Anges. Paris
162.. in 12.*

17. *Oraison Funebre prononcée au
Service solemnel fait en l'Eglise de S.*

N. Coef- *Benoît à Paris pour Henri IV. Roy de*
feteau. *France & de Navarre. Paris* 1611.
in 8°. avec quelques autres Oraisons
Funebres du même Prince.

18. *La Marguerite Chrétienne, dé-
diée à la Reine Marguerite. Paris.*

19. *La Montagne sainte de la tri-
bulation, qui est un Traité des afflictions & de leurs remedes, composé premierement en Italien par le R. P. Jacques Affinati* (Jacobin.) *Paris* 1606.
in 12. It. *Lyon* 1620. *in* 12.

20. *Histoire de Poliarque & d'Ar-
genis abregée & traduite du latin de
Jean Barclay, avec le Promenoir de la
Reine à Compiegne. Paris* 1621. *in*
8°. *Rouen* 1641. *in* 12.

21. *Histoire Romaine contenant tout
ce qui s'est passé de plus mémorable depuis le commencement de l'Empire
d'Auguste, jusques à celui de Constantin le Grand. Avec l'Epitome de L.
Florus depuis la fondation de la Ville
de Rome jusqu'a la fin de l'Empire
d'Auguste. Paris* 1621. *fol.* It. 1628.
fol. Item 1647. *fol.* Nicolas Coeffeteau a été le plus illustre traducteur
de son temps; & M Vaugelas propose ses Traductions comme les vrais

modeles du beau langage ; mais le changement qui s'eſt fait dans la langue depuis lui, a fait tomber ſon Ouvrage ; outre que l'on y a trouvé une infinité d'endroits mal traduits.

V. ſon Eloge dans *les Hommes Il-luſtres de M. Perault*, *Echard ſcriptor. Ord. S. Dominici. Gallia Chriſtiana.*

N. COEF-FETEAU.

ISAAC PAPIN.

ISAAC *Papin* nâquit à *Blois* en 1657. d'*Iſaac Papin*, Receveur General des Domaines de *Blois*, & de *Madelaine Pajon*. Sa famille a été féconde en ſçavans. *Nicolas* & *Denys Papin* ſes oncles, & *Denys Papin* ſon couſin germain, ont donné au Public pluſieurs Ouvrages très-ſçavans ſur la Théologie, la Phyſique & la Medecine. Le fameux *Claude Pajon*, Miniſtre d'Orleans, dont les ſentimens ont fait tant de bruit parmi les Proteſtans, étoit ſon oncle.

Iſaac Papin vint au monde avec une complexion ſi délicate, qu'on ne

I. PAPIN.

I. PAPIN. put lui faire apprendre le Latin qu'à l'âge de 17. ans. Ses premieres études de Théologie se firent à *Geneve*. Cette Ville étoit alors divisée entre les Universalistes & les Particularistes, sur les matieres de la Grace. Les premiers demandoient seulement qu'on les tolerât; & le Ministre *Claude* exhortoit les Génevois à le faire; mais *Desmarets* Professeur de *Groningue* les pressoit au contraire de ne point souffrir les déffenseurs de la Grace universelle, & ses sollicitations prévalurent. *Isaac Papin*, qui étoit pour la Tolerance, fit sur ces disputes des réfléxions, qui lui furent dans la suite d'une grande utilité pour réconnoître les erreurs du Calvinisme où il étoit né.

De *Geneve*, M. *Papin* alla à *Orleans*, où il étudia de nouveau la Théologie de même que les Langues Greque & Hebraïque sous la direction de *Claude Pajon* son oncle maternel.

En 1683. il passa à *Saumur* pour continuer ses études de Théologie & pour se perfectionner dans la Langue Hébraïque; mais il s'y trouva

dans une fâcheufe circonftance ; on I. Papin.
voulut lui faire figner la condam-
nation du *Pajonifme*, c'eft-à-dire,
de la doctrine de fon oncle ; & comme il refufa de le faire, l'Académie
de fon côté lui refufa l'atteftation
ordinaire, & l'obligea à fe retirer.

Forcé de quitter *Saumur*, il fe retira à *Bourdeaux*, d'où il alla en
Angleterre en 1686. après la révo-
cation de l'Edit de Nantes. Il y é-
toit déja connu de réputation, &
trois des Miniftres François, membres de l'Eglife Anglicane, le préfenterent à l'Evêque d'*Ely*, qui fur
leur recommandation l'ordonna Prêtre la même année.

M. *Burnet*, qui fut depuis Evêque de *Salisbury*, s'entremit pour
lui procurer quelque etabliffement
auprès de l'Electeur de Brandebourg;
& les efperances qu'on lui fit concevoir de ce côté-là, l'engagerent à
fortir d'Angleterre en 1687. Lorfqu'il paffa à *Hambourg*, on l'y retint quatre mois pour y prêcher ; &
ce fut alors qu'il fit connoiffance a-
vec une Demoifelle Refugiée, nom-
mée Mademoifelle *Viard*, qu'il é-

I. PAPIN. pousa quelque temps après, & avec laquelle il projetta d'embrasser la Religion Catholique.

M· *Jurieu*, qui le poursuivoit par tout, & qui le décrioit sans cesse, comme un Socinien, empêcha qu'il ne trouvat à *Berlin* l'établissement dont il s'étoit flatté. On l'appella cependant à *Dantzic* pour y être Ministre; mais à peine en eut-il exercé quelque temps les fonctions, que M. *Jurieu* son ennemi implacable, écrivit au consistoire de *Dantzic*, pour le faire chasser. On exigea donc de lui qu'il s'unit aux Eglises de Hollande, & qu'il souscrivit aux *Articles d'uniformité de Doctrine* arretez à *Roterdam* au mois d'Avril 1686. mais il le refusa absolument, & déclara qu'il aimoit mieux retourner en Angleterre, où l'Eglise, qui l'avoit ordonné, n'imposoit point de pareilles loix, & comme on témoignoit de l'étonnement de ce qu'il faisoit difficulté de se conformer à la conduite de tant d'autres Ministres, qui avoient adhéré aux décisions du Synode de Hollande; *si un Protestant a tort*, leur répondit-il, *de ne vouloir*

loir pas ſe ſoumettre à un Synode ; le I. PAPIN. Corps des Proteſtans a donc eu tort de ne vouloir pas ſe ſoûmettre au Concile de Trente.

Il ſongea alors à ménager ſon retour en France & ſa réunion à l'Egliſe Catholique, & écrivit pour ce ſujet à M. *Boſſuet*, Evêque de *Meaux*, qui le confirma dans ſes bonnes diſpoſitions, par une réponſe pleine de charité. Après avoir épouſé à *Hambourg* Mademoiſelle *Viard*, il paſſa avec elle en Angleterre, où il arriva en 1689. dans le temps des troubles cauſez par la deſcente du Prince d'Orange. Comme ſon unique but étoit de revenir en France, il partit d'abord pour s'y rendre, après avoir obtenu, quoiqu'avec beaucoup de peine, un Paſſeport, qui n'empêcha pas qu'il ne fût arrêté à ſon arrivée à Calais par ordre de Monſieur de *Laubanie*, comme un Miniſtre des Huguenots. Il eut beau dire à ce Gouverneur le deſſein qui l'amenoit en France, il ne fut point cru ; cependant ſur les lettres qui vinrent de la Cour quelques jours après, il fut mis en liberté, & ſon

I. PAPIN. épouse ne tarda pas à le rejoindre.

Ses biens lui furent rendus dès qu'il fut à Paris, & les bienfaits du Roy joints à ceux du Clergé de France, lui procurerent un établissement assez agréable. Après avoir fait abjuration entre les mains de M. de *Meaux*, le 15. Janvier 1690. il se retira à *Blois* sa patrie, & pendant les vingt années qu'il y demeura depuis sa conversion jusqu'à sa mort, il ne s'occupa qu'a éclaircir les matieres de Religion, pour porter les Calvinistes à suivre son exemple. Il est mort à Paris le 19. Juin 1709. âgé de 52. ans.

Catalogue de ses Ouvrages.

1. *La Foy réduite à ses veritables principes, & renfermée dans ses justes bornes.* Roterdam 1681. in 12. M. *Papin*, fortement prévenu en faveur de la Tolerance, composa cet Ouvrage pour la soûtenir. Il y fait voir que les Protestans ne doivent pas en suivant leurs principes exclure les Catholiques de leur Tolerance, puisque ces Catholiques font profession de suivre l'Ecriture, & de ne rien recevoir, qui lui soit contraire. Cet écrit que l'Auteur

n'avoit compoſé que pour ſon propre uſage étant tombé manuſcrit
entre les mains de M. Bayle dans
un état aſſez imparfait, ce ſçavant
y ajouta quelque choſe, & le fit imprimer, ſans la participation de M.
Papin.

2. *Eſſay de Théologie ſur la Providence & ſur la Grace,* où l'on tâche
de délivrer M. *Jurieu* de toutes les
difficultez accablantes qu'il rencontre
dans ſon Syſtême. *Francfort.* 1687. *in*
12. Cet Ouvrage contient une refutation de deux ecrits de M. *Jurieu,*
l'un intitulé : *Jugement des Méthodes
rigides & relachées d'expliquer la Providence & la Grace,* & l'autre : *Traité de la Nature & de la Grace,* contre
les *Hypotheſes de* M. *Pajon.* Il acquit
à l'Auteur la reputation d'eſprit juſte & excellent, & de profond Théologien ; mais il lut attira d'un autre
côté la haine de M. *Jurieu,* qui ne
ſouffroit pas patiemment qu'on at-
taquât ſes ſentimens; & qui lui fit
aſſez reſſentir combien il y étoit ſenſible par les traverſes qu'il lui ſuſci-
ta. Le livre de M. *Papin, de la Foy
réduite à ſes principes,* lui fournie

J. PAPIN. une occasion de le calomnier par tout . mais il n'en retira pas les avantages qu'il en esperoit , son changement de Religion ayant rendu inutiles les mesures qu'il prenoit pour le perdre.

3. *La tolerance des Protestans , & l'autorité de l'Eglise , ou réponse au libelle de M. Jurieu qui porte pour titre: Lettre Pastorale aux fideles de Paris, d'Orleans & de Blois , &c. avec une lettre à M. Jurieu , sur ce qu'il y a de personneldans celibelle. Paris1692.in12.* Dés que M. *Jurieu* eut appris l'abjuration de M. *Papin*, qui le mettoit hors de la portée de ses coups , il entra en fureur , & déchargea tout son feu dans un libelle sanglant qu'il écrivit contre lui sous le titre de *Lettre Pastorale* , &c. Mais M. *Papin* lui répondit par ce fameux Ouvrage *de la Tolerance*, qui renferme deux réflexions principales , lesquelles forment la Syllogisme suivant : la liberté que les Protestans doivent nécessairement accorder à chaque particulier d'interpreter à sa fantaisie la parole Dieu , & de suivre la ve-

rité, telle qu'il la connoît par ſes propres recherches, conduit inévitablement à la Tolérance univerſelle, non-ſeulement de toutes les ſectes qui ſe diſent Chrétiennes, mais encore de la Religion des Juifs, des Mahometans, des Payens, & même de l'Irreligion des Athées. Or la Tolerance univerſelle de toutes les ſectes tend directement à l'anéantiſſement du Chriſtianiſme ; c'eſt donc à l'entier aneantiſſement du Chriſtianiſme que conduiſent directement & néceſſairement les principes de la prétendue Reforme. Il n'y a donc point d'autre parti à prendre, pour éviter une ſi pernicieuſe Tolerance, que de recourir à l'autorité de l'Egliſe Catholique. M. *Papin* changea depuis le titre de ce Livre, qui paroiſſoit équivoque & on le publia de nouveau aprés ſa mort, avec quelques aditions ſous celui-ci : *Les deux voyes oppoſées en matiere de Religion, l'Examen particulier & l'Autorité. Liege* 1713. *in* 12.

4. *Recueil des Ouvrages compoſez par feu M. Papin en faveur de la Religion, nouvelle édition donnée par ſa*

I. PAPIN. *Veuve . Paris* 1723. 3. Tomes *in* 12. Ce Recueil contient les Ouvrages précedens avec quelques autres qui n'avoient point encore vû le jour.

V. *Sa vie à la tête du Recueil de ses Ouvrages , & le P. Liron , Biblioth. Chartraine.*

SIMON PAULLI.

S. PAUL-
LI.

SIMON *Paulli* nâquit le 6. Avril 1603. à *Rostock* dans le Duché de *Mekelbourg,* où son pere *Henri Paulli* étoit Docteur & Professeur en Medecine. On peut dire qu'il a été le seul Auteur de sa réputation & de sa fortune , car ayant perdu son pere ; dés sa plus tendre enfance , il perdit avec lui tous les moyens qui auroient pû contribuer à son avancement. Mais l'inclination qu'il avoit à se rendre habile, & son application à l'étude lui en firent retrouver d'autres plus considerables. Les plus sçavans hommes du siécle se chargerent avec plaisir de l'instruire , & une genereuse Princesse lui donna liberalement de quoy visiter les plus celebres Univerfitez de l'Europe.   S. PAUL:

Il acheva dans celle de Paris au LI. prés du fameux *Riolan* de fe rendre digne des honneurs du Doctorat en Medecine ; qu'il reçût en 1630. à *Wittemberg.* Deux ans aprés l'Univerfité de *Roftock* le nomma Profeffeur en Medecine. Il garda cet employ pendant fept ans, aprés lefquels il alla demeurer à *Copenhague* , que les bienfaits du Roy de Dannemarc lui rendoient auffi chere qne fa patrie , & il fut bientôt honoré de la Charge de Profeffeur en Medecine, Chirurgie & Botanique, qui fut erigée en fa faveur.

Ayant été appellé à la Cour en 1650. par le Roy *Frideric III.* il lui rendit des foins fi affidus , auffi bien qu'à *Chriftian V.* qu'il merita de ces deux Princes , outre la qualité de leur premier Medecin , un grand nombre de bienfaits , entr'autres la Prélature d'*Arhufe* , que par fon mérite il a rendu hereditaire dans fa famille.

Il eft mort à *Copenhague* en 1680. âgé de 77. ans.

S. PAUL-
LI.

Catalogue de ses Ouvrages.

1. *Icones Floræ Danicæ. Hafniæ* 1647. *in* 4°. *It. Kiobenhaffen.* 1648. *in* 4°. C'est un Recueil des plantes particulieres au Danemarc & à la Norvege.

2. *Quadripartitum Botanicum, de simplicium Medicamentorum facultatibus. Rostochii.* 1639. & 1640. *in* 4°. *It. Argentorati* 1667. *in* 4°. Le dessein de l'Auteur dans cet Ouvrage est de parler des simples, qui peuvent contribuer en quelque chose à la guerison des maladies, sans s'arrêter aux curiositez, dont on remplit ordinairement les livres que l'on fait sur ce sujet. L'Edition de *Strasbourg* a été faite par *Simon Paulli* fils de l'Auteur même & Imprimeur de cette Ville, qui a donné aussi au public quelques Ouvrages de Geographie de sa façon.

3. *Viridaria varia, Regia & Academica. Hafniæ* 1653. *in* 12. C'est encore un Ouvrage de Botanique.

4. *Commentarius de Abusu Tabaci Americanorum veteri, & Herba Theé Asiaticorum in Europa novo, cum figuris æneis. Argentorati (Simon Paulli)*

li) 1661. *in* 4°.

5. *Digreffio de verâ, unicâ, & pro-
ximâ caufâ Febrium ; nec non de accu-
rata febres curandi Methodo. Francofurti* 1660. *in* 4°. *Argentorati* (Simon Paulli) 1678. *in* 40. Cette feconde Edition eft augmentée de
plufieurs obfervations de Médecine.

6. *Modus de albandi offa pro fcele-
topœia.* Ce petit Ouvrage a été inferé
dans la Bibliotheque anatomique de
Manget.

V. *fon Eloge dans le Journal des
Sçavans du* 24. *Août* 1687. *& Mer-
cklini Lindenius Renovatus.*

ADRIEN BAILLET.

ADRIEN *Baillet* nâquit le 13.
Juin 1649. à la *Neuville*, Village fitué au Nord de *Beauvais* & à
quatre lieuës de cette Ville. Il étoit
fils d'un pere qui cultivoit de fes
propres mains un petit bien qu'il a-
voit reçû de fes Ancêtres. La médio-
crité de la fortune dans laquelle il
vivoit ne lui permit, ni d'avoir de
grandes vûës fur fon fils, ni de fon-

A. BAIL-ger à l'appliquer à l'Etude ; il étudia
LET.   cependant , & voici comment cela
arriva.

Il y a auprès dela *Neuville* un Couvent de Cordeliers,appellé *la Garde*,
où cet enfant alloit souvent. Il y ser-
voit le matin les Prêtres à l'Autel , &
passoit le reste de la journée à rendre
tous les petits offices , dont il étoit
capable , soit au Sacristain , soit aux
autres Peres du Couvent. Le Sacristain touché de ce naturel officieux ,
prit le jeune *Baillet* en affection , &
lui montra à lire & à écrire. Quoiqu'il n'eut à lors que huit à neuf ans
on vit bientôt paroître cette grande
passion qu'il a toûjours eu pour les
livres. Les amusemens ordinaires de
l'enfance n'étoient point de son goût,
il aimoit la retraite , & il employoit
à lire & à écrire tout le temps qu'il
pouvoit dérober à ses petites occupations.

Le Superieur du Couvent s'étant
apperçû de cette inclination si extraordinaire dans cetâge,& ayant reconnu qu'elle étoit jointe en cet enfant
à une grande vivacité d'esprit , & à
une disposition très-heureuse pour

les fçiences, jugea qu'il feroit très- A. BAIL-
avantageux à l'Ordre de St. François LET.
de le poffeder, & le demanda à fon
pere. Le pere penchoit affez à donner fon fils aux Cordeliers, mais le
Curé qu'il confulta ne fut pas de cet
avis, & les vûës du P. Cordelier lui
ayant fait naître l'envie d'examiner
le jeune *Baillet* de plus près, il fut
charmé de fon efprit & des progrés
qu'il avoit déja faits. Cela l'engagea à le prendre chez lui ; & aprés
lui avoir appris les premiers élemens
de la Langue Latine, il le mit au
College de Beauvais.

Le jeune *Baillet* ne brilla pas beaucoup dans fes Claffes. Il ne donnoit
au devoir Claffique, qu'autant de
temps qu'il en falloit précifement,
pour être à couvert de la ferule, em-
ployant le refte à apprendre les Langues, & à lire l'Hiftoire. Il fçavoit
l'Hébreu à la fin de fes Claffes, & en
Rhetorique il avoit déja fait des Tables de Chronologie.

La Philofophie, comme on l'en-
feignoit alors dans ce College, n'eut
pas plus de charmes pour lui, qu'en
avoit eu la Grammaire. Il ne laiffa

pas néanmoins de ſoutenir un acte
avec aſſez d'aplaudiſſement à la fin
de ſon cours. Il trouva plus de goût
dans la Theologie, & ſurtout dans
cette partie, qu'on appelle *la Poſiti-*
ve. Ce qui la lui fit aimer, fut le
rapport qu'elle a avec l'Hiſtoire Eccleſiaſtique, qu'il poſſedoit déja.

En 1672. les études de M. *Baillet*
étant finies, on lui fit avoir une
place de Régent dans le meme College. Cet emploi lui donna lieu de
ſe perfectionner dans les Belles Lettres. Il conſacra quelque tems aux
Muſes, & on aſſure qu'il fit alors
quelques Poëſies Françoiſes & Latines, qui furent eſtimées. Elles ne
ſont pas venues juſqu'à nous.

En 1676. M. *Baillet* reçût les Ordres Sacrez; & cette nouvelle dignité l'appellant au ſervice de l'Egliſe, il ſe ſoumit à la volonté de ſon
Evêque, qui l'envoya deſſervir
une petite Parroiſſe de ſon Diocéſe.
Les fonctions Eccleſiaſtiques ne lui
firent point abandonner l'étude;
mais comme elles lui cauſoient de
grandes diſtractions, il fit tant auprés de ſes Superieurs, qu'on le dé-

chargea du foin de cette Parroiffe, & qu'on l'attacha à une autre dans laquelle il étoit difpenfé de la conduite des Ames. Il ne demeura pas long-tems dans ce dernier employ, car l'année fuivante 1680. fes amis le donnerent à M. le Préfident *de Lamoignon* pour être fon Bibliothecaire : c'eft dans cette fonction qu'il a fini fes jours.

Il avoit un efprit vif & très étendu, une facilité merveilleufe à demêler la verité d'avec ce qui n'en avoit que l'apparence, un jugement folide, & un goût fûr pour les Ouvrages de l'efprit, & furtout une ardeur infatiable pour les fçiences, & une application infatigable au travail.

Ses connoiffances n'étoient pas bornées à une feule fçience, fes écrits le prouvent affez ; mais fon avidité pour tout fçavoir, ne lui donnoit pas le tems de s'appliquer à polir fon ftile, il s'arrêtoit plus aux chofes qu'à la maniere de les dire ; la premiere expreffion, qui fe prefentoit à fon efprit, étoit ordinairement celle dont il fe fervoit, & on

C iij

A. BAIL.
LET.

ne voyoit point de ratures dans ses
écrits.

Aussi-tôt que M. *de Lamoignon*
lui eut confié le soin de sa Bibliotheque, il mit ensemble tous les Livres
qui regardent chaque Art & chaque
Science en particulier, & les arran-
gea dans leur ordre Chronologique.
Il fit ensuite un Catalogue qui est
proprement une Table des Matieres.
Par le moyen de cette Table on trouve sans peine tout ce que les Auteurs
qui sont dans cette Bibliotheque ont
dit sur chaque matiere. Cette Table
n'indique pas seulement ceux qui en
ont parlé *ex professo*, mais elle marque tous les endroits où les autres
en ont traité en passant. Ce
Catalogue contient 32. Vol. *in fol.*
écrit de la main de M. *Baillet.*

Il est facile de comprendre combien ce travail a dû lui coûter : &
l'on seroit surpris qu'il eut pû donner encore tant d'Ouvrages au public, si l'on ne faisoit attention que
l'étude étoit son unique occupation,
& qu'il y consacroit tout son tems.
On peut dire cependant que son application trop assiduë a abregé ses

jours, puifqu'elle lui procura des A. **Bail-**
infirmitez qui le conduifirent au **Let.**
Tombeau. Il eft mort le 12. Janvier
1706. âgé de 57. ans.

Catalogue de fes Ouvrages.

1. *Jugement des Sçavans fur les*
principaux Ouvrages des Auteurs.
Paris in 12. 9. Vol. Le plan que M.
Baillet s'étoit propofé étoit trop vaf-
te, pour pouvoir être executé par
un feul homme ; ce qu'il en a donné
n'en eft qu'une très-petite partie.
Les quatre premiers Vol. qui parurent en 1685. parlent des Grammai-
riens & des Traducteurs, les cinq
autres qui furent imprimez l'année
fuivante renferment les Poëtes.
Quoique cet Ouvrage ne foit qu'une
compilation des penfées des autres,
il ne laiffa pas de faire beaucoup
d'ennemis à M. *Baillet.* Plufieurs
Auteurs ne s'y voyant pas traitez
auffi favorablement qu'ils croyoient
devoir l'être, fe déchaînerent contre lui dans des pieces fatyriques ;
tant il eft dangereux de s'exprimer
librement & avec fincerité fur le mérite de ceux qui vivent encore. Ces
Jugemens des Sçavans ont été réim-

primez en 1725. à Paris avec les Ouvrages suivans , qui y ont rapport ,
en 7. Vol. *in* 4°. accompagnez de
quelques Additions peu considerables : Ils l'ont été aussi à *Amsterdam*
en 1726. *in* 12. en 17. Vol. Cette
Edition contient , outre ce qui est
dans celle de *Paris, l'Anti-Baillet* , &
les Jugemens des Sçavans sur les
Maîtres de l'Eloquence par M. *Gibert.*

2. *Des Enfans devenus celebres par
leurs Etudes, ou par leurs Ecrits. Traité Historique. Paris* 1688. *in* 12.

3. *Des Satyres Personnelles. Traité
Historique & Critique de celles qui
portent le titre d'Anti. Paris* 1689. *in*
12. 2. Tom. Cet Ouvrage a été fait
à l'occasion de l'*Anti-Baillet* de M.
Menage. Ce Sçavant étoit fort piqué contre M. *Baillet* qui dans ses
Jugemens des Sçavans s'étoit donné
la liberté de le reprendre en plusieurs
choses ; & il avoit entrepris son *Anti-Baillet* pour l'attaquer à son tour.
Mais M. *Baillet* au lieu de lui répondre directement , crût mieux faire en
prévenant les Esprits contre les Satyres , où l'on joint l'*Anti* avec le nom

de la Perfonne , ce qui marque que A. BAIL-
l'on en veut à l'Auteur même & LET.
non-pas feulement à fon Ouvrage.

4. *Auteurs déguifez fous des noms*
étrangers, empruntez, fuppofez, feints
à plaifir, chiffrez, renverfez, retour-
nez, ou changez d'une Langue en une
autre. Paris 1690. *in* 12. Ce Livre
n'eft que la Préface d'un plus grand
Ouvrage , qu'il avoit deffein de faire , mais qu'il abandonna fur ce que
fes amis lui reprefenterent qu'un tel
Livre feroit un grand nombre de
mécontens.

5. *La Vie de M. Defcartes. Paris*
1691. *in* 4°. L'Auteur auroit pû retrancher de cette Vie plufieurs chofes
qui ne le regardent point , & plufieurs bagatelles qui le regardent.

6. *La Vie de M. Defcartes réduite*
en abregé. Paris 1693. *in* 12.

7. *Hiftoire de Hollande dépuis la*
Treve de 1609. , *où finit Grotius , juf-*
qu'à notre tems , par M. de la Neu-
ville. Paris 1690. *iu* 12. 4. Tom. M.
Baillet a pris dans cet Ouvrage le
nom de *Balt. Hezeneil de la Neuvil-*
le , qui eft l'Anagramme de *Baillet*
de la Neuville en Hez (*La Neuville*

A. BAIL- *en Hez* est le Village d'où il étoit)
LET. Cette Histoire est peu estimée, il y a
même des fautes grossieres.

8. *De la dévotion à la Vierge & du
culte qui lui est dû. Paris* 1694. *in* 12.
Cet Ouvrage a été attaqué par deux
petites pieces, l'une intitulée : *Mémoire addressé à la Sorbonne touchant
le Livre de la devotion à la sainte
Vierge, in* 12. & l'autre qui a pour
titre : *Lettre à M. Hideux Curé des
SS. Innocens , sur son approbation au
nouveau Livre de la Dévotion à la Vierge. Liege* 1694. *in* 12.

9. *De la Conduite des Ames. Paris*
1695. *in* 12.

10. *Discours sur la Vie des Saints.
Paris* 1700. *in* 8°. Ce discours se
trouve aussi à la tête des Vies des
Saints pour lesquelles il a été fait.

11. *Les Vies des Saints. Paris*
1701. 3. Vol. *in fol.* & 12. Vol. *in*
8°.

12. *L'Histoire des Fêtes Mobiles ,
les Vies des Saints de l'ancien Testament , la Chronologie & la Topogra-
phie des Saints. Paris* 1703. un Vol.
in fol. & 5. *in* 8°. Ces deux Ouvrages ont été réimprimez en 1704.

13. *Les maximes de S. Eſtienne de*
Grammont. Paris 1704. *in* 12. C'eſt
une traduction du Latin.

14. *La Vie d'Edmond Richer, Doc-*
teur de Sorbonne. Liege 1714. *in* 12.

15. *La Vie de Godefroy Hermant,*
Docteur de Sorbonne, Chanoine de
l'Egliſe de Beauvais. Amſterdam 1717.
in 12.

16. *Hiſtoire des démêlez du Pape*
Boniface VIII. avec Philipe le Bel
Roi de France. Paris 1718. *in* 12.
Cette Hiſtoire eſt fort bien faite ;
c'eſt un extrait fidéle des pieces ori-
ginales.

V. *Journal des Sçav. Suppl. de*
Janvier 1707.

A. BAIL-
LET.

JEAN BONA.

JEAN *Bona* nâquit le 19. Octobre
1609. à *M ndovi*, petite Ville du
Piémont , d'une famille noble. A-
près avoir fait ſes premieres Etudes
avec beaucoup de ſuccès, il entra
dans un Monaſtere de l'Ordre de S.
Bernard près de *Pignerol* au mois de
Juillet 1625. n'étant âgé que de

J. BONA.

J. BONA. quinze ans, & y fit profeffion le 2.
Aouft de l'année fuivante. On l'envoya en 1627, à *Monte Groffo* près
d'*Aft*, pour y faire fa Philofophie;
quand elle fut finie, il retourna à
Pignerol, où il étudia la Theologie
fans l'aide d'aucun Maître. Il fut
pendant deux ans fon propre guide
dans cette Science, dans laquelle il
alla enfuite fe perfectionner à Rome
fous un Profeffeur.

L'Ordre de Prêtrife qu'il reçût,
dès qu'il eût l'âge neceffaire, ne fit
qu'accroître les fentimens de Pieté,
dont il avoit été penetré dès fa premiere jeuneffe, & dont on voit des
marques fi fenfibles dans fes Ouvrages. A peine eut-il fait fes trois ans
de Théologie, qu'on l'envoya à
Mondovi pour la profeffer. Il ref-
fentit quelque peine d'être obligé à
remplir ce pofte, pour lequel l'aver-
fion qu'il avoit pour les difputes lui
infpiroit de l'éloignement; mais l'o-
béïffance, qui étoit la regle de fes actions, le lui fit accepter; il fut enfuite Prieur d'*Aft*; huit mois après
on le nomma Abbé du Monaftere de
fainte Marie de *Mondovi*; mais il fit

tant d'inſtances auprès du General
de ſa Congregation , pour être dé-
chargé de cette dignité , qu'on lui
accorda ce qu'il ſouhaitoit.

On l'envoya donc à *Turin* où il
paſſa cinq ans à feuilleter les Livres
& à ramaſſer les Materiaux de ſon
Livre de la Pſalmodie ; il fut enſuite ſucceſſivement Prieur d'*Aſt* pour
la ſeconde fois , Abbé de *Mondovi*,
& General de l'Ordre en 1651. Il eut
dans cette derniere Charge occaſion
de parler au Cardinal *Fabio Chigi*,
qui conçût une grande eſtime pour
lui , & lui en fit enſuite reſſentir les
effets. Le temps de ſon Generalat
fini , il quitta *Rome* , & retourna à
Mondovi profeſſer la Théologie.

Le Cardinal *Chigi* étant devenu
Pape ſous le nom d'*Alexandre VII.*
le nomma de nouveau General , de
ſon propre mouvement , la peſte qui
regnoit dans pluſieurs endroits de
l'Italie empêchant qu'on ne pût aſ-
ſembler le Chapitre General : il le
fit enſuite *Conſulteur de la Congregation de l'Indice* , puis *Qualificateur du
S. Office* ; qualité dont il paſſa à celle
de *Conſulteur* dans le même Tribu-

J. BONA. nal. Ce Pape, qui avoit une amitié
particuliere pour lui , & qui en a-
voit fait le confident de tous ses se-
crets , n'auroit pas manqué de l'élever au Cardinalat, si l'humilité de
Bona ne l'en avoit empêché , & s'il
ne s'étoit servi du credit qu'il avoit
sur l'esprit de ce Pontife, pour l'éviter. Mais *Clement IX.* son Successeur
crût devoir recompenser ses vertus
en le créant Cardinal le 29. Decembre 1669. Ce Pape étant mort
quelque temps après , le Cardinal
Bona fut sur les rangs pour le Sou-
verain Pontificat; ce qui donna lieu
à cette Pasquinade *Papa Bona sareb-
be solecismo*, sur laquelle le P. *Dau-
gieres* Jésuite fit cette Epigramme,
qui commence par un Vers de *Des-
pautere*.

> *Grammatica leges plerumque Eccle-*
> *sia spernit :*
> *Fors erit ut liceat dicere Papa*
> *Bona.*
> *Vana solecismi ne te conturbet*
> *imago,*
> *Esset Papa bonus, si Bona Papa*
> *foret.*

Il mourut à *Rome* le 20. Octobre J. BONA. 1674. âgé de 65. ans.

Catalogue de ſes Ouvrages.

1. *De divina Pſalmodia, deque Variis Ritibus omnium Eccleſiarum in Pſallendis divinis Officiis. Romæ* 1663. *in* 40. *It. Paris* 1663. *in* 4°. L'Edition de *Paris* eſt plus ample que celle de *Rome.* Tout ce qui regarde le chant de l'Egliſe eſt traité dans ce Livre avec tant de ſoin, qu'il y a même un Chapitre particulier de l'*Alleluia.* Cet Auteur eſt le premier, qui ait donné le Catalogue des Auteurs qu'il cite, avec un jugement ſur chacun en particulier. Il y a dans la Critique qu'il en fait des choſes aſſez curieuſes *Journ. des Sçav. du* 19. *Janv.* 1665.

2. *Via compendii ad Deum. Colonia & Argentorati, in* 12. It. traduit en François ſous ce titre ; *Voye abregée pour aller à Dieu. Bruxelles* 1685. *in* 12. C'eſt une introduction à la Théologie Myſtique.

3. *Manuductio in Cœlum. Pariſ.* 1664. *in* 12. Cet Ouvrage dont il y a pluſieurs autres éditions a été traduit en François par pluſieurs Au-

J. BONA. teurs . fous differens titres : 1°. *La Guide du Ciel felon l'efprit des SS. Peres , & les plus pures maximes des anciens Philofophes : Par le Card. Bona &c. La Vie de ce Cardinal compofée en Latin par le R.R. Dom Luc Bertolot , Provincial des Feuillans . & fon Teftament , traduction nouvelle. Par M. François du Suel Prêtre Docteur en Theologie , & Penitencier de l'Eglife d'Arras. Paris 1682. in 2. 2°. La main qui conduit au Ciel. Traduction nouvelle. Paris 1690. in 12.*

4. *De difcretione fpirituum in vita fpirituali deducendorum Liber. Parif.* 1673. *in* 12. L'Auteur a ramaffé dans cet Ouvrage plufieurs regles , dont la plufpart font tirées de S. Bernard, pour juger de quel principe procedent les penfées qui fe prefentent à l'efprit , & les mouvemens qui agitent le cœur. Ce Traité a été traduit en François , fous le titre de *Traité du difcernement des Efprits. Paris* 1675. *in* 12.

5. *Principia & Documenta vitæ Chriftianæ. Parif.* 1675. *in* 12. M. le Préfident Coufin a crû devoir employer fa plume à donner en François

çois cet Ouvrage fous le titre de J. Bona. *Principes & Regles de la vie Chrétienne.* Paris in 12. 1675. & 1690.

6. *Tractatus Afceticus de Sacrificio Miffæ.* Rhotomagi 1668. in 12.

7. *Rerum Liturgicarum Libri duo.* Romæ 1670. in 8°. It. *nova Editio aucta & fuftori difquifitione de Azymo & Fermentato locu pletata .arif.* 1676. in 8°.

8. *Horologium Afceticum indicans modum cum fructu obeundi Chriftianas exercitationes. Opus Pofthumum.* Parif. 1679. in 12.

Tous ces Ouvrages ont été imprimez enfemble à *Paris* en 1678. en 3. vol. *in 8°.* & à *Anvers in fol.*

V. fa vie écrite *par D. Luc Bertolot.*

REDEMPT BARANZAN.

R*EDEMPT Baranzan,* appellé R. Badans le fiécle *Jean-Antoine,* nâquit à *Serravallé,* Bourg du Diocéfe de *Verceil,* en 1590. Lorfqu'il eut fait fes études d'une maniere qui fit concevoir de lui de grandes efperan-

R. BA-
RANZAN.

ces, il suivit la vocation qu'il se sentoit pour l'état Religieux ; il entra
chez les Barnabites & y fit profession le 11. Avril 1609. A peine eut-
il fini sa Philosophie & sa Theologie, qu'on le jugea capable de professer la premiere de ces Sciences; il fit
deux cours de Philosophie à *Anneey*
en Savoye, & s'y distingua par la
subtilité de son esprit, qualité qui
faisoit alors le principal mérite d'un
Philosophe, & plus encore par la
nouveauté de ses systêmes.

La Philosophie étoit alors dans un
état fort imparfait ; un attachement
aveugle à *Aristote*, dont on n'osoit
pas même s'écarter, empêchoit ceux
qui s'y appliquoient, de l'en faire
sortir, & d'acquerir des lumieres
propres à la perfectionner. *Baranzan* apperçût sans peine cet incon-
venient, & commença à secoüer un
peu le joug d'*Aristote*, en cherchant
de nouveaux systêmes ; quoique ceux
qu'il inventa n'ayent point fait fortune, on peut juger cependant de
ce qu'il auroit fait dans la suite, si
la mort ne l'avoit enlevé dans sa premiere jeunesse, puisque dès l'âge de

trente ans il avoit eu le courage de R. B A-
fe rendre inventeur, dans un tems, RANZAN.
où l'on en faifoit un crime, & qu'il
étoit déja en relation avec les plus
Sçavans de l'Europe.

J'ai entre les mains une lettre
originale que François Bacon, Chancelier d'Angleterre, lui écrivit peu de
tems avant fa mort. Elle eft trop
intereffante; & fait trop bien connoître la maniere de philofopher,
qu'ils vouloient tous deux introduire,
pour ne la point communiquer au
public.

DOMINE BARANZANE,

Litteras tuas legi libenter, cumque
inter veritatis amatores ardor etiam
candorem generet, ad ea quæ ingenue
petiifti, ingenue refpondebo.

Non eft meum abdicare in tantum
fyllogifmum. Rex eft fyllogifmus magis
inhabilis ad præcipua, quam inutilis ad
plurima.

Ad Mathematica quidni adhibea-
tur, cum fluxus materiæ, & inconftan-
tia corporis Phyfici illud fit, quod in-
auctionem defideret; ut per eam veluti

D ij

R. Ba- *figatur, atque indè eruantur notiones*
ranzan. *bene terminatæ.*

*De Metaphysica ne sis sollicitus.
Nul'a enim erit post veram Physicam
inventam ; ultraquam nihil præter divina.*

*In Physica prudenter notas, & idem
tecum sentio ; post notiones primæ clas-
sis, & axiomata super ipsas, per in-
ductionem bene eruta & terminata,
tuto adhiberi syllogismum, modò inhi-
beatur saltus ad generalissima & fiat
progressus per scalam convenientem.*

*De multitudine instantiarum, quæ
homines deterrere possit, hæc respondeo.*

*Primò quid opus est dissimulatione ?
Aut copia instantiarum comparanda,
aut negotium deserendum. Aliæ omnes viæ, utcunque blandiantur, imper-
viæ.*

*Secundò (quod & ipse notas) præ-
rogativæ instantiarum, & modus ex-
perimentandi circa experimenta lucife-
ra (quem aliquando trademus) de multitudine ipsarum plurimum detrahent.*

*Tertiò, quid magni foret rogo, si in
describendis instantiis impleantur volumina, quæ Historiam C. Plinii sextu-
plicent ? In quâ tamen ipsâ plurima*

Philologica, Fabulofa, Antiquitatis, R. BA-
non Natura. Etenim veram Hiftoriam RANZAN.
naturalem nihil aliud ingreditur, præ-
ter inftantias, connexiones, obferva-
tiones, Canones. Cogita alterâ ex par-
te immenfa volumina Philofophica;
facile perfpices maxime folida effe ma-
xime finita.

Poftremò ex noftra Philofophandi
Methodo excipietur in viâ plurimorum
operum utilium meffis, quæ ex fpecula-
tionibus, aut difputationibus, fterilis,
aut nulla eft.

Hiftoriam naturalem ad condendam
Philofophiam (ut & tu mones) ante
omnia præopto, neque huic rei deero,
quantum in me eft; utinam habeam &
ajutores idoneos: Neque in hac parte,
mihi quippiam accidere poffit felicius,
quam fi tu talis vir, primitias huic o-
peri præbeas, confcribendo Hiftoriam
cœleftium, in quâ, ipfa tantum Phæ-
nomena, atque unà inftrumenta Aftro-
nomica, eorumque genera & ufum,
dein Hypothefes præcipuas, & maxi-
mè illuftres, tam antiquas quam moder-
nas, atque fimul exactas reftitutionum
calculationes, & alia hujufmodi fince-

R. B A-. *re proponas, absque omni Dogmate &*
RANZAN. *Themate. Quod si huic Cœlestium*
Historiæ Historiam Cometarum adjece-
ris (de qua conficienda, ecce tibi arti-
culos quosdam, & quasi topica particu-
laria) magnificum prorsus frontispi-
cium Historiæ naturali extruxeris, &
optime de scientiarum instauratione
merueris, mihique gratissimum fece-
ris.

Librum meum de progressu scientia-
rum traducendum commisi : I la trans-
latio, volente deo, sub finem æstatis,
perficietur, eam ad te mittam. Opera
tua, quæ publici juris sunt, inspexi ;
magnæ certe subtilitatis & diligentiæ
in viâ vestrâ. Novatores, quos nomi-
nas, Patricium, Telesium, etiam alios,
quos prætermittis, legi. Possint esse
tales innumeri, veluti etiam antiquis
temporibus fuerunt Anaximenes, Ana-
xagoras, Democritus, Parmenides, &
alii ; [nam Pythagoram ut superstitio-
sum omitto.] Inter istos tam antiquos
quam modernos, differentiam faculta-
tis agnosco maximam, veritatis per-
parvam. Summa rei est. Si homines se
rebus submittere velint, aliquid con-
fiet ; sin minus, ingenia ista redibunt

in-orbem. Stabilita jam fit inter nos R, BA-
notitia, meque ut cœpifti, maximè RANZAN.
autem veritatem ama. Vale.

Tui Amantiſſimus
S. ALBANS.

Apud Ædes meas
  Londini Junii,
    ultimo, 1622.

Baranzan ne s'appliqua pas tellement à la Philofophie, qu'il en ou-
bliât les fonctions particulieres de
fon état. Dès qu'il eût été ordonné
Prêtre, il fe donna à la Prédication,
& y réuffit. Le voifinage de *Geneve*
lui fournit auffi des occafions d'exercer le talent qu'il avoit pour la controverfe, dont fon zele le fit toûjours profiter avec plaifir.

Son General l'ayant envoyé en
France pour obtenir la permiffion
d'établir dans ce Royaume des maifons de fon Ordre, il s'y employa
avec tant d'ardeur, qu'il en vint à
bout, & contribua même à l'établif-
fement des Barnabites, dans la Ville
de *Montargis*, où on leur donna en

R. B A- 1620. un College, qui est mainte-
RANZAN. nant celebre, par le nombre de ses
Pensionnaires.

Barazan ne survêcut pas long-temps
à cet établissement, étant mort à
Montargis le 23. Decembre 1622.
âgé seulement de 33. ans.

La Mothe le Vayer dit qu'on le
peut mettre entre les premiers esprits de notre siécle, & que ses Ouvrages suffisent pour cela. Il ajoûte
que ce pere l'avoit *plusieurs fois assu-*
ré, & toûjours sous le bon plaisir de
Dieu, qu'il se feroit revoir à lui, s'il
partoit le premier de ce monde ; mais il
ne tint pas sa parole, *la Providence en*
ayant autrement ordonné.

Ses Ouvrages sont :

1. *Uranoscopia, seu de cœlo, in qua*
universa Cœlorum Doctrina clare, di-
lucide, & breviter tractatur. Colonia
Allobrogum. 1617 *in* 4°. Ce traité est
une partie des Cahiers qu'il dicta à
Annecy & que deux de ses Disciples
J. Murator & *L. Deshayes* firent imprimer.

2. *Nova Opiniones Physica, seu*
tomus 1. *Secunda partis summa Phi-*
losophia Anneciensis. Lugd. 1619. *in* 8°.
Cet

Cet Ouvrage fait encore partie de ſes Cahiers, de même que le ſuivant.

3. *Campus Philoſophicus, in quo omnes Dialecticæ Quæſtiones breviter & ſubtiliter agitantur.* Lugd. 1620. *in* 8°.

4. Quelques ouvrages de devotion ſur la maniere de ſe confeſſer, & ſur celle de méditer la Paſſion de J. C.

5. Une diſſertation ſur une fontaine de *la Roche* en Savoye.

V. *Son Article dans le Dictionnaire Critique de Bayle, Memoire de' Barnabiti da Franceſco Luigi Barelli, tomo* 2.

R. Bᴀ-
ʀᴀɴᴢᴀɴ.

JOB LUDOLF.

JOB *Ludolf* nâquit à *Erfort*, dans la Thuringe le 15. Juin 1624. d'une des premieres familles de la ville, mais médiocrement pourvûe des biens de la fortune. Il commença ſes études en ſon pays ſous d'aſſez mauvais Maîtres. Les Langues Latine & Greque l'occupe-

Jᴏʙ Lu-
ᴅᴏʟꜰ.

rent d'abord ; il s'appliqua enfuite
à apprendre le François, l'Italien,
l'Espagnol & le Flamand. Il avoit
trop de genie pour l'étude des Langues, pour s'arrêter là. Il passa après
aux Langues Orientales & apprit
l'Hebreu, le Samaritain, le Chaldéen, le Syriaque, l'Arabe & l'E-
thiopien. Il prit aussi quelque teinture de la Medecine & du Droit,
n'étant pas encore déterminé sur le
genre de vie qu'il embrasseroit.

En 1645. il alla à *Leyde* pour se
perfectionner dans les connoissances qu'il avoit acquises presque de
lui-même, & surtout dans celle des
Langues ; & il y trouva de bons
Maîtres en ce genre ; *Erpenius*, *Go-
lius*, *Constantin l'Empereur*, & trois
Grecs qui y étoient retirez, des ins-
tructions desquels il sçût bien profiter. Il ajoûta même aux Langues qu'il
sçavoit déja le Persan, l'Anglois &
le Suedois. L'application qu'exigeoient de lui tant de Langues differentes ne l'empêcha pas de s'attacher
aussi au Droit & à la Politique sur
lesquels il soûtint quelques disputes
publiques.

Après quatorze mois de ſéjour à JOB LU-
Leyde, Conſtantin l'Empereur lui pro- BOLF.
cura une place de Gouverneur auprés
d'un jeune homme de condition
nommé *Jean de Thys*, qui avoit deſſein de voyager. Il parcourut avec
lui une partie de la France ; en paſ-
ſant à *Caen* il fit amitié avec *Samuel
Bochart*, à qui il apprit les élemens
de la Langue Ethiopienne. Il s'acquit
en pluſieurs autres Villes la connoiſſance & l'eſtime des ſçavans. Il alla
enſuite en Angleterre avec ſon diſ-
ciple, mais les troubles de ce
Royaume ne leur permirent pas d'y
demeurer long-temps, & ils retour-
nerent bientôt en Hollande.

Le Baron de *Roſenhahn*, Ambaſſa-
deur de la Reine *Chriſtine* de Suede
à la Cour de France, avoit à ſa ſuite
un frere de *Job Ludolf*, qui lui procura la connoiſſance de ce Seigneur,
lequel le fit venir à Paris, après ſon
retour en Hollande, pour être Precepteur de ſes deux fils. Peu de temps
après (en 1649.) il l'envoya à *Rome*,
pour chercher les Papiers & les Mémoires, qu'on diſoit que *Jean Ma-
gnus*, Archevêque d'*Upſal*, y avoit

autrefois transportez de Suede, &
que la Reine *Christine* souhaittoit
fort retirer. *Ludolf* fit ce voyage avec
deux Polonois, dont il mit la compagnie à profit, en apprenant d'eux
la Langue Polonoise. S'il fut inutile
par rapport au dessein qu'il avoit
fait entreprendre, parce que Ludolf
ne trouva rien qui concernât la Suede, il lui fut tres-avantageux par les
entretiens qu'il eut avec quatre Abys-
sins qui étoient alors à *Rome*, & par
le secours desquels il se perfectionna
beaucoup dans la connoissance de la
Langue Ethiopienne.

A peine fut-il de retour à *Paris*,
qu'il lui fallut partir pour la Suede
avec l'Ambassadeur, qui s'y en re-
tournoit ; s'il fut surpris à l'aspect
d'un pays si different de ceux qu'il
avoit vûs, du moins les Sçavans ne
manquoient pas à la Cour de Christine, & il eut occasion d'apprendre
en ce pays le Portugais, le Moscovi-
te, & la Langue Finlande.

Sur la fin de l'année 1651. il prit
la résolution de retourner dans sa
Patrie, & arriva à *Erfort* le 13. Mars,
comme pour rendre les derniers de-

voirs à son pere, qui mourut trois
semaines après.

L'année suivante 1652. *Ernest*,
Duc de *Saxe-Gotha*, voulut l'avoir
auprès de lui, & dans la suite le fit
son Conseiller-Aulique, & Gouverneur des Princes ses enfans, & l'employa en diverses affaires & négociations. En 1678. *Ludolf* demanda son
congé ; résolu de vivre pour lui-
même, & se retira à *Francfort sur le
Mein*, où il eut encore commission
des Ducs de Saxe d'agir en leur nom
dans les Conférences qui s'y tinrent
les années 1681. & 1682. pour faire
un Reglement entre l'Empereur,
l'Empire & la France. L'Electeur Palatin le chargea aussi de la direction
& de la recette de quelques Domaines, & les Electeurs de Saxe l'hono-
rerent des titres de leur Conseiller &
Résident.

Mais l'Abyssinie faisoit la principale occupation de *Ludolf*, qui mé-
ditoit les moyens de ménager une
alliance de cette Nation éloignée
avec les Puissances de l'Europe. Il
s'étoit adressé pour cela en 1679. à
la Cour de *Vienne* ; mais elle l'avoit

renvoyé aux Anglois & aux Hollandois, qui étoient plus en état de contribuer à ce grand deſſein. Il paſſa donc en Angleterre en 1683. mais il ne trouva pas de diſpoſition à executer ſes propoſitions pour établir un commerce avec les Abyſſins; il eut plus de ſatisfaction en Hollande, & la Compagnie des Indes envoya à *Batavie* les Lettres qu'il avoit écrites pour être portées dans l'Abyſſinie. La plus grande difficulté qui s'oppoſoit au deſſein de *Ludolf*, n'étoit pas tant la diſtance des lieux, que l'aveugle attachement des Abyſſins au Patriarche Copte d'*Alexandrie*, qui leur rend tellement ſuſpect tout ce qui vient de la part des Européens, que le Roi d'Ethiopie en ayant reçû un paquet, le jetta au feu ſans l'ouvrir, de crainte d'une ſedition, ſi ſes ſujets & principalement les Eccléſiaſtiques, l'avoient crû en commerce avec des gens qu'ils ont en averſion. Ainſi il ne faut pas s'étonner ſi l'entrepriſe de *Ludolf* n'eut aucune ſuite.

S'il fit ſouvent des voyages, comme on vient de le voir, ce n'a pas

été fans fruit ; il vifitoit les Biblio- JOB LU-
theques, recherchoit les Manufcrits DOLF.
qui pouvoient lui être utiles, con-
verfoit avec les Sçavans de chaque
Pays, & s'en faifoit des amis, s'en-
queroit des curiofitez foit de l'Art,
foit de la Nature.

Il fut de retour à *Francfort* en
1684. après avoir paffé par la France ; & commença à s'appliquer fortement à compofer fon Hiftoire d'E-
thiopie. En 1690. il fut nommé Préfident d'une Academie d'Hiftoire,
qui fe tenoit dans cette Ville. Il ve-
cût encore quelques années, & mourut le 8. Avril 1704. âgé de près de
80. ans.

L'Etude des Langues avoit fait fa
principale Etude, auffi en poffedoit-
il vingt-cinq ; l'Hebreu, & l'Hebreu
des Rabbins, le Samaritain, le Cal-
déen, le Syriaque, l'Arabe litteral
& vulgaire, le Grec litteral & le vulgaire, l'Ethiopien litteral, & l'Am-
harique, qui fe parle vulgairement
en Ethiopie, le Copte, le Perfan,
le Latin, le François, l'Italien, l'Ef-
pagnol, le Portugais, l'Allemand,
le Flamand, l'Anglois, le Polonois,

Job Lu-
dolf.

le Suedois, l'Efclavon, l'ancienne Langue du Septentrion ou des Finnes.

Il a été marié trois fois, 1. en 1672. 2. en 1682. 3. fur la fin de fa vie. Mais il n'a eu des enfans que de fa premiere femme ; & un feul nommé *Chrétien Ludolf*, Confeiller & Sécretaire du Duc de *Saxe Ifenac*, lui a furvecû.

Catalogue de fes Ouvrages.

1. *Schola Latinitatis, ad copiam verborum & notitiam rerum comparandam, ufui pædagogico accommodata.* *Gothæ* 1672. *in* 8°. Cet Ouvrage qui a été imprimé plufieurs fois a été attribué à *Jean Henry Bœcler*, Profefleur de *Strafbourg*, à *Guy - Louis de Seckendorf*, & à *André Reyher*, Recteur du Collège de *Gotha* ; mais il eft certainement de *Job Ludolf*.

2. *Hiftoria Æthiopica five brevis & fuccincta defcriptio Regni Habyffinorum, quod vulgò malè Prefbiteri Johannis vocatur. Francofurti* 1681. *in fol.* Cet Ouvrage qui eft fort curieux, a été écrit fur la Relation du P. *Tellez* Jefuite Portugais, & d'un autre de fes Confreres, mais princi-

palement fur le rapport d'un Prêtre
Abyffin, nommé *Gregoire*, que *Job
Ludolf* avoit vû à *Rome*, & qui alla
enfuite en Allemagne. Il a été traduit en Anglois, en François, en
Flamand & en Mofcovite. La traduction Angloife a été imprimée à
Londres en 1683. & réimprimée enfuite avec une Préface de *Ludolf* qui
y releve quelques fautes de cette traduction. La Françoife eft fort libre,
on y a retranché beaucoup de chofes, & c'eft plutôt un abregé où
l'on a fait entrer ce qu'on a voulu.
Elle eft intitulée : *Nouvelle Hiftoire
d'Abyffinie, ou d'Ethiopie, tirée de
l'Hiftoire Latine de M. Ludolf. Paris*
1684. *in* 12. L'Auteur eft M. *des
Taureaux*, Profeffeur en Mathematiques au College de *Cambray*.

3. *Epiftola Æthiopice ad univer-
fam Habyffinorum gentem fcripta.*
1683. *in fol. Ludolf* écrivit cette Lettre pour tâcher de procurer une alliance entre le Roi d'Ethiopie, &
les Princes de l'Europe, & en envoya en Ethiopie plufieurs Copies
imprimées, par les Vaiffeaux Anglois.

JOB LU-
DOLF.

& Hollandois ; mais cela n'eut point
de suite.

4. *De Bello Turcico feliciter confi-*
ciendo. Accedunt Epistolæ quædam
Pii V. Pontif. M. & aliä non nulla
ejusdem argumenti : Francof. 1686.
in 4°. L'Auteur qui étoit fort zelé
pour la ruine des Turcs, & qui n'a-
voit pensé à une alliance des Princes de l'Europe avec le Roi d'Abyssinie, que pour y parvenir plus aisé-
ment, fournit dans cet Ouvrage des
moyens efficaces pour la procurer ;
mais malheureusement ces moyens
sont impratiquables, la corruption
naturelle du cœur humain ne per-
mettant point de trouver dans tous
les hommes les vertus qu'il exige
pour cela. M. *Chrétien Thomasius*
ayant fait une Critique de cet Ouvrage, *Ludolf* lui répondit fort vivement dans un écrit Allemand qui
parut sous ce titre.

5. *Remarques sur les pensées enjouées*
& serieuses, sottes & déraisonnables
d'une nouvelle & rare societé de Pol-
trons. Lipsic *in* 8°. 1689.

6. *Epistola Samaritana Sichemita-*
rum ad Jobum Ludolfum, cum ver-

ſione ejuſdem Latina , & Adnotatio- Job Lu-
nibus. Accedit verſio latina perſimilis DOLF.
litterarum à Sichemitis haud ita pridem
ad Anglos datarum. Cizæ. 1688. *in* 4°.
Voici l'occaſion qui fit écrire ces
Lettres. Un Juif Portugais d'origine , mais habitant d'*Hebron* , &
appellé *Jacob Levi Tomerite* , parce
que ſon pere demeuroit à *Tomer* Village de la Galilée , alloit de la Paleſtine à *Amſterdam* , demander quelque ſecours aux Juifs de cette Ville,
pour les pauvres de ſon pays. *Lu-*
dolf le rencontra , comme il paſſoit
par *Francfort* , & s'informa de lui
de l'état préſent des Samaritains ,
& ayant reconnu par ſes diſcours ,
qu'il étoit d'un caractere aſſez obligeant , le chargea d'une Lettre pour
les Sichemites. Le Tomerite étant
de retour en Paleſtine , s'acquitta fi-
delement de ſa commiſſion , rendit
la Lettre de *Ludolf* aux Samaritains,
& les engagea à y répondre. Ce ſont
ces réponſes qui compoſent une
partie de ce Volume ; on y trouve
des choſes fort curieuſes touchant les
Samaritains.

7. *Specimen commentarii in Hiſ-*

JOB LU-   *toriam Æthiopicam* 1687.
DOLF.

8. *Commentarius ad Historiam Æ-*
thiopicam, in quo multa breviter dicta
fusius narrantur, contraria refelluntur,
atque hac occasione, præter res Æ-
thiopicas, multa auctorum, quædam
etiam S. Scripturæ loca declarantur,
aliaque plurima, Geographica, His-
torica, & Critica imprimis vero anti-
quitatem Ecclesiasticam illustrantia
exponuntur. Francof. 1691. *in fol.* Ce
Commentaire où l'Auteur suit l'Ordre de son Histoire Ethiopique est
rempli de remarques & de dissertations curieuses, où il fait entrer
une belle Litterature, & une Critique judicieuse, au jugement de M.
de *Bauval.*

9. *Appendix ad Historiam Æthio-*
picam, illiusque commentarium, ex
nova relatione de hodierno Habessiniæ
statu concinnata, additis Epistolis
Regiis ad Societatem Indiæ Orientalis,
ejusque responsione, cum notis necessa-
riis. Francofurti 1693. *in fol.*

10. Jugement d'un Anonyme sur
une Lettre à un Ami, touchant un systême d'Etymologies Hebraïques, (en
Allemand.). Ce Jugement se trouve

dans le Journal Allemand de M. Job Lu-
Tenzelius.

11. *Diſſertatio de Locuſtis anno
præterito in Germaniâ viſis ; cum Dia-
tribâ, quâ ſententia Autoris nova de
Selavim, ſive Locuſtis, cibo Iſraelita-
rum in deſerto, defenditur, & argumentis contrariis viri docti reſpondetur.
Francof. 1694. in fol.* Cette diſſertation fait un ſecond *Appendix* de l'Hiſtoire Ethiopienne. L'Auteur avoit
prétendu dans cette Hiſtoire que les
Selavims, dont les Iſraelites furent
nourris dans le déſert, n'étoient
point des Cailles, mais des Saute-
relles. Ce ſentiment avoit trouvé
beaucoup de Contradicteurs, & on
lui avoit oppoſé l'autorité de M.
Bochart, qui étoit pour les Cailles. *Ludolf* tâche dans cette diſſertation de le défendre & de repon-
dre aux difficultez qu'on lui avoit
faites.

12. *Grammatica Amharicæ Linguæ
quæ vernacula eſt Habeſſinorum. Francofurti, 1698. in fol.* C'eſt le premier
Ouvrage qui ait jamais paru ſur cette
Langue.

13. *Lexicon Amharico-Latinum,*

JOB LU-
DOLF.

cum indice Latino copioso, inquirendis vocabulis Amharicis in hoc opere contentis. Francofurti. 1698. *in fol.*

14. *Lexicon Æthiopico-Latinum, ex omnibus libris impressis & manuscriptis multis contextum, nunc denuo ab ipso Auctore revisum & auctum. Editio* 2. *Francofurti,* 1699. *in fol.* La premiere Edition de ce curieux Dictionnaire s'est faite à *Londres* en 1691. Mais *Ludolf* se plaint que *Jean - Michel Wansleb*, qui en eut soin, y fourra plusieurs choses ridicules & fausses, qu'il a corrigé dans la seconde.

15. *Grammatica Linguæ Æthiopicæ. Editio secunda. Francofurti* 1702. *in fol.* la premiere Edition parut à *Londres* en 1691. mais la seconde est plus exacte & plus parfaite.

16. *Psalterium Davidis Æthiopice & Latine ; accedunt Æthiopice Hymni & Orationes aliquot veteris, & novi Testamenti, item Canticum Canticorum, cum variis Lectionibus & Notis. Francofurti* 1701. *in* 4°.

17. *Theatre Historique de ce qui s'est passé en Europe pendant le* 17. *Siécle*

[en Allemand] *avec des Figures de* Job Lu-
Romain de Hoog. Francfort. 2. Vol. *in* Dole
fol. le premier en 1699. & le fecond
en 1701. L'Auteur n'a pû achever
cet Ouvrage qu'il avoit entrepris,
pour répondre à l'honneur qu'on lui
avoit fait de le nommer Préfident de
l'Academie Imperiale d'Hiftoire.
Le premier Volume contient trente
années & le fecond vingt.

18. *Confeffio Fidei Claudii Regis
Æthiopiæ, cum Verfione Latina &
notis, in* 4°. Cette Confeffion de Foi
a paru pour la premiere fois à Londres en 1661. par les foins de M.
Ludolf qui l'infera en 1691. dans fon
Commentaire fur l'Hiftoire Ethiopique. *Jean-Henry Michaelis* Profeffeur en Hebreu à *Hall*, qui avoit à-
pris l'Ethiopien de *Ludolf* l'a donné
de nouveau au public en 1702. *in* 4°.

V. *Sa Vie publiée en Latin par
Chrétien Juncker à Lipfic, in* 12. 1710.

JEAN DAILLE'.

JEAN
DAILLE'.
JEAN DAILLE' nâquit le 6.
Janvier 1594. à *Châtelleraut*, d'où
étoit fa mere, mais il fut mené peu
de tems après à *Poitiers*, qui étoit le
féjour ordinaire de fon pere, à caufe
de la Charge de *Receveur des Con-
fignations* qu'il y exerçoit. Il ne commença qu'affez tard à apprendre le
Latin, parce que fon pere le defti-
noit aux affaires, & vouloit lui laiffer fa Charge, mais l'inclination que
la nature lui avoit donné pour les
lettres l'emporta fur cette deftina-
tion. On l'envoya donc à l'âge de
onze ans à *S. Maixant* en Poitou,
pour y apprendre les premiers élemens de la langue Latine: il continua enfuite fes études à *Poitiers*, à
Chatelleraut & à *Saumur*.

A feize ans, il entra en Logique à
Poitiers, mais il alla achever fa Philofophie à *Saumur* fous M. *Ducan*.
Après avoir demeuré quelque tems
à *Poitiers* dans la Maifon paternelle,
il retourna en 1612. à *Saumur*
pour

pour étudier en Theologie, dans le
deſſein de parvenir au Miniſtere. Il
entra la même année chez M. *du
Pleſſis-Mornay* Gouverneur de la
Ville de *Saumur*, qui lui confia l'é-
ducation de deux de ſes petits fils. Il
eut l'avantage de lui plaire, & il fit
de grands progrés dans ſes études
par la converſation de ce ſçavant
homme, qui s'enfermoit ſouvent a-
vec lui pour faire enſemble quelque
lecture, ſoit des Peres, ſoit des autres Auteurs Eccleſiaſtiques, ſur leſquels il lui communiquoit ſes pen-
ſées & ſes obſervations.

Daillé démeura ſept ans chez M.
du Pleſſis-Mornay, qui l'engagea a-
près ce temps à faire le voyage d'I-
talie avec ſes diſciples. Ils partirent
au commencement de l'Automne
de l'année 1619. & allerent paſſer
l'Hyver à *Veniſe*. Pendant leur ſéjour en Italie, *Daillé* ſe trouva dans
un étrange embarras, par la mort
de M. de S. *Germain*, l'un de ſes diſciples. Il étoit tombé malade à *Man-
toüe*, d'où il l'avoit fait tranſporter
auſſi-tôt à *Padoüe*, où ceux de la Religion ont un peu plus de liberté.

J. DAIL-
LE'.

Sa mort ayant suivi de prés sa maladie, il falut bien de l'addresse & du
credit, pour éviter les traverses des
Inquisiteurs, & le faire porter en
France pour le mettre dans le tombeau de sa famille. *Daillé* surmonta
toutes les difficultez, & renvoya le
corps mort avec deux domestiques,
comme un balot de livres ou de Mar-
chandises. Il continua à voyager a-
vec son autre disciple, & parcourut
la Suisse, l'Allemagne, le Pays-Bas
& la Hollande, où ils passerent le
reste de l'année 1620. & le commencement de la suivante, dont ils em-
ployerent le reste à visiter l'Angleterre, & revinrent en France à la fin
de 1621.

    Daillé étoit si peu prévenu pour
les voyages, qu'il a regretté toute sa
vie les deux années qu'il donna à celui-ci, parce qu'il eut pû les passer
plus utilement dans son cabinet. Le
seul avantage qu'il disoit en avoir re-
tiré, étoit la connoissance de *Fra-
Paolo*, qui lui avoit témoigné beaucoup d'amitié, & lui avoit été d'un
grand secours à la mort de son disciple.

Il fut reçû Miniftre en 16:3. & J. DAIL-
exerça d'abord le Miniftere chez M. LE'.
du Pleffis-Mornay au Château de *la
Foreft* fur *Sevre* en bas Poitou, mais
ce ne fût pas long-temps, car ce
Seigneur mourut le 13. Novembre
de la même année entre les bras de
fon nouveau Pafteur. Il fe maria en
1625. & alla demeurer à *Saumur* où
il fut appellé pour exercer le Miniftere ; il quitta cette Eglife l'année
fuivante, ayant été donné alors pour
Miniftre à celle de Paris. Il a paffé
tout le refte de fa vie au fervice de
cette derniere Eglife, & c'eft dans le
féjour de cette Capitale du Royaume qu'il a compofé tous ces Ouvrages qui lui ont fait un grand nom,
& qui l'ont fait regarder comme un
des meilleurs Auteurs qui fuffent
parmi les Proteftans.

Il perdit fa femme le 31? May
1631. le feul fruit qui lui refta de ce
mariage fut un fils dont elle étoit
accouchée le 31. Octobre 1628.
chez l'Ambaffadeur de Hollande,
où elle étoit refugiée, parce que les
Religionnaires apprehendoient alors
que la nouvelle de la prife de *la Ro-*

J. DAIL-
LE'.
chelle n'excita quelque soulevement contre eux. Ce fils unique nommé *Adrien Daillé* fut reçû Ministre en 1653. & appellé la même année à *la Rochelle* pour exercer le Ministere. A la revocation de l'Edit de Nantes il se retira en Suisse, & mourut à *Zurich* vers le mois de Mai 1690. *Jean Daillé*, quoique veuf à l'âge de 37. ans, ne voulut jamais se remarier. Les Livres & le travail faisoient son unique plaisir, & son unique occupation.

En 1639. il fit un voyage en bas Poitou avec son fils, qu'il étoit bien-aise de faire connoître à ses parens, qu'il n'avoit pas encore vûs : & ce voyage ne fut pour lui qu'un petit délassement, aprés lequel il reprit le travail avec encore plus d'ardeur. Il en fit un autre en 1653. pour installer son fils Ministre à *la Rochelle*. Il eut beaucoup de peine à se separer de lui, mais il eut la joye cinq ans aprés, c'est à-dire en 1658. de le voir choisir pour Ministre de *Paris* à la place de M. *Mestrezat*, & de l'avoir pour Collegue. Ses autres voyages ont été pour des deputa-

tions à des Synodes Provinciaux & **J. DAIE-**
Nationaux. **LE'.**

Tout le reſte de ſa vie s'eſt paſſé
dans la lecture, la compoſition & la
Prédication. Il eſt mort à *Paris* le 15.
Avril 1670. âgé de 76. ans

Il étoit d'un naturel ouvert & in-
capable de déguiſement, ſes amis lui
trouvoient même un peu trop de
franchiſe. Son entretien étoit doux
& aiſé; il s'accommodoit à la portée de tout le monde, & les perſonnes du commun trouvoient leur
compte avec lui, de même que les
plus ſavans. Comme il avoit beaucoup de lecture, il fourniſſoit à toute ſorte de converſation, & ſur quelque ſujet qu'on le mit, il avoit toûjours de quoi ſatisfaire la compagnie. Il n'étoit pas comme beaucoup
de Savans à qui l'étude inſpire une
humeur melancolique & chagrine;
les plus fortes meditations ne lui
ôtoient rien de ſa gayeté naturelle,
il laiſſoit en ſortant de ſon cabinet
toute ſon auſterité & ſa melancolie
parmi ſes papiers. Quand il ſe ſen-
toit l'eſprit fatigué pour avoir lû ou
étudié des matieres relevées & atta-

J. DAIL-
LE'.

chantes , il se délassoit par la lecture de quelque Auteur , qui deman-
dât moins d'application. Il étoit
d'un temperamment robuste & d'u-
ne forte santé ; & jusque dans sa
vieillesse , il n'avoit rien qui se sen-
tît du declin de son âge. C'est le
portrait qu'en fait son fils dans l'A-
bregé qu'il a donné de sa vie.

Catalogue de ses Ouvrages.

1. *Traité de l'Emploi des saints Pe-*
res pour le jugement des differens de la
Religion. Geneve 1632. *in* 80. Daillé
fit cet Ouvrage en 1628. Je ne parlerai point du jugement qu'en ont
porté les Catholiques : ils ne peuvent gueres en juger favorablement,
puisque les saints Peres y sont si
maltraitez , & que l'Auteur prétend
y montrer qu'ils ne peuvent être
Juges des Controverses, qui sont
agitées entre l'Eglise Romaine &
les Protestans. Premierement, parce qu'il est trés-difficile , pour ne
pas dire impossible , de scavoir net-
tement & précisement , quel a été
leur sentiment sur ces questions. Se-
condement , parce que supposé même qu'on connut certainement quel

a été leur fentiment, comme ils font J. DAIL-
fujets à fe tromper, ils ne peuvent LE'.
avoir une autorité, à laquelle on
foit obligé de fe foumettre. Je me
contenterai donc de raporter ce que
Colomiez en dit dans fa Bibliothe-
» que choifie. Voici fes paroles. Les
» fentimens font affez partagez tou-
» chant cet Ouvrage. Les Presby-
» tériens en font grand état ; & les
» Epifcopaux d'Angleterre ne l'efti-
» ment gueres. Parlant autrefois de
» ce Livre à un Sçavant Homme. »
» qui eft aujourd'hui de l'Ordre
» des derniers, il me dit qu'à fon a-
» vis c'étoit le moindre des Ouvra-
» ges de M. Daillé, & qu'il s'étonnoit
» qu'ayant une lecture des Peres
» affez confiderable, il fe fut fer-
» vi de cette lecture là pour obf-
» curcir le merite de l'ancienne Eglife. M. *Mettayer* Miniftre de *S. Quen-*
tin a traduit cet Ouvrage en Latin
& l'a fait imprimer à Geneve *in* 4°.
en 1656. Cette traduction eft pré-
ferable à l'Original François, parceque M. *Daillé* qui l'a revûë y a a-
joûté diverfes remarques; on en a fait
auffi une traduction Angloife qui a
été imprimée en 1651. & qui a

J. DAIL-
LE'.

été attribuée à *Thomas Smith* ; mais ce Sçavant l'a désavouée ; la Préface qui est à la tête est cependant de lui. *Mathieu Scrivener* Theologien Anglois refuta l'Ouvrage de M. *Daillé* en 1672. & donna ce titre à sa refutation *Apologia pro Sanctis Ecclesiæ Patribus adversus Joannis Dallai Libros de usu Patrum. Londini* 1672. *in* 4º. M. *Whitby* a entrepris la défénse de M. Daillé sans le nommer, en soutenant la même These, & en l'appuyant de nouvelles raisons. Son Ouvrage est intitulé : *Dissertatio de S. Scripturarum interpretatione secundum Patrum Commentarios ; in qua probatur.* 1. *S. Scripturam esse Regulam fidei unicam, ex quâ de omnibus articulis fidei creditu necessariis ad salutem judicium ferendum est.* 2. *Patres sive primævos, sive subsequentes non esse idoneos S. Scripturæ Interpretes.* 3. *Non posse controversias de S. Trinitate motas ex Patribus, Conciliis, aut traditione vere Catholicâ certo definiri. Autore Daniele Whitby Ecclesiæ Sarisburensis Præcentore. Londini* 1714. *in* 4º.

2. *Apologie des Eglises Reformées* 1633.

1633. *in* 8°. Daillé prétend defen-J. DAIL-
dre par la raiſon de la Neceſſité la ſé-LE'.
paration des Réformez d'avec *Rome*,
& les juſtifier du ſchiſme dans lequel ils ſont tombez par-là. M. *Tho-*
mas Smith a traduit cet Ouvrage en
Anglois & y a ajoûté une longue
Préface. Cette traduction a été imprimée à *Londres* en 1653. *Daillé* l'a
traduit auſſi lui même en Latin , &
y a, fait quelques additions , & cette
traduction a été imprimée à *Amſter-*
dam in 8°.

3. *Lettre à M. de Monglat pour*
répondre aux remarques de M. de
Chaumont ſur ſon Apologie. 1634. *in*
8°. Dés que l'Apologie des Egliſes
Reformées parut , M. de *Chaumont*
Garde du Cabinet du Roy fit imprimer ſes remarques ſur l'Apologie,que
M. *Daillé* entreprit de refuter dans
cette Lettre. M. *de Chaumont* ayant
repliqué par un *diſcours pacifique ,*
Daillé y oppoſa encore l'Ouvrage
ſuivant.

4. *Conſiderations ſur le diſcours pa-*
cifique de M. de Chaumont. Sedan
1634. *in* 12.

5. *Lettre à un ſien ami ſur les plain-*
Tome III. G

tes faites contre lui & ses Collegues.
1636. *in* 8o. Cette Lettre a été encore écrite à l'occasion de son Apologie , dont le Clergé de France as-
semblé à Paris faisoit de grandes
plaintes.

6. *La Foi fondée sur les saintes E-
critures. Charenton* 1634. *in* 8°. It.
traduit en latin par l'Auteur , sous
ce titre : *De Fidei ex scripturis de-
monstratione adversus novam quorun-
dam Latinorum methodum disputatio.
Adjecti sunt de simili argumento duo
Theodoreti sermones. Geneva* 1660. *in*
8°. Cet Ouvrage attaque la Méthode que les Controversistes Catholiques employent pour traiter les questions de Religion.

7. *Examen de l'Avis de M. de la
Milletiere sur l'accommodement des
differens de la Religion ,* 1636. *in* 8°.
Cet Ouvrage parut en même temps
en Latin & en François.

8. *De la créance des Peres sur le fait
des images. Geneve* 1641. *in* 8°. Item
traduit en Latin par l'Auteur. *Leyde* 1642. *in* 8°.

9. *De pœnis & satisfactionibus hu-
manis libri* 7. *Amstelodami* 1649. *in*
4°.

10. *De Pſeudepigraphis Apoſtoli-* J. DAIL-
cis. Hardervicie 1653. *in* 8°. L'Au- LE'.
teur y fait voir la ſuppoſition des
conſtitutions Apoſtoliques.

11. *De Jejuniis & Quadrageſimâ
liber. Daventria* 1654. *in* 8°.

12. *Apologia pro duabus Eccleſiarum in Gallia Proteſtantium Synodis
nationalibus. Amſtelod.* 1655. *in* 8°. 2.
vol. Daillé n'avoit compoſé cette A-
pologie des deux Synodes d'*Alençon*
& de *Charenton* au ſujet de la Grace
univerſelle, que pour ſon uſage particulier ; mais elle a été imprimée à
ſon inſçû, c'eſt du moins ce qu'il a
aſſuré, lorſqu'il vit les troubles que
ſa publication excita parmi les Théologiens. Il ne laiſſa pas de répondre
dans l'Ouvrage ſuivant avec toute
l'aigreur imaginable à *Samuel des
Marets* Profeſſeur de *Groningue*,
qui avoit écrit contre lui.

13. *Vindiciæ Apologiæ pro duabus
Eccleſiarum in Gallia Proteſtantium
Synodis Nationalibus adverſus Epi-
critam. Amſtelodami* 1657. *in* 8°.
Daillé en répondant à *Samuel des
Maretz*, ne voulut pas le nommer,
parce qu'il ne l'avoit pas nommé

G ij

J. DAIL-
LE'.

lui-même, il ſe contenta de le deſigner par le nom d'*Epicrita*, ou de Critique, parce qu'il avoit qualifié ſes *Exercitations* du nom d'*Epicritiques*. *Des Maretz* ne demeura pas ſans repartie; après quoi la diſpute en reſta là. Le démêlé de ces deux Sçavans fut bien tôt éteint, & comme ils avoient vêcu juſques là en bonne intelligence, on n'eut point de peine à les reconcilier. L'accomodement ſe confirma enſuite par leur entrevûe à l'Hôtel de *Turenne*, où ils s'embraſſerent, & ſe viſiterent de part & d'autre pendant un voyage que M. *des Maretz* eut occaſion de faire à *Paris*.

Il arriva dans cette diſpute ce qui arrive ordinairement en pareils cas; c'eſt que le public a ſçû pluſieurs petites avantures qui font tort à la mémoire de *Daillé*, ſoit qu'elles ſoient vraies, ſoit qu'elles ſoient fauſſes; car il n'y a que trop de Lecteurs, qui dans la difficulté de diſcerner le vrai & le faux, prennent le parti de croire ce qu'ils trouvent dans le livre d'un homme célebre. C'eſt une reflexion de M. *Bayle*.

14. *De Confirmatione & Extrema-* J. DAIL-
Unctione disputatio. Geneva 1669. *in* LE'.
4°.

15. *De Sacramentali, sive Auricu*
lari Latinorum Confessione disputatio
Geneva 1661 *in* 4°.

16. *Lettre à M. de la Taloniere sur*
le changement du sieur Cottiby 1660. *in*
8°. Cette Lettre est contre M. *Cottiby*
Ministre de *Poitiers*, qui quitta cette année la Religion Reformée pour
embrasser la Catholique, & contre
une Lettre qu'il écrivit à son ancien
troupeau pour justifier son changement. M. *Cottiby* ayant répondu à
cette Lettre, de même que le P. A-
dam Jésuite, *Daillé* leur opposa
l'Ouvrage suivant.

17. *Replique aux deux Livres de*
Messieurs Adam & Cottiby. Geneve
in 4°. 1662. Item *deuxiéme édition*
1669.

18. *Adversus Latinorum traditionem*
de Religiosi cultus objecto, disputatio.
Geneva 1654 *in* 4°.

19. *De scriptis quæ sub Dionysii*
Areopagitæ & S. Ignatii Antiocheni
nominibus circumferuntur. Geneva
1666. *in* 4°. L'Auteur y traite de

suppofez, les ouvrages qui portent les noms de faint Denys l'Areopagite & de faint Ignace d'Antioche; il a ajoûté à cela une cenfure du Livre *des Oeuvres Cardinales*, qui fe trouve dans faint Cyprien, quoiqu'il ne foit pas de lui; & fon jugement fur la verfion latine, que Ruffin a faite de diverfes pieces d'Origene, où non plus qu'ailleurs, il ne s'eft pas montré fort fidele traducteur.

20. *Sermons fur l'Epitre aux Philippiens*, 2. *tom.* 1644. & 1647. *Paris in* 8°. Item *Geneve.*

21. *Sermons fur l'Epitre aux Coloffiens* 3. *volumes. Paris* 1648. *in* 8°.

22. *Sermons fur l'Epitre à Tite* 1655. *Paris in* 8°.

23. *Sermons fur la premiére Epitre à Timothée. Geneve* 1661. *in* 8°. 2. *tomes.*

24. *Sermons fur la feconde à Timothée. Geneve* 1639. *in* 8°. 2. *tom.*

25. *De la Naiffance, Mort &c. de N. Seigneur. Paris* 1651. *in* 8°.

16. *Vingt Sermons en des jours de Cene. Geneve* 1653. *in* 8°.

27. *Quinze Sermons du Voyage de* J. DAIL-
la Rochelle. Saumur & Geneve 1669. LE'
in 8°. Il prêcha ces Sermons lorfqu'il alla inftaller fon fils à *la Rochelle.*

28. *Vingt Sermons fur certains
jours de l'année. Geneve* 1658. *in*
8°.

29. *Mélange de Sermons. Amfterdam & Geneve* 1658. *in* 8°. 2. *tomes.*

30. *Sermons fur l'Inftitution de la
fainte Cene. Geneve* 1663. *in* 8°.

31. *Sermons fur le* 3. *Chapitre de
l'Evangile felon faint Jean. Geneve*
1665. *in* 8°.

32. *Sermons fur le* 10. *Chapitre de
la premiere aux Corinthiens. Geneve*
1667. *in* 8°. Ces Sermons font d'u-
ne grande netteté foit pour l'expreffion, foit pour l'arrangement des
matieres, au jugement de M. Bayle.
Cottiby lui a reproché des redites
& le crime de Plagiarifme envers
Davenantius, pour ce qui regarde
l'expofition de l'Epitre aux Coloffiens.

32. *Derniers Sermons prononcez à
Charenton le jour de Pâques* 6. *Avril*

80   *Mem. pour servir à l'Histoire*
1670. *& le Jeudy suivant, avec un a-*
bregé de sa vie [*par son fils*] *Charen-*
ton 1670. in 8°.

33. *De Cultibus Religiosis Latino-*
rum libri 9. *Geneva 1671. in 4°.*

34. *De Autore Confessionis fidei*
Alcuini nomine à P. Fr. Chiffletio edi-
tæ , dissertatio. Rothomagi 1673. in 40.
Il s'inscrit en faux contre cette Confession d'*Alcuin.*

V. *sa vie écrite par son fils, im-*
primée avec ses deux derniers Ser-
mons.

VITALE GIORDANI.

VITALE *Giordani* nâquit à
Bitonte , Ville du Royaume de
Naples, dans la Terre de *Bari* le 13.
Decembre 1633. de parens qui,
quoique pauvres. n'oublierent rien
pour le rendre digne de l'état Ecclesiastique, auquel ils le destinoient. Il
y entra de bonne heure par com-
plaisance pour eux , mais contre son
inclination. Les reproches conti-
nuels que son pere lui faisoit de son in-
dolence pour le travail , & les mau-

vais traitemens de fa belle mere lui V. GIOR-
firent bientôt abandonner fa Patrie, DANI.
il fe retira à *Tarente* , fans s'être déterminé au parti qu'il devoit prendre.

Il fe maria dans cette Ville avec
une fille qui n'étoit pas plus riche
que lui ; ainfi il fe trouva bien-tôt
dans la mifere. Ce trifte état ne put
cependant le retirer de fa pareffe &
de fon oifiveté. Les reproches qu'on
lui en faifoit ne fervoient qu'à l'irriter , & un de fes beaux-freres , avec
lequel il demeuroit , l'ayant preffé
là-deffus un peu plus qu'à l'ordinaire , il fe jetta fur lui & le tua. Ce
meurtre l'ayant obligé de prendre la
fuite , il s'embarqua fur un Vaiffeau
qui partoit pour *Venife*.

Le Pape *Innocent X.* faifoit alors
armer des Galeres pour aller dans le
Levant contre les Turcs ; il s'engagea pour y fervir en qualité de foldat ; deux ans après , c'eft à dire en
1655. il quitta ce fervice pour fe
mettre dans les troupes de terre ;
mais en 1657. il le reprit & fe trouva à plufieurs combats que la Flotte
Chrétienne livra aux Turcs. L'A-

V. GIOR-
DANI.

miral fur le Vaiffeau duquel on le
plaça ayant remarqué en lui un génie
particulier qui le rendoit capable de
quelque chofe de plus que de la profeffion de foldat, lui donna l'emploi
d'Ecrivain qui étoit vacant.

Giordani l'accepta avec plaifir,
mais l'ignorance où il étoit par rapport aux regles de l'Arithmetique
lui caufa beaucoup d'embarras ; les
additions & les fouftractions qu'il
étoit obligé de faire dans fes comptes étoient pour lui des chofes incon-
nues ; il s'appliqua cependant avec
tant d'ardeur à chercher les moyens
de les faire, qu'il les trouva, & cette découverte commença à lui donner du goût pour l'étude. Quelque
temps après étant abordé à *Zante*,
un Prêtre Grec lui donna l'Arithmetique de *Clavius*, qu'il dévora
avec une avidité inconcevable.

De retour à *Rome* en 1659. il
forma le deffein de cultiver l'inclination qu'il fentoit pour les Mathématiques. Mais il lui falloit pour cela un pofte, qui en lui donnant de
quoi vivre, lui laiffât le loifir neceffaire de s'y appliquer. Il trouva le

moyen de se faire recevoir dans la
garde du Château saint *Ange*, emploi qui convenoit parfaitement à
son dessein. Un Ouvrage de *Viete*
lui étant tombé entre les mains, il
s'appliqua avec une contention extraordinaire à le lire & à l'entendre;
mais il n'étoit pas encore initié dans
ces Mysteres, & il fut obligé d'y re-
noncer. Les élemens d'*Euclide* qu'on
lui conseilla de lire lui furent bien
plus utiles, il les comprit avec beaucoup de facilité, & ils lui donnerent
encore plus de goût pour la Geometrie.

L'ardeur avec laquelle il s'appli-
quoit à cette étude lui procura quelques Protecteurs qui se firent un
plaisir de le mettre en état d'étudier
plus librement : il quitta donc tout-
à-fait le service pour se livrer entierement aux Sciences. Il devint
bientôt assez habile pour enseigner
les autres, & se fit par ce moyen
beaucoup de reputation dans *Rome*.
La Reine de Suede le fit pendant son
séjour en cette Ville son Mathema-
ticien, & le Roy *Louis XIV.* y a-
yant établi en 1666. une Académie de

V. Gior-Peinture & de Sculpture, le nomma
dani.   pour y enseigner les Mathématiques.
Outre cela le Pape *Clement* X. lui
donna en 1672. la Charge d'Ingenieur du Château saint Ange, qu'-
Innocent XI. lui ôta dès qu'il eut été
élevé au Pontificat, pour en grati-
fier un autre.

Giordani se voyant dans l'abon-
dance, voulut faire venir à *Rome* sa
femme avec un fils qu'il avoit eu d'elle ; mais soit qu'elle ne voulut pas
quitter son pays natal, soit qu'elle
eut conçu de l'aversion pour lui depuis la mort de son frere qu'il avoit
tué, elle le refusa toûjours ; son fils
qui avoit alors vingt ans alla seul le
trouver;mais il étoit peu propre à l'é-
tude,&l'air de *Rome* lui fut si contraire, qu'il fut obligé de s'en retourner
dans sa patrie.

En 1685. on lui donna la Chaire
de Mathematique du College de *la
Sapience*, & il s'appliqua dans cet
emploi avec un soin extraordinaire
à former de bons Ecoliers. L'Académie des Arcadiens le reçut le 5. Mai
1691. dans son Corps.

Son amour pour l'étude ne lui

permettoit pas de garder de meſure V. Gior-
dans ſon travail, & ſon peu de me- DAN I.
nagement lui procura de fâcheuſes
maladies dont il revint par un bon
regime ; mais enfin il en mourut le
3. Novembre 1711. dans ſa 78. année. Il étoit d'un temperamment bi-
lieux & violent, mais infatigable,
& d'une conception aiſée.

Les principaux Ouvrages qu'on
a de lui, ſont :

1. *Euclide reſtituto* 1686. *fol.* Il a
intitulé ainſi cet Ouvrage, parce
qu'il y a ajouté à *Euclide* ce qu'il
croyoit y manquer.

2. *De Componendis gravium mo-
mentis.* 1685.

3. *Fundamentum doctrinæ motus
gravium. Romæ* 1686. Il y a deux éditions de cet Ouvrage. Celle - ci qui
eſt la ſeconde eſt fort augmentée.

4. *Ad Hyacinthum Chriſtophorum
Epiſtola. Romæ* 1705. *fol.*

Il a fait encore quelques autres
petits Ouvrages qui ſont maintenant peu connus.

V. *ſon Eloge dans le Vite degli Arcadi*, *tom.* 3.

JEAN-BAPTISTE
MORIN.

J.B. Mo-
RIN.

JEAN-BAPTISTE *Morin* nâ-
quit à *Ville-Franche* en *Beaujolois*
le 23. Février 1583. d'une bonne
famille de cette Ville. Il alla en
1609. faire son cours de Philosophie
à *Aix*. Il paroît qu'il l'avoit déja
fait dans sa patrie, mais qu'il avoit
depuis abandonné en quelque maniere l'étude, puisqu'il témoigne
lui-même que M. *du Vair* alors premier Président du Parlement de Provence, lui persuada de s'y appliquer
de nouveau.

En 1611. il alla à *Avignon* étudier en Medecine, & il y fut reçû
Docteur en cette Faculté le 9. May
1613. L'année suivante il vint à *Paris*, où il entra chez *Claude Dormy*
Evêque de *Boulogne*, Prélat qui aimoit fort les Sciences, & qui ayant
reconnu dans Morin un esprit capable de penetrer dans les plus profon-
des, l'envoya en Allemagne, en Hon-
grie, & en Transilvanie visiter les

Mines, & faire des recherches ſur la
nature des Métaux.

De retour de ce voyage, qui dura
un an, il fit amitié avec un Aſtrologue Ecoſſois, nommé *Daviſſon*,
aſſez connu depuis par pluſieurs
Ouvrages, que l'Evêque de *Boulogne* avoit auprès de lui. *Morin* ne
s'étoit point appliqué juſques - là à
l'Aſtrologie : Mais le dégoût qu'il
trouva dans ſon ami pour cette ſcience prétendue, dont il reconnoiſſoit
tous les jours de plus en plus l'incertitude & la fauſſeté, & qu'il abandonna alors entierement pour ſe
donner à la Medecine, fit naître à
Morin l'envie de l'apprendre ; il l'é-
tudia & y prit tant de goût, qu'il renonça à la Medecine, pour s'y appliquer uniquement.

A peine ſçavoit-il les premiers
principes de l'Aſtrologie, qu'il ſe
mêla de vouloir prédire les évenemens de l'année 1617. il trouva en
les recherchant que l'Evêque de *Boulogne* étoit menacé ou de la mort,
ou de la priſon, & il eut ſoin de
l'en avertir. Ce Prélat quoiqu'infa-
tué de l'Aſtrologie, ne fit qu'en rire,

J. B. Mo ne croyant pas *Morin* affez habile
R 1 N. pour prévoir fi bien de tels évenemens. Il éprouva cependant la verité de la prédiction. Car s'étant mêlé des affaires de la Cour, qui é-
toient alors fort embroüillées, &
n'ayant pas pris le bon parti, il
fut traité de rebelle, & mis en prifon.

Morin demeuroit par cet acci-
dent fans appui, fi fa réputation ne
lui eut fufcité un protecteur plus
puiffant que celui qu'il venoit de
perdre. Le Duc de *Luxembourg*,
frere du Connetable de *Luynes*, le
prit pour fon Medecin, & il accepta cet emploi, quoiqu'il fût peu
d'humeur à fe gêner. Il entra chez
lui en 1621. & demeura huit ou
neuf ans à fon fervice. Il fe plaint
fouvent de l'ingratitude de ce Duc,
& il avoue qu'elle l'obligea à le quitter. Il fe vangea en quelque maniere, en fortant de chez lui, par la
menace d'une maladie dangereufe,
qui effectivement l'emporta au bout
de deux ans.

Réfolu dès lors à vivre indépen-
dant, il refufa de s'attacher au Ma-
rechal

rechal d'*Effiat*, qui ayant du crédit J. B. Mo-
auprès du premier Ministre, & étant R I N.
chargé du maniement des Finances,
pouvoit lui faire beaucoup de bien,
mais il préferoit sa liberté à tout,
& il n'étoit point attaché aux richef-
fes de la terre. S'il en a desiré, ç'a
moins été par la crainte de la neceffité, que pour avoir plus de temps
pour étudier, c'est du moins le caractere que lui attribue l'Auteur de
sa vie, quoique ses écrits puissent
faire soupçonner le contraire.

Dès qu'il sçût la mort de *Sainclair*
Professeur Royal en Mathématiques
arrivée le 29. Juin 1629. il fit demander sa Chaire, qui lui fut accor-
dée, & il prêta serment au mois de
Fevrier 1630.

Ses amis lui persuaderent alors de
se marier, pour achever son établif-
fement ; & comme *Sainclair* avoit
laissé une femme assez raisonnable &
qu'on estimoit passablement riche,
ils crurent que Morin devoit se
charger de toute la succession, comme
il l'étoit déja d'une partie. Il se rendit à leurs conseils, après plusieurs
refus, & résolut d'aller rendre visite

J. B. Mo-
R I N.

à cette veuve ; mais il trouva en ap-
prochant de sa maison qu'on se dis-
posoit à la porter en terre. Il forma
dès lors la résolution de ne se marier
jamais, & de passer doucement sa vie
avec ses Livres & ses amis.

On peut dire qu'il a été heureux
en ce dernier point, car il a eu accès
chez des personnes de la première
qualité, qui ont eû pour lui de la
considération & de l'amitié. Le Cardinal de *Richelieu* l'admettoit souvent dans le secret de son Cabinet,
& le consultoit sur des affaires très
importantes. Il est vrai que *Morin*
faussement imbû de la pensée qu'il
avoit trouvé les Longitudes, & que
ce Cardinal lui faisoit une grande
injustice, en lui réfusant la récompense, qu'une telle découverte mé-
ritoit, en conçût un dépit & un
ressentiment qui a duré autant que
sa vie, qu'il cessa de le voir, & parla
dans la suite désavantageusement de
lui. Il obtint sous le Cardinal *Mazarin* une pension de deux mille liv.
qui lui a toûjours été payée fort
exactement. M. *Vaultier* Médecin
de *Louis XIV.* qui avoit été pre-

mier Médecin de *Marie de Medicis* J. B. Mo-
ſa grande Mere , eut deſſein de faire R I N.
créer une Charge d'Aſtrologue de
la Cour en ſa faveur , & de le donner en cette qualité pour adjoint aux
Medecins du Roi. Il le forma , parce qu'il s'étoit ſervi heureuſement de ſes Prédictions en pluſieurs
rencontres ; mais il ne fut pas exé-
cuté.

Pluſieurs perſonnes le conſultoient
ſur l'avenir , & l'on prétend que ſes
Prédictions ont été ſouvent ſuivies
de leur effet. Mais il eſt arrivé à ſon
égard , ce qui arrive ordinairement
à l'égard de ces ſortes de gens ; on
tient regiſtre des Prédictions où ils
ont réuſſi , du moins en quelque
choſe , mais on oublie celles où ils
ſe ſont trompés. Il s'en eſt cependant conſervé quelques-unes de
Morin où il n'a pas trop bien ren-
contré. L'Auteur de ſa Vie , qui
vante fort ſon habileté en cette matiere , tâche de le juſtifier , & prétend
qu'il connoiſſoit ſur ſes mains & par
ſes ſonges ce qui lui devoit arriver.
C'eſt ce que tout le monde ne croira
pas ſi aiſément que lui. Au reſte

J. B. Mo-
RIN. l'Astrologie ne lui fut pas infructueu-
se , puisqu'il se procura par son
moyen 4000. liv. de rente , somme
considerable alors.

Il est mort à Paris le 6. Novembre 1656. âgé de 73. ans ; on ne
peut pousser plus loin la prévention
pour l'Astrologie , qu'il l'a fait. Il
attribuoit tous les évenemens aux
influences des Astres ; ses débauches
dont il ne craint point de faire le
détail , & tout ce qui est arrivé pendant le cours de sa Vie , font des
choses dont il ne manque pas de
trouver la raison dans sa figure de na-
tivité.

Catalogue de ses Ouvrages.

1. *Nova mundi sublunaris Anatomia. Parif.* 1619. *in* 8°. Il prétend
dans cet Ouvrage que les entrailles
de la terre sont divisées en trois Re-
gions , de même que l'air. L'Auteur
de sa Vie assure qu'il prouve si bien
cette opinion , que quoiqu'elle n'ait
aucun fondement dans les anciens
Philosophes , elle n'a pas laissé d'être
reçûë par ceux qui l'ont examinée
avec soin.

2. *Astronomicarum Domorum Ca-*

bala detecta 1623. Rien n'eſt plus J. B. Mo-
frivole que le contenu de cet Ou- R I N.
vrage.

3. *Refutation des Theſes erronées
d'Antoine Villon. Paris* 1624. *in* 8°.
En 1624. *Antoine Villon ,* Provençal,
appellé ordinairement à Paris *le Philoſophe Soldat ,* aſſiſté d'*Etienne de
Claves ,* Medecin Chimiſte , propoſa
dans Paris des Theſes contre les
Dogmes d'*Ariſtote ,* de *Paracelſe* &
des Cabaliſtes , qu'il prétendoit défendre publiquement le 23. Aouſt
dans l'Hôtel de la Reine *Marguerite ,*
en preſence d'une partie du Parlement & de pluſieurs perſonnes de
condition qu'il y avoit invitez ; mais
le Premier Preſident prévenu par
des perſonnes qui ne pouvoient ſouffrir qu'on donnât la moindre attein-
te aux ſentimens d'*Ariſtote ,* lui envoya faire défenſe de les ſoutenir ,
quoique tout le monde fût déja aſ-
ſemblé. Il y eût même un Arrêt du
Parlement contre ces Theſes , & ceux
qui devoient les défendre. *Morin* qui
n'avoit pû les refuter de vive voix ,
comme il en avoit deſſein , en publia
cette réfutation , dont on peut voir

J. B. Mo- l'extrait dans le tome 10. du *Mercu-*
R I N. *re François.*

4. *Trigonometriæ Canonicæ libri* III.
Paris. 1633. *in* 4°. Il a publié aussi
cet Ouvrage en François.

5. *Quod sit Deus* 1635. Morin
composa cet Ouvrage en faveur
d'un de ses amis qui s'étoit jetté dans
l'Athéisme. Il prétendit y suivre la
methode geometrique , mais on n'y
trouve point cette netteté & cette
évidence qui accompagne ordinairement cette methode. *Morin* augmenta dans la suite cet Ouvrage , &
le fit reparoître sous ce titre : *De vera
cognitione Dei ex solo naturæ lumine
per theoremata adversus Ethnicos &
Atheos , Mathematico more demonstra-
ta. Parisiis* 1655. *in* 12. Le premier
Livre de son *Astrologia Gallica* n'est
qu'une 3. Edition de cet Ouvrage.
Pierre Baudoin , sieur de *Montarcis* ,
ancien Disciple de *Morin* , l'a accusé
de Plagiarisme à l'occasion de ce Livre , & a prétendu qu'il n'avoit fait
que copier le discours de *Richard de
S. Victor* , sur le même sujet.

6. *Famosi Problematis de Telluris
motu vel quiete hactenus optata solutio,*

Pariſiis 1631. *in* 4° Cet Ouvrage où J. B. Mo-il ſe déclare contre *Copernic* , & en R I N. faveur de l'immobilité de la terre , lui attira pluſieurs adverſaires contre leſquels il fut obligé de ſe défendre par quelques Ouvrages.

7. *Reſponſio pro Telluris quiete. Pariſiis* 1634. *in* 4°. Cette réponſe eſt contre un Médecin nommé *Lanſberg.*

8. *Tycho-Brahæus in Philolaum pro Telluris quiete. Pariſiis* 1642. *in* 8o. Ce Livre eſt contre M. *Bouillaud* , qui avoit publié en 1639. un Ouvrage intitulé : *Philolaus , ſeu de vero ſyſtemate mundi ,* où il attaquoit ſon ſentiment.

9. *Alæ Telluris fracta. Pariſ.* 1643. *in* 4°. Celui-ci eſt contre *Gaſſendi* , & telle en eſt l'origine. *Gaſſendi* fit imprimer en 1642. deux Lettres qu'il avoit écrites à *Pierre du Puy , de motu impreſſo à motore tranſlato :* Il y combattoit fortement ceux qui diſent que la terre eſt immobile ; *Morin* qui étoit de leur nombre crut qu'on en vouloit à lui , & ſe plaignit que *Gaſſendi ,* violant les Loix de leur ancienne amitié , prit la plume con-

J. B. Mo-
R I N.

tre lui. Il crut devoir l'attaquer à
son tour, & publia cet Ouvrage.
Gassendi le refuta la même année,
mais sans emportement, & par de
fortes raisons. Il ne publia point cet
Ouvrage, & s'engagea même à le
supprimer, lorsqu'il se reconcilia
avec *Morin* par l'entremise du Baron
de Tourves, *Provençal*. Cependant il
fut imprimé l'an 1649. avec une
violente Préface, composée par
Neuré ami de l'Auteur. *Gassendi* en
fit des excuses à *Morin*, & lui pro-
testa qu'il n'avoit rien sçu de l'impression de son Ouvrage. Sa Lettre
fut renduë publique par *Morin*, qui
la joignit avec un Livre qu'il fit imprimer. *Gassendi* lui écrivit une autre Lettre pour se plaindre de ce
qu'il avoit publié la précedente. *Morin* publia encore un Fragment de
celle-ci avec un nouveau Libelle.
Alors *Gassendi* rompit tout commerce avec lui, & ne daigna plus
avoir égard aux écrits d'un tel ad-
versaire. Mais ses amis résolurent de
pousser à bout cet Astrologue, &
publierent toute entiere sa seconde
Lettre.

I.G.

10. *De Atomis & Vacuo. Parifiis* J. B. Mo-
1650. *in* 12. Cette differtation eft R I N.
contre la Philofophie d'*Epicure*, que
Gaffendi avoit mife au jour en 1649.
Elle ne demeura pas fans réponfe,
on la refuta impitoyablement. *Ber-*
nier en fit paroître à *Paris* en 1651.
une Critique intitulée : *Anatomia ri-*
diculi Muris, où *Morin* eft tour-
né en ridicule, & fort maltraité.

11. *Defenfio differtationis de Ato-*
mis & Vacuo. Parif. 1651. *in* 12.
Morin tâche de s'y défendre contre
Bernier, qui mit en piece cette Apologie par un fecond écrit, intitulé :
Favilla ridiculi Muris. Morin en fut
fi outré, qu'il publia l'Ouvrage fuivant.

12. *Vincentii Panurgi Epiftola de*
tribus Impoftoribus, ad Cl. V. Joannem
B. Morinum Doctorem Medicum, &c.
Parif. 1654. *in* 12. *Morin* y prit le
nom de *Vincentius Panurgus* & fe
l'adreffa à lui-même, pour pouvoir
dire plus librement ce qui lui plai-
roit. Les trois prétendus Impofteurs
dont il veut parler, font : *Gaffendi*,
Bernier & *Neuré*.

13. *Longitudinum terreftrium &*
Tome III. I

J. B. Mo- *Cœlestium nova & hactenus optata*
RIN. *Scientia. Parif.* 1634. *in* 4°. Depuis
la découverte des Indes Occidenta-
les par *Chriftophe Colomb*, les gens de
Mer fe voyant fouvent expofez à des
perils confiderables dans les grandes
Navigations, ont fouhaité qu'on
trouvât un moyen fûr & facile pour
découvrir les Longitudes. Les Princes perfuadez de l'importance de
cette découverte ont propofé même
des recompenfes confiderables à celui qui le trouveroit. Les Etats de
Hollande ont promis cent mille liv.
& le Roy d'Efpagne trois cent mille;
mais quelque chofe que les Sçavans
ayent fait pour meriter cette récom-
penfe, perfonne n'a pû encore y
parvenir. *Morin* affez prévenu en fa
faveur en toute autre chofe, le fut
encore d'avantage en ce point ; il
crut avoir découvert ces longitudes
tant defirées, & en avoir donné la
demonftration dans une Affemblée
qui fe tint à l'Arfenal de *Paris* le 30.
Mars 1634. Mais on lui contefta cette gloire. Les Experts nommez par
le Cardinal de *Richelieu* furent contre lui : *George Frommius*, Profeffeur

de *Copenhague* ſoûtint que c'étoit à J. B. Mo-
Longomontanus que cette invention RIN.
étoit duë. Le P. *Duliris* Recollet ſe
vanta d'avoir trouvé un meilleur ſecret que le ſien, *Vanlangren* Coſmo-
graphe du Roi d'Eſpagne à *Bruxelles*
s'en vanta auſſi. *Morin* eut tous ces
gens là ſur les bras, & fut obligé de
ſe défendre contre eux, & de ſe mu-
nir d'atteſtations contre le rapport
des Commiſſaires du Cardinal de
Richelieu. Au reſte il retira quelque
fruit de ſon Ouvrage, puiſqu'il obtint en 1645. une penſion de deux
mille livres ſur l'Abbaye de *Royau-*
mont.

14. *La ſcience des Longitudes de*
Jean-B. Morin, Docteur en Medeci-
ne, &c. réduite en une exacte & fa-
cile pratique par lui même ſur le Globe
Celeſte, tant pour la Terre que pour la
Mer. Avec la cenſure de la nouvelle
Theorie & pratique du ſecret des Lon-
gitudes du P. Leonard Duliris Recollet.
Paris 1647. *in* 4°. Il accuſe dans cet
Ouvrage le P. *Duliris* de l'avoir pillé
dans ſes prétendues découvertes. Ce
Pere dans une réponſe qu'il lui a

faite lui renvoye la même accusation.

15. *Astronomia à fundamentis integre & exactè restituta. Paris.* 1640. *in* 4°. Cet Ouvrage est encore sur les Longitudes. Il fut obligé de le défendre contre quelques adversaires de même que le premier qu'il avoit fait sur ce sujet.

16. *Coronis Astronomiæ jam à fundamentis integre & exacte restituta, quâ respondetur ad introductionem in Theatrum Astronomicum C. V. Christiani Longomontani Hafniæ in Dania Regii Mathematum Professoris. Paris.* 1641. *in* 4°.

17. *Defensio Astronomiæ à fundamentis integre & exactè restituta, contra Doct. V. Georgii Frommii Dani dissertationem Astronomicam. Paris.* 1644. *in* 4°.

18. *Joannes - Baptista Morinus ab Ismaelis Bullialdi convitiis iniquissimis juste vindicatus.* Ce petit écrit, qui n'est que de 8. pages *in* 4°. est une défense de Morin contre ce que M. Bouilliaud avoit dit de lui dans son *Astronomia Philolaica.*

19. *Appendix ad Scientiam Longi-* J. B. MÔ-
tudinum. C'eſt un petit écrit de 8. pag. RIN.
in 4°.

20. *Tabulæ Rudolphinæ ad meridia-*
num Vraniburgi ſupputatæ. Pariſ. 1650.

21. *Ad Auſtrales & Boreales Aſtro-*
logos pro Aſtrologia reſtituenda Epiſto-
læ. Pariſ. 1628. *in* 8°.

22. *Lettres écrites au ſieur Morin*,
approuvant ſon invention des Longi-
tudes, & ſa réponſe à Herigonne. Paris
1635. *in* 4°. *Herigone* étoit un des
Commiſſaires que le Cardinal de
Richelieu avoit nommés pour juger
de ſa Methode des Longitudes ;
comme il n'en avoit pas jugé favorablement non plus que les autres, *Morin* écrivit violemment contre lui.

23. *Refutatio compendioſa erronei ac*
deteſtandi libri de Præadamitis. Pariſ.
1657. *in* 12.

24. *Aſtrologia Gallica. Hagæ Comit.*
1661. *in fol** C'étoit là ſon Ouvrage *Se trouve à*
favori, auquel il a travaillé pen- *Paris chez*
dant pluſieurs années, mais qu'il *Briaſſon.*
n'a pas eu la ſatisfaction de voir imprimé.

I iij

25. Il a fait encore des Notes Aſ-
trologiques contre le Marquis de
Villennes. Ce Marquis ſe meloit d'Aſtrologie, & a fait même imprimer
quelques Ouvrages ſur cette matiere. *Morin* l'a attaqué avec la violence qu'il employoit ordinairement
contre ceux qui le contrediſoient
ou n'étoient pas de ſon ſentiment.

26. On trouve dans le premier
tome des Lettres de *Deſcartes* des
objections que *Morin* lui fit ſur la
Lumiere, & qu'il a jugées plus ſolides que toutes celles qu'on lui avoit
envoyées ſur la même matiere.

27. L'Auteur de ſa Vie parle encore d'un abregé qu'il fit à l'âge de
16. ans de la Philoſophie Magneti-
que de *Gilbertus Anglus*.

V. *Sa Vie en Latin*, à la tête de
ſon *Aſtrologia Gallica*, & en François. *Paris* 1660. *in* 12, *Bayle Dic-*
tionnaire.

TANEGUI LE FEVRE.

TANEGUI *le Fevre* nâquit à
Caen, l'an 1615. d'une bonne
famille. Je ne ſçai ſur quel fondement l'Auteur du *Segraiſiana* le fait
fils-d'un Foſſoyeur de la Paroiſſe de
S. *Jean* de cette Ville. Son pere, qui
n'avoit pas été trop bon ménager,
& qui malheureuſement avoit trop
aimé les voyages, ne ſe trouva pas
tout le bien qu'il auroit fallu pour
élever un fils qui donnoit de grandes eſperances. Mais quoiqu'il ne
fût pas en état de faire beaucoup de
dépenſe pour lui, il ne laiſſa pas de
le deſtiner à l'étude des Belles Lettres, déterminé à cela par les ſolli-
citations d'un de ſes freres, qui étoit
un Eccleſiaſtique fort ſçavant, &
qui promit de contribuer de tout
ſon pouvoir à l'éducation de ſon neveu, d'être lui - même ſon Maître,
& de le prendre dans ſa maiſon, ce
qu'il fit peu de temps après.

Mais avant que de le mettre à l'é-
tude, ayant remarqué qu'il avoit la

I iiij

Tanegui voix belle & l'oreille merveilleuse, il
le Fevre. voulut qu'il apprît la Musique à
fond, & à joüer de la Basse de Vio-
le. Ce fut là son occupation depuis
huit ans, jusqu'à douze. Il y réussit
autant qu'on pouvoit le souhai-
ter, & à onze il chantoit & joüoit
en partie, avec une justesse admi-
rable.

A douze ans son oncle commença
à lui apprendre les premiers élemens
de la Langue Latine, & il fit en six
mois plus de progrès que les enfans n'en font d'ordinaire en deux
ans. Mais son oncle, qui étoit un
homme severe le rebuta, & son
pere ne put gagner sur lui de continuer ses études, qu'en le reprenant
dans sa maison, & en lui donnant un
autre Precepteur. Il ne l'eut pas plutôt repris, qu'un Ecclesiastique de
ses amis, qui étoit aussi fort habile,
voulut l'enseigner. Ce qu'il y eût de
fâcheux, c'est qu'il ne sçavoit point
le Grec, & qu'il ne pouvoit lui enseigner que le Latin. Mais le jeune
le Fevre, déja persuadé de la necessi-
té d'apprendre cette Langue, eut le
courage de l'entreprendre seul, &

y fit bien-tôt autant de progrès, qu'il en faisoit dans la Langue La- TANEGUI tine, auprés de son Precepteur. LE FEVRE.

On lui a souvent entendu dire, que quand on a un peu d'esprit & de jugement, on n'a pas besoin de Maîtres pour les Langues, & que la plus grande difficulté, c'est d'apprendre à les lire.

Dès qu'il eut bien appris la Grammaire Grecque, & lû quelques Chapitres du Nouveau Testament, il se jetta dans *Homere* & dans les Tragiques, à l'exemple de *Joseph Scaliger*, qui avoit commencé le Grec par là.

Un an & demi aprés, son pere l'envoya au College de *la Fleche*, où il fit sa Seconde, sa Rhétorique & sa Philosophie.

Les Jésuites firent ce qu'ils purent pour le retenir, mais inutilement; car si-tôt qu'il eut achevé sa Philosophie il retourna à *Caen* chez son pere, qui ravi d'avoir un fils de ce merite, & déja en état d'avoir quelque établissement honnête, lui proposa de prendre le petit collet, comme le moyen de s'avancer le plus prompt,

TANEGUI
LE FEVRE.

le plus fûr , & par conſequent le plus
propre à un homme qui n'eſt pas
riche. Mais le jeune *le Fevre* ne ſe
trouva point de vocation pour l'état
Eccleſiaſtique ; & quelques remontrances que ſon pere & ſon oncle lui
fiſſent pour l'obliger à prendre ce
parti , ils ne purent jamais en venir
a bout.

Après avoir demeuré quelques années en Normandie , il vint à *Paris*
où il ſe fit des amis parmi les perſonnes même de la premiere diſtinc-
tion. Il fut fort aimé de M. *des*
Noyers , qui le preſenta au Cardinal
de Richelieu. Ce Miniſtre le goûta ,
& voulut qu'il eut l'œil ſur tous les
Ouvrages qui s'imprimeroient au
Louvre , & que des diverſes Leçons
des anciens Auteurs , il choiſit celles
qui lui paroîtroient les meilleures.
Il lui donna pour cela une penſion
de deux mille livres. Il avoit deſſein
de le faire Principal du Collège qu'il
vouloit établir à *Richelieu* , de lui
faire continuer ſa penſion , & de
lui donner des appointemens conſi-
derables pour cet emploi. Mais la
mort l'empêcha d'executer ce deſſein,

& renverfa tout d'un coup les efpe- TANEGUI rances de M. *le Fevre.* LE FEVRE.

Après cette mort, il ne garda pas long-temps fon emploi ; car le Cardinal *Mazarin* qui lui fucceda dans le Miniftere, ne fe piquant pas d'aimer les Lettres, l'Imprimerie du Louvre devint prefque inutile, & la penfion par confequent fut fort mal payée. M. *le Fevre* mécontent, quitta de lui même fon emploi, & demeura quelques années à *Paris,* fans autre occupation que fes Livres.

Quelque temps après M. le Marquis de *Franciere,* Gouverneur de *Langres,* qui étoit de fes amis, le mena à fon Gouvernement. Ce fut là qu'il donna dans les fentimens de la Religion Prétendue Réformée, & qu'il abandonna l'Eglife Romaine, pour embraffer le Calvinifme ; de forte qu'ayant pris congé de M. de *Franciere,* il revint à *Paris,* après avoir été faire la Céne à *Is-fur-Tille,* dans le voifinage de *Dijon.*

Il ne fit que très-peu de féjour à *Paris,* & fe retira à *Preüilly,* petite Ville de Touraine, où il demeura

TANEGUI quelques années. L'Academie de
LE FEVRE. *Saumur* étoit alors tres - floriſſante,
& l'on avoit grand ſoin de n'y rece-
voir que des Profeſſeurs ſçavans
& d'un mérite diſtingué. Pendant
le ſéjour de M. *le Fevre* en Touraine,
il vint à vacquer une place de Régent de Troiſiéme, qu'on lui offrit
auſſi-tôt. Il trouvoit ce pays-là ſi
beau qu'il l'accepta, & la préféra à
celle de Profeſſeur en Grec à *Nimegue*, où on le démandoit en même
temps.

Son mérite fut bien-tôt connu &
lui attira de toutes les parties du
Royaume, & même des pays étrangers, un grand nombre d'Ecoliers,
dont pluſieurs ſe mettoient en penſion chez lui. Le ſoin qu'il prenoit à
les former & à les inſtruire ne l'a pas
empêché de compoſer un grand
nombre d'Ouvrages. Il eut dans la
ſuite quelque démêlé avec l'Académie & le Conſiſtoire de *Saumur*,
pour avoir écrit dans un de ſes Ouvrages, qu'il pardonnoit à *Sapho*,
d'avoir aimé les femmes, puiſque
cette fureur lui avoit inſpiré une belle Ode ſur ce ſujet, que *Catulle* a

traduite preſque toute entiere ; & il T ANEGUI
vouloit abandonner ſon poſte. Mais LE FEVRE
comme il eſtoit bien-aiſe d'en trouver quelque autre à la place, & qu'il
ne pût y réüſſir, il l'a toûjours conſervé.

En 1672. le Prince Palatin l'appella à *Heidelberg*, pour faire fleurir
l'Univerſité de cette Ville, & lui fit
des offres tres-avantageuſes & tres-
honorables. M. *le Fevre* accepta ce
parti & ſe diſpoſoit à partir, lorſqu'il fut attaqué d'une fiévre conti-
nuë, qui l'emporta en onze jours.
Il mourut le 12. Septembre 1672.
âgé de 57. ans.

Il étoit bel homme, d'une taille
au deſſus de la médiocre, mais peu
dégagée. Il étoit naturellement bon,
mais un peu bruſque. Il déteſtoit le
menſonge, & ne pouvoit ſouffrir les
grands parleurs. Il étoit charitable &
ſenſible à l'affliction des malheureux.
Quoiqu'il eut rompû preſque tout
commerce, pour ne s'attacher qu'à
ſes Livres, il aimoit ſes amis avec
tendreſſe, & ſe faiſoit un plaiſir inconcevable de leur rendre ſervice.
Comme il étoit tout feu, il s'empor-

toit facilement dans son domestique , mais cela passoit dans le moment.

Quoiqu'il fût dans un des plus
beaux pays du Royaume, il ne se
promenoit presque jamais. Son étude , ses enfans & un jardin, où il
avoit toutes sortes de belles fleurs
qu'il prenoit plaisir à cultiver lui-
même, étoient son divertissement
ordinaire.

Il prenoit un si grand plaisir à
enseigner ses enfans , & il avoit une
si grande envie de les avancer , qu'il
ne perdoit pas la moindre occasion
de les avoir auprès de lui ; & comme
son emploi ne lui laissoit que fort peu
de temps, il profitoit de tous les
momens qu'il pouvoit avoir. En se
promenant dans son jardin , en s'ha-
billant , pendant qu'on le rasoit , ou
qu'on le peignoit , il les faisoit lire
devant lui , & leur parloit de ce
qu'ils avoient vû dans la derniere
leçon qu'il leur avoit faite, ou de
ce qu'ils devoient voir dans la premiere qu'il leur feroit ; il les in-
terrogeoit d'une maniere , qui bien
loin de les fatiguer , les divertissoit.

Il mangeoit peu , & travailloit preſque toûjours en mangeant ; il ne dormoit pas davantage. Dans ſa jeuneſſe il ſe couchoit tard , & veil-loit beaucoup ; mais il changea de-puis de méthode. Les dix dernieres années de ſa vie , il ſe couchoit toû-jours à neuf heures pour le plus tard, & bien ſouvent à huit. Il avoit le ſommeil ſi leger, que le moindre bruit l'éveilloit. Dès qu'il étoit éveillé , il ne ſe rendormoit plus , & ſe levoit , quelque heure qu'il fût.

Cette maniere de vivre , jointe à la coûtume qu'il prit ſur la fin de ſa vie , par le conſeil de ſon Medecin, de boire toûjours le vin pur , lui échauffa extrememcnt le ſang & lui cauſa la fiévre qui l'emporta. Dans cette fiévre , quoiqu'il fût la plûpart du temps en revêrie , il ne laiſſa pas de traduire en vers Latins 18 Fables de *Locman.*

Heidelberg & *Nimegue* ne furent pas les ſeuls lieux où il fut appellé. Il le fut auſſi à *Utrecht* & à *Leyde* pour être Profeſſeur en Grec. Il avoit même été ſur le point de ſuivre ce dernier parti , & de vendre ſon bien

TANEGUI pour cela ; mais une Lettre que M.
LE-FEVRE. *Diodati* lui écrivit de *Geneve*, le dé-
gouta de ce Pays-là, on ne sçait
pour quoi.

On a prétendu qu'une inclination qu'il avoit à *Saumur* fit sur
lui plus que la Lettre de M. *Diodati*.

On a ajouté que le refus d'aller à
Leyde, n'est pas la seule faute que
cette inclination lui ait fait faire.
Car étant venu à *Paris*, M. *Colbert*
qui vouloit l'arrêter, lui fit des pro-
positions tres-avantageuses, qui l'a-
voient fort ébranlé. Mais tout d'un
coup, & lorsque ses amis s'y atten-
doient le moins, il partit & s'en
retourna à *Saumur*. On veut que ce
fut le souvenir de sa Dame, & l'im-
patience de la revoir, qui l'oblige-
rent à partir si brusquement. Il pensa
périr dans ce voyage sur la Loire,
son bâteau prenant l'eau de tous cô-
tez. Quand il fut hors de danger,
il fit un Distique dont Madame *Dacier* sa fille n'a pû dire que le dernier
vers à M. *Graverol*, mais dont M.
Cappel a suppléé le premier en cette
maniere :

Quid

Quid juvat haud periisse tuis , Lige-
rine , sub undis ,
Si pereo flammis , ô Ligerina ,
tuis.

La Maîtresse de M. *le Fevre* ,
s'appelloit Mademoiselle *Liger.*

Ce départ si brusque déplût à M.
Colbert , & M. *le Fevre* , en perdit
bien - tôt après la pension de cinq
cens écus , que le Roy lui faisoit ,
& dont il avoit été payé pendant
quelques années.

On ne sçait pas si cette inclination l'avoit rendu liberal , ou s'il
l'étoit naturellement ; mais on peut
dire qu'il étoit prodigue pour ses
plaisirs. Il étoit toûjours fort propre & aussi parfumé qu'un *Anacreon.*
De temps en temps il faisoit venir
d'Angleterre des Caisses entieres de
Gands, de Bas de soye , & des Epin-
gles ; & de *Paris* , & même de *Rome*
toutes sortes d'Essences, de Parfums
& de Poudres qu'il distribuoit à ses
amis.

Les personnes de la premiere qualité recherchoient son amitié , & il

Tome III. K.

T. LE FE-
VRB.

avoit toutes les qualitez neceſſaires
pour cultiver la leur. Il lui manquoit à la verité certaines manieres
que la Cour ſeule peut donner , mais
ce qui lui manquoit étoit reparé avec
uſure par la délicateſſe de ſon eſprit
& par la conſtance avec laquelle il
s'attachoit à ſes amis dans le renver-
ſement même de leur fortune.

Son ſtile Latin eſt fin & délicat:
il n'y a ni pointes, ni affectation, tout
y eſt exprimé heureuſement. Il avoit
auſſi beaucoup de génie pour la Poëſie Grecque & Latine , & ſes vers
ſont dignes des meilleurs ſiecles. Son
François n'a pas les graces de ſon
Latin. Il ſçavoit bien les regles de
notre Langue , mais il n'en connoiſſoit pas aſſez le génie & le naturel. Comme il vivoit dans la Province , c'eſt-à-dire , preſque hors du
monde , il a plus écrit par étude ,
que par uſage , & n'a pas toûjours
attrapé le tour François. D'ailleurs
il a gâté ſon ſtyle par une affectation
vicieuſe , en voulant mêler le ſérieux
de *Balſac*, avec l'enjouëment & le
badinage de *Voiture*. Malgré ces défauts , ce qu'il a écrit en cette Lan-

T. LE FE-
VRE.

que ne laisse pas de plaire , & si ses traductions n'ont pas toute l'élegance possible , elles se soûtiennent par la fidelité & par les sçavantes réfléxions dont elles sont accompagnées.

Il a eû de *Marie Olivier* sa femme un garçon nommé *Tanegui le Févre* , qui a été Ministre en Hollande , & ensuite quinze ou seize ans à *Londres* , qui ensuite est venu en 1697. à *Paris* où il a embrassé la Religion Catholique , & dont on a un petit Ouvrage *de Futilitate Poetices* imprimé à *Anst.* en 1697. *in* 12. & deux filles , l'une qui est Madame *Dacier* , & l'autre qui a été mariée à *Paul Bauldri* Professeur d'*Utrecht*.

Catalogue de ses Ouvrages.

1. *Lucianus de morte Peregrini Græce & Latine cum notis. Paris.* 1653. *in* 4^n.

2. *Diatribe. Fl. Josephi de Jesu Christi testimonium suppositum esse. Salmurii* 1655. *in* 8°.

3. *Le Timon de Lucien avec des Remarques & une Version Latine.* Il estimoit beaucoup plus l'Edition de Peregrin , que celle de Timon , apparemment parcequ'elle est bien plus

correcte que l'autre.

4. *Epiſtolarum pars 1. Salmurii*
1659. in 4°. 2. pars cui accedunt A-
riſtophanis Concionatrices Græce & La-
tine cum notis. Salmurii 1695. in 4°.
Ces Lettres ſont toutes Philoſophi-
ques. On y voit pluſieurs corrections
de paſſage d'anciens Auteurs, mais
on s'eſt plaint de la hardieſſe de ces
corrections, qui ne ſont jamais fon-
dées ſur l'autorité des Manuſcrits,
que M. *le Févre* ne ſe mettoit gueres
en peine de conſulter, mais ſeulement ſur ſon imagination. Voici ce
qu'en dit M. *Gallois* dans le Journal
» des Sçavans de 1666. Toutes les
» matieres que traite l'Auteur ſont
» preſque de Critique: on y voit
» pluſieurs paſſages des anciens
» Auteurs expliquez avec beau-
» coup d'érudition, des conjec-
» tures ingenieuſes pour réta-
» blir des endroits qui paroiſſent
» corrompus, & de belles remarques
» touchant l'Hiſtoire & la Chrono-
» logie. Mais il eſt difficile de dire ſi
» cette Critique de M. *le Fevre* eſt
» plus avantageuſe que préjudiciable
» aux Auteurs dont il parle. Car s'il
» a éclairci pluſieurs endroits de leurs

» Ouvrages , il y a fait voir plufieurs T. LE FE-
» défauts confiderables , & il a mê- VRE.
» me prétendu montrer que fouvent
» ils n'entendoient pas la langue
» dont ils fe font fervis dans leurs
» Livres. Il a porté fa Critique juf-
» ques fur l'Ecriture Sainte , & il a
» touché à quantité d'endroits dans
» lefquels il a changé des mots, tranf-
» pofé des periodes, & quelquefois ô-
» té des lignes entieres & cela fans
» apporter aucune preuve de ce qu'il
» avance , fi ce n'eft qu'il lui femble
» que le fens en feroit meilleur &
» plus intelligible. Dans la Comedie
» d'*Ariftophane* qu'il a jointe à fa fe-
» conde partie , il auroit pû fe paffer
» d'expliquer avec tant de foin cer-
» taines obfcenitez dans lefquelles ce
» Poëte avoit affecté d'être obfcur.

5. *Journal du Journal , ou Cenfure
de la Cenfure. Saumur.* 1666. *in* 4°.
Le jugement de l'Auteur du Journal des Sçavans fur fes Lettres , que
je viens de rapporter , lui étoit trop
peu favorable , pour que fa délica-
teffe n'en fut pas bleffée. Il fait affez
connoître par la vivacité du ftile de
ce petit Ouvrage , qu'il en avoit été

piqué au vif. M. *Gallois* en parlant
de cette réponse dans son Journal
n'en épargne gueres l'Auteur; ce
qui lui attira une replique aussi forte; elle est intitulée:

6. *Seconde Journaline. Saumur* 1666.
in 4°.

7. *Dionysii Longini de sublimi libel-
lus, Græce & Latine, cum notis. Salmurii* 1663. *in* 12. Ces notes sur *Longin* étoit la piece favorite de M. le
Fevre; M. *Graverol* croit que c'est cet
Ouvrage qui lui procura une pension
de cinq cens écus, que le Roy, à qui
il l'avoit dedié, lui donna. Il avoit
promis de faire de plus grandes notes sur *Longin*; mais elles n'ont point
paru.

8. *Phædri Fabulæ cum notis & Gallica versione. Salmurii* 1664. *in* 12.

9. *Lucretius cum conjecturis, emendationibus & notulis perpetuis. Salmurii* 1662. *in* 4°. 2. *edit. accedunt Ober-
ti Giphanii vita Lucretii & D. Lam-
bini index. Cantabrigiæ* 1686. *in* 12.
M. le Févre dédia cet Ouvrage à M.
Pellisson, lorsqu'il étoit à la Bastille,
c'étoit un effet de son bon cœur &
de sa reconnoissance. M. *Pellisson*

lui faiſoit une penſion de cent écus qui T. le Fe-
lui étoit payée par M. *Ménage*, par- vre.
ce que M. *Pelliſſon* ne vouloit pas
qu'il ſçût qu'elle venoit de lui. Elle
fut payée pendant quatre ans, juſqu'à l'empriſonnement de M. *Pelliſſon*. M. *Ménage* fit alors ſçavoir à
M. *le Fevre* le nom de ſon bienfaiteur, qui n'étoit plus en état de lui
faire du bien. (*Ménage*, *to.* 2.)

10. *Abregé des Vies des Poëtes Grecs.
Le Mariage de Belfegor, nouvelle Italienne, traduite en François. La vie de
Theſée, traduite du Grec de Plutarque en François.* 1665. *in* 12.
Les vies des Poëtes Grecs, dit M. de
Salo dans le Journal des Savans, ſont
écrites d'une maniere trés-agreable.
Elles ont été d'autant mieux reçûës,
qu'il n'y avoit rien ſur ce ſujet dans
notre Langue. M. *Baillet*, dans ſes
Jugemens des Savans, ajoûte à ce
jugement, que ce même ſtile qui eſt
agréable pour les uns, paroît fort
dégoûtant aux autres, qui l'ont trouvé trop bas, & d'une affectation,
qui à leur avis tient un peu de la pe-
danterie, outre qu'il pouvoit en dire plus qu'il n'a fait. Il avouë cepen-

dant qu'il y a beaucoup d'érudition dans ce recueil, & se plaint en même temps que M. *le Fevre* n'ait point averti du grand secours qu'il a tiré de l'Ouvrage de *Lilio Greg. Giraldi*. M. *Reland* a fait réimprimer à *Amsterdam* en 1700. *in* 12. les vies des Poëtes Grecs avec un petit nombre de savantes notes, mais sans les deux autres pieces qui n'y ont aucun rapport. Le mariage de *Belfegor* est une nouvelle traduite de l'Italien de *Machiavel*, où cet Auteur fait voir d'une maniere ingenieuse qu'il se trouve quelquefois des femmes, qui sont plus méchantes que le diable, & même assez méchantes pour le faire enrager.

11. *Le festin de Xenophon, traduit en François. Paris* 1666. *in* 12.

12. *Premier Alcibiade de Platon mis en François. Paris* 1666. *in* 12. M. *le Févre* a ajoûté à la fin de cette traduction des notes où il rétablit plusieurs passages que *Marsile Ficin* & *Serranus* n'avoient pas entendus.

13 *Traité de la superstition composé par Plutarque, & traduit en François avec un Entretien sur la vie de Romulus.*

lus. *Saumur* 1666. *in* 12. L'entretien T. LE FA-
fur la vie de *Romulus* ne contient que VRE.
l'Hiftoire de ce Roy jufqu'à l'enleve-
ment des Sabines.

14. *Cl. Æliani varia Hiftoriæ
Græce & Lat.* emendatæ à T. *Fabro.
Salmurii* 1667. *in* 8°.

15. *Eutropii Hiftoria Romana,
cum Viris Illuftribus Aurelii Victoris,
cum brevibus notis. Salmurii* 1667. *in*
8°.

16. *Juftini Epitome Hiftoriarum
Univ. Trogi Pompei cum emendationibus & notis. Salmurii* 1671. *in* 12.

17. *Terentii Comœdiæ ex recenfione
& cum notulis T. Fabri. Salmurii*
1671. *in* 12.

18. *Q. Horatii Flacci opera cum
notulis. Salmurii* 1671. *in* 12.

19. *Apollodori Athenienfis de Deo-
rum origine libri III. Gr & Lat.* re-
cenfiti & notis illuftrati. *Salmurii*
1661. *in* 8°.

20. *La vie d'Ariftippe*, traduite
du Grec de *Diogene Laërce. Paris*
1667. *in* 12. inferée dans les *Memoires de Litterature de alengre*, tome 2.
partie 2.

21. *Virgilii opera cum notis. Sal*
Tome III. L

murii 1675. *in* 12.

22. *Plinii Panegyricus ex recensio-*
ne. Tan. Fabri. Salmurii 1671. *in* 12.

23. *Dionisii Alexandrini de situ*
Orbis liber Gr. & Lat. ex recensione.
Tan. Fabri. Salmurii 1676. *in* 8°.

24. *Methode pour commencer les*
Humanitez Grecques & Latines. Ouvrage excellent que M. *de Sallengre*
a insere dans ses *Mémoires de Littera-*
ture (*tome* 2. *partie* 2.) à cause de sa
rareté, & de sa bonté.

25. *Anacreontis & Saphonis Car-*
mina Gr. & Lat. cum notis. Salmu-
rii 1680. *in* 12. Les notes Latines
qui accompagnent cette édition ont
été jointes à la traduction Françoise
que Madame *Dacier* a fait de ces Poësies, dans l'Edition *d'Amsterdam de*
1716. *in* 8°.

26. *Scaligerana, ou bons mots, ren-*
contres agréables & remarques judicieu-
ses & savantes de Jean Scaliger, avec
des notes de Tanegui le Fèvre, & de
Paul Coloniez. Groningue 1669. *in*
12. Item, *Cologne* 1695. *in* 12. Ce
Scaligerana est appellé *prima* pour
le distinguer d'un autre, qui a été
imprimé auparavant, c'est-à-dire en

1667. mais qui n'a été fait qu'après. T. LE FE-
Celui dont il s'agit, eft tout en La- VRE.
tin, au lieu que l'autre eft mêlé de
François & de Latin. *Francois Si-*
gonius voulant le faire imprimer le
montra à M. *le Fevre*, & à M. *Colo-*
miez, qui y ont ajoûté des notes, ce
qui donne à ce recueil un mérite que
l'autre n'a pas.

Voyez fon Eloge par M. Graverol,
& l'Hiftoire de la ville de Caen par
M. Huet.

ANNE LE FEVRE.

ANNE *le Fevre* nâquit à *Sau-* A. LE FE-
mur fur la fin de l'année 1651. VRE.
de *Tanneguy le Fevre* & de *Marie O-*
livier. M. *le Fevre* avoit alors un ami
particulier fort fçavant en Aftrono-
mie, & qui étoit fort entêté de l'Af-
trologie judiciaire, qu'il croyoit une
fcience fort folide & fort fûre. Cet
homme avoit fait plufieurs horofco-
pes, ou le hazard l'avoit fait réüffir
quelquefois. Le jour même qu'*Anne*
le Fevre vint au monde, le pere dit
à cet ami qu'il devoit bien tirer la fi-

gure de cet enfant, & lui donna
l'heure précise de sa naissance.

L'Astrologue aprés avoir bien travaillé à cette figure, dit a M. *le Fevre*, qu'il l'avoit trompé, & qu'il
n'avoit pas bien marqué l'heure; car,
disoit-il, je vois dans cette naissance une fortune & un éclat, qui ne
peuvent convenir à une fille. *Anne
le Fevre* s'est toûjours servie depuis de
cette avanture, pour faire voir le
frivole de cet Art, qui avoit trouvé
de si grandes choses dans l'Horosco-
pe d'une fille, qui n'avoit aucune
fortune, & qui menoit la vie d'une
recluse. Mais d'autres au contraire
ont voulu faire valoir cette prédiction, & s'en servir pour établir &
autoriser cet art en rapportant ces
grandes promesses de fortune & d'é-
clat à la haute réputation qu'elle s'est
acquise.

Son pere ne pensoit nullement à
l'élever dans les Lettres; mais le hazard, ou plutôt la Providence en
decida autrement. M. *le Fevre* avoit
un fils qu'il élevoit avec un grand
soin; pendant qu'il lui faisoit des leçons, *Anne le Fevre*, qui avoit alors

onze ans, étoit preſente & travail- A. ɪᴇ Fᴇ-
loit à la tapiſſerie. Il arriva un jour ᴠʀᴇ.
que le jeune écolier répondant mal
aux queſtions de ſon pere, ſa ſœur
le ſouffloit en travaillant, & lui ſug-
geroit ce qu'il devoit répondre. Le
pere l'entendit, & ravi de cette découverte, il reſolut d'étendre ſur
elle ſes ſoins, & de l'appliquer à l'é-
tude. Elle fut trés fâchée d'avoir
tant parlé, car dés ce moment elle
fût aſſujettie à des leçons reglées. Elle fit en peu de temps de ſi grands
progrès, que ſon pere charmé d'un
ſi excellent naturel, s'appliqua entierement à l'inſtruire. De ſon éco-
liere, elle devint ſon conſeil, de
ſorte qu'il ne faiſoit rien ſans le lui
communiquer.

Elle prenoit ſouvent la liberté de
diſputer avec lui. Une de leurs plus
celebres diſputes fut ſur le *Quinte-
Curce* de M. de *Vaugelas.* Son pere le
lui faiſoit lire devant lui, & étoit
charmé de cette traduction, qui en
effet a de grandes beautez, pour le
temps où elle fut faite. Mais elle a-
voit la hardieſſe de lui marquer des
choſes qui lui déplaiſoient, de gran-

des negligences pour le stile, des fautes même de langage, & des endroits mal traduits ou mal rendus, & souvent il étoit forcé d'en convenir. Le dépit de s'être trompé ne faisoit qu'augmenter en lui la joye de voir dans une personne si jeune un sentiment si fin, & un goût si exquis.

Lorsqu'elle sçût assez de Latin pour lire *Phedre* & *Terence*, il l'appliqua au Grec. Cette Langue eut pour elle tant de charmes, qu'en peu de temps elle fut en état de lire *Anacreon*, *Callimaque*, *Homere*, & les Tragiques Grecs. Elle marquoit dans ses lectures un sentiment si vif de toutes les beautez de ces excellens originaux, que son pere étoit ravi, & que le plaisir de l'instruire adoucissoit toutes les peines de sa profession.

Pour la divertir dans ses études serieuses, il lui apprit l'Italien, elle lut avec lui plusieurs Poëtes, & enfin le *Tasse* où elle démêloit admirablement la difference qu'il y a entre ce Poëte, & *Virgile* & *Homere*.

Son Pere étant mort en 1672. elle vint l'année suivante à Paris, où sa

réputation l'avoit deja devancée. A. LE FE-
Elle s'appliqua à travailler alors fur VRE,
Callimaque. Elle en fit voir quelques
Cahiers à M. *Huet* fous-Précepteur
de Mgr. le Dauphin, & à plufieurs
fçavans de la Cour. Cela fit tant de
bruit que M. le Duc de *Montaufier*
lui fit propofer de travailler à quelques Auteurs Latins pour l'ufage
de ce jeune Prince. Elle rejetta d'a-
bord cette propofition qu'elle trouvoit au-deffus de fes forces. M. de
Montaufier ne fe rebuta pas, il lui
fit l'honneur de la venir voir, &
charmé de la converfation qu'il eut
avec elle, il ne la quitta point qu'il
ne l'eut difpofé à obéir, & à accepter une chofe qui lui étoit fi glo-
rieufe, & dont il lui faifoit attendre
de grands avantages.

La renommée fit retentir le bruit
de fon nom par toute l'Europe. La
Reine de Suede *Chriftine* en fut
frappée, & lui fit faire des compli-
mens par M. le Comte de *Conigs-
mark.* Mademoifelle *le Fevre* pour
témoigner à la Reine fa reconnoif-
fance d'un fi grand honneur lui écrivit une lettre Latine, & lui envoya

L iiij

son *Florus* , qui avoit paru en 1674.

La Reine reçût son present avec
bonté & daigna l'en remercier par
une lettre fort obligeante. Quelque
temps après elle lui fit encore l'honneur de lui écrire pour la presser de
se convertir , & pour l'attirer auprès
d'elle avec des offres très-avantageu-
ses.

Au commencement de l'année
1683. elle épousa M. *Dacier* , avec
lequel elle avoit été élevée dès sa premiere jeunesse. Je ne sçai sur quel
fondement certains Auteurs ont prétendu qu'un premier Mariage avoit
precedé celui-ci. On assure dans la
Bibliotheque Germanique (tom. 3.
p. 156.) qu'elle avoit épousé d'abord
un Libraire de *Saumur* , nommé
Jean Lesnier , qui pendant douze
ans ou environ , imprima plusieurs
Ouvrages de *Tannegny le Fevre* son
pere. La mauvaise humeur de ce
mari la força , dit-on , de se retirer
chez son pere , auprès de qui elle reprit l'étude des Belles Lettres, qu'elle avoit abandonnée pendant son
Mariage. On a inseré aussi dans le
premier tome de la Bibliotheque

Françoise un Memoire où l'on attri- A. LE FE-
bue sa desertion de chez son mari à VRE.
une cause moins honnête, & l'on attaque la sincerité de sa réunion à l'E-
glise Catholique. Mais il est assez ordinaire, lorsqu'on abandonne un
parti, de se voir exposé aux juge-
memens desavantageux & aux calomnies même de ceux qu'on a quitté, & c'est sur ce pied-là, qu'on
doit regarder le Memoire dont je
viens de parler.

Madame *Dacier* declara peu de
temps après son Mariage à M. le Duc
de *Montausier* & à M. l'Evêque de
Meaux, le dessein qu'elle avoit de se
convertir, car il y avoit déja quel-
que-temps qu'elle avoit ouvert les
yeux à la verité. Mais comme M.
Dacier n'étoit pas encore convaincu,
& qu'il vouloit se mettre à couvert
de l'illusion que des vûës de fortune
pourroient lui faire, & se retirer
dans un lieu où il pût travailler à
s'éclaircir, ils partirent au commencement de l'année 1684. pour
aller à *Castres*, où ils avoient un
bien mediocre, mais que leur sagesse leur faisoit trouver suffisant.

refolus à ceffer pour un temps tout
commerce avec l'Antiquité profane,
& à fonger uniquement au parti
qu'ils avoient à prendre.

Leurs amis n'oublierent rien pour
empêcher ce voyage , & M. de *Char-
leval* , cet homme fi celebre par la
delicateffe de fon efprit , croyant que
c'étoit le mauvais état de leurs affaires qui les forçoit à quitter *Paris* yint
leur apporter dix mille livres en or,
les conjurant de les accepter. Ils virent avec plaifir cette marque d'une
generofité , dont il eft peu d'exemple , mais ils refuferent conftamment
d'en profiter. Le pretexte dont ils
fe fervirent pour ne pas reveler le veritable motif de leur voyage fut
que *Madame Dacier* étoit bien aife
de connoître la famille de fon mari.

Pendant leur féjour à *Caftres*, ils
s'appliquerent uniquement à s'inftruire par la lecture de l'Ecriture
Sainte & des Peres , des matieres
controverfées ; ils chercherent la verité dans ces fources pures avec un
cœur fincere , & la verité fe decou-
vrit à eux. Ils firent une abjuration

publique au mois de Septembre A. LE FE-
168 5. & travaillerent enſuite utile- VRE.
ment à la converſion de pluſieurs perſonnes, que leur exemple avoit tou-
chées.

Cette action étoit trop meritoire
pour demeurer ſans récompenſe. M.
l'Evêque de *Meaux* & M. de *Montauſier*, qui avoient toûjours pris ſoin
de la fortune de Mademoiſelle le Fevre, du temps même qu'elle étoit
Proteſtante, en parlérent au Roy. Ce
Prince qui n'attendoit que leur converſion pour leur faire part de ſes
bienfaits, accorda d'abord à M.
Dacier une penſion de quinze cens
livres, & une autre de cinq cens à
ſon épouſe ; le Brevet fut expedié
dès le mois de Novembre, & ſur
l'avis qu'ils en curent, ils ſe déterminerent à retourner à *Paris*, où
après avoir été reçûs du Roy avec
une bonté particuliere, ils reprirent
chacun en particulier leurs travaux
litteraires.

Monſieur *Dacier* ayant perdu ſon
pere en 1692. Madame *Dacier* alla
ſeule à *Caſtres*, pour y regler leurs affaires domeſtiques, & elle en revint

en 1693. A son retour elle jugea que l'ouvrage le plus important & le plus necessaire pour elle, étoit de s'appliquer à continuer l'éducation, qu'elle avoit déja commencé de donner à une fille & un fils, que Dieu leur avoit donnez. Ces enfans repondirent si bien à ses soins, que le fils à dix ans qu'il avoit quand il mourut, étoit plus avancé qu'on ne l'est ordinairement à vingt. On en jugera par ce seul trait. Elle lui avoit fait lire *Herodote*, & comme il avoit une passion extrême pour les Lettres, & une avidité insatiable pour la lecture, il lui avoit derobé un *Polybe*, qu'il lisoit en secret. Ce vol fut découvert, & une personne d'esprit lui ayant demandé un jour quel jugement il faisoit de ces deux Historiens, cet enfant lui répondit : *Herodote est un grand Enchanteur, mais Polybe est un homme de grand sens.*

Cet enfant mourut en 1694. Elle supporta sa perte avec sa constance ordinaire, & aida à consoler son mari, qui retrouvoit tout en elle. Son unique consolation fut de continuer à élever sa fille, qui quelques années

après ſe fit Religieuſe à l'Abbaye de A. le fe-
Longchamp. vre.

Elle eut enſuite une autre fille,
qu'elle éleva avec le même ſoin, &
qui réunit en elle tous les talens &
toutes les vertus qui pouvoient orner & perfectionner ſon Sexe. Cette
fille mourut à l'âge de 18. ans, & ſa
mere immortaliſa ſa douleur, & le
merite de cette jeune perſonne dans
ſa Préface de l'Illiade, où elle lui a
élevé un monument plus durable que
toutes les ſtatues.

Elle a été fort accablée d'infirmités
les deux dernieres années de ſa vie,
& eſt morte après une maladie très
douloureuſe le 17. Août 1720. âgée
de 69. ans.

Les talens de ſon eſprit, ſi conſi-
derables qu'ils fuſſent, étoient cependant inferieurs aux qualitez de
ſon cœur. On n'a jamais vû dans une
femme plus de courage, de fermeté,
de bonté, d'égalité d'ame, de pieté,
de ſageſſe & de modeſtie. Elle avoit
ſurtout une charité ardente pour les
pauvres : elle s'eſt ſouvent miſe à
l'étroit pour les ſecourir, & M. *Da-*
cier lui ayant repreſenté un jour

qu'elle devoit se moderer, & avoir
égard à l'état de leur fortune, elle
lui dit ces mots si remarquables : *Ce*
ne sont pas les biens que nous avons qui
nous ferons vivre ; ce sont les charitez
que nous ferons ; elles nous rendrons amis
de Dieu, & contribueront à effacer nos
pechez.

Sa modestie étoit si grande, que
jamais elle ne parloit de Science, ni
de ce qu'elle avoit faite, & qu'elle
ne faisoit jamais paroître dans ses
conversations l'avantage qu'elle pouvoit avoir de ce côté là sur la plûpart de ceux avec qui elle s'entretenoit. Ses amis même les plus particuliers avoient de la peine à la faire
entrer dans les matieres de Science
& de Belles Lettres. Elle se propor-
tionnoit toûjours à la portée de ceux
qu'elle voyoit, & jamais elle ne s'é-
levoit au-dessus du commun. Ceux
qui ne la connoissoient point ne pouvoient découvrir en elle qu'une femme ordinaire, qui ne sçavoit que
garder les bienseances de son Sexe.
On rapporte d'elle une chose assez
singuliere.

Les Sçavans du Nord qui voya-

gent ont grand foin de vifiter dans
rous les pays où ils paffent les perfonnes diftinguées par leur fçavoir,
& portent avec eux un Livre, où ils
les prient de mettre leur nom avec
une Sentence. Un Gentilhomme Allemand très favant vint voir Madame
Dacier, & lui prefenta fon Livre, en
la priant d'y mettre fon nom & une
Sentence. Elle vit dans ce Livre les
noms des plus Sçavans hommes de
l'Europe, cela l'effraya; & elle lui
dit qu'elle rougiroit de mettre fon
nom parmi tant de noms illuftres,
& que cela ne lui convenoit point.
Il ne fe rebuta pas; plus elle fe dé-
fendoit, plus il la preffoit; il revint
plufieurs fois à la charge. Enfin vain-
cuë par fes importunitez, elle prit la
plume, & mit fon nom avec ce Vers
de Sophocle,

γυναιξὶν ἡ σιγὴ φέρει
Κοσμον

Le filence eft l'ornement des femmes.
L'Etranger furpris & étonné de
ce trait, qui marquoit fon caractere,
demeura dans l'admiration.

Dans ces derniers troubles qui ont
affligé l'Eglife, on l'a fouvent voulu

A. LE FE-
VRE.

obliger à parler & à dire son sentiment ; mais elle répondoit toûjours
que ce n'étoit point aux femmes à se
mêler de ces sortes d'affaires, qui
étoient si fort au-dessus d'elles ;
qu'elles devoient se contenter de
gemir & de prier Dieu qu'il éclai-
rât ceux qui devoient appaiser ces
troubles.

Des personnes pieuses, qui avoient
meilleure opinion d'elle, qu'elle n'en
avoit elle même, ont souvent fait des
tentatives, pour l'obliger à travailler sur quelques Livres de l'Ecriture
Sainte, & à en donner une traduction avec des remarques. Mais elle a
toûjours rejetté bien loin cette pro-
position, disant pour toute réponse, qu'une femme devoit lire l'Ecriture Sainte, la bien méditer, régler
sur elle toutes ses actions, & garder le silence que Saint Paul lui im-
pose.

L'Academie des *Ricovrati* de
Padoüe lui fit en 1684. l'honneur
de lui donner une place dans son
Corps.

Catalogue de ses Ouvrages.

1. *Callimachi Hymni, Epigram-*
mat.

mata & Fragmenta, Gracè & Lati- A. LE FE-
ne, nec non ejuſdem Poëmatium de VRE.
coma Berenices a Catullo verſum,
edente cum notis & indice Anna Ta-
*naquilli Fabri filia. Pariſ.*1674. *in* 4°.
Cet Ouvrage qui eſt le premier qu'elle a compoſé, a commencé à luï
donner un grand nom parmi les
Sçavans.

2. *L. A. Flori Hiſtoria Romana.*
*Ad uſum Delphini. Pariſ.*1674. *in* 4°.
It. *Oxonii* 1692. *in* 8°. It. *Venetiis*
1714. *in* 4°.

3. *Dictis Cretenſis & Dares Phry-*
gius, ad uſum Delphini. Pariſ. 1684.
in 4°. It. *Editio auctior notis vario-*
rum, &c. *Amſtelodami* 1702. *in* 8°.
Les Commentaires de Mademoiſelle *le Fevre* ſur ces deux Auteurs
ſont très ſçavans. La 2. Edition de
celui-ci eſt de *Jacques Perizonius.*

4. *Sexti Aurelii Victoris Hiſtoriæ*
Romanæ compendium cum interpretatio-
ne & notis, ad uſum Delphini. Pariſ.
1681. *in* 4°. On trouve dans les notes pluſieurs points de l'Antiquité
expliqués avec beaucoup de netteté &
d'érudition.

5. *Les Poeſies d'Anacreon & de Sa-*
Tome III. M

A. LE FE-
VRE.

pho, traduites du Grec en François,
avec des Remarques. Paris 1681. in 8°.
Item. *Nouvelle Edition augmentée des*
Notes Latines de Tanegui le Fevre, &
de la traduction en Vers François de
M. de la Fosse. Amsterdam 1716. in 8°.
Cet Ouvrage eut un succès extraordinaire. On trouva dans cette traduction une si grande naïveté, une
simplicité si noble, & une si grande
pureté de langage, qu'on crût devoir
attendre beaucoup d'elle en ce genre
d'écrire. M. Despreaux lui donna cette loüange, qu'elle devoit faire tomber la plume des mains à tous ceux
qui entreprendroient de traduire ces
Poësies en Vers.

6. *Eutropii Historiæ Romanæ Bre-*
viarium ab urbe condita; usque ad Va-
lentinianum & Valentem, Augustos
cum notis & emendationibus, ad usum
Delphini. Paris. 1683. in 4°. It. Oxo-
nii 1696. in 8°.

7. *L'Amphytrion, l'Epidicus, &*
le Rudens, Comedies de Plaute, tra-
duites en François, avec des Remar-
ques & un examen selon les Regles du
Théatre. Paris 1683. in 12. 3. tomes.
It. dans l'Edition que M. de *Limiers*

a donnée de *Plaute*, à *Amſterdam en*
1718.

8. *Le Plutus & les Nuées d'Ariſto-*
phane, *Comédies Greques*, *traduites*
en François, *avec des Remarques &*
un examen de chaque piece ſelon les
Regles du Théatre. Paris 1684, *in* 12.
Madame *Dacier* étoit ſi charmée des
Nuées d'*Ariſtophane*, qu'elle aſſure
qu'elle a lû cette piece avec plaiſir
juſqu'à deux cens fois. Peut être quelques perſonnes regarderont-elles cela
plutôt comme une marque de ſa prévention pour les Ouvrages de l'Antiquité, que comme une preuve de l'ex-
cellence de la piece.

9. *Les Comédies de Terence traduites*
en François avec des Remarques. Paris
1688. *in* 12. 3. tomes. Item. *Amſter-*
dam 1691. *in* 12. 3. tomes It. *Zit-*
taw 1705. *in* 12. It. *Roterdam* 1717.
3. vol. *in* 8°. *avec des figures à cha-*
que Acte, *tirées des anciens Manuſ-*
crits, *où l'on voit les Maſques*, &
l'action des perſonnages de chaque Co-
médie. Quand Madame *Dacier* eut
entrepris de travailler ſur *Terence*,
pluſieurs de ſes amis tâcherent de la
détourner de ſon entrepriſe, en lui

A. LE FE-representant que le *Terence* de *Port*
VRE.
Royal étoit si estimé, que quand même le sien seroit meilleur, le préjugé
fondé sur la reputation de ceux qui
avoient travaillé à cette traduction
seroit contre elle, & qu'elle auroit
le déplaisir d'échoüer dans son dessein. Mais ces oppositions bien loin
de la rebuter, enflammerent encore
plus son courage, elle se donna des
peines incroyables pour vaincre ce
préjugé. Elle se levoit à cinq heures
du matin pendant un hyver fort
rude, & fit quatre Comédies. Mais
quelques mois après quand elle relut
son Ouvrage, & qu'elle le compara
à l'Original, elle trouva que son
grand travail lui avoit nui, que son
Ouvrage sentoit la lampe, à la lueur
de laquelle il avoit été fait, & qu'elle étoit fort éloignée d'avoir attrapé
la naïveté, les graces & la noble simplicité de son Auteur. Affligée au
dernier point du mauvais succès de
cet essai, & dégoûtée de son travail,
elle eût le courage de jetter au feu ces
quatre Comédies, & de recommen-
cer. Comme elle s'y prit avec plus de
moderation, elle réussit beaucoup
mieux, & mit enfin cet Ouvrage dans

une fi grande perfection, qu'il fut ad- A. LE FE·
miré de ceux même qui lui avoient VRE·
été les plus opposez ; une chose fin-
guliere & très honorable pour elle,
c'est qu'ayant pris la liberté de changer des Scenes & des Actes, ses conjectures se trouverent ensuite confirmées
par un excellent Manuscrit de la Bibliotheque du Roi : l'Edition de
1724. qui est la derniere *in* 12. 3.
vol *Fig. Amsterd.* l'emporte de beaucoup sur les autres. Madame *Dacier* y avoit fait dès la précedente
édition dans la Version des chan-
gemens qui la rendent meilleure plus élegante , & quelquefois plus litterale. Les remarques , qui sont augmentées, sont
courtes & bien choisies. Les Figures , qui sont curieuses, ont été gra-
vées sous la direction de M. *Picart.*

10. *Reflexions Morales de l'Empe-*
reur Marc-Antoine , avec des remar-
ques Paris 1691. *in* 12. 2. tomes. M.
& Madame *Dacier* avoient jusques-
là travaillé separement , & n'avoient
donné aucun Ouvrage en commun.
M. le Premier Président de *Harlay*
leur proposa celui-ci comme digne
de leurs soins ; & afin qu'ils fussent

moins interrompus dans ce travail,
il leur prêta sa maison du *Mesnil-
Montant*, près de *Paris*, où il alloit
deux fois la semaine voir combien
l'Ouvrage avoit avancé. Ce fut ce
qui les engagea à lui dedier leur traduction, qui est aussi élegante que
fidelle, les remarques sont enrichies
d'une érudition exacte & curieuse,
mais qui n'est pas prodiguée.

11. M. *Dacier* ayant entrepris la
traduction des Hommes Illustres de
Plutarque, Madame *Dacier* voulut
partager ce travail avec lui, & fit
deux Vies; mais cet Ouvrage ayant
été interrompu par d'autres, dont
M. *Dacier* se trouva chargé, elle porta ailleurs ses vûës; & comme elle
souhaitoit depuis longtems donner
une traduction d'*Homere*, elle laissa
à M. *Dacier* le soin d'achever seul le
Plutarque.

12. *L'Illiade d'Homere traduite en
François avec des remarques. Paris.
Rigaud* 1711. 3. vol. *in* 12. Item
Nouvelle Edition. Paris 1720. 3. vol.
in 12. Cette traduction est élegante
& fidelle; mais elle n'a pas contribué à désabuser ceux qui n'etoient

pas prévenus aſſez favorablement A. LEFE-
pour Homere. VRE.

13. *Des Cauſes de la corruption du
Goût.* Paris 1714. *in* 12. Item *Amſterdam* 1715. *in* 8°. Cet Ouvrage eſt
contre M. de *la Mothe*, qui dans la
Préface de ſon Illiade avoit témoigné peu d'eſtime pour ce Poëme ;
Madame *Dacier* choquée de cette liberté, prit auſſitôt la plume pour
défendre ſon Auteur favori ; mais il
faut avoüer que ſon amour pour lui,
lui a fait oublier les égards qu'elle
devoit à un Auteur eſtimable ; & la
politeſſe, qui ſied ſi bien à toutes
ſortes de perſonnes, & principalement à une Dame ; ça été là le commencement d'une Guerre Litteraire,
qui a produit un grand nombre
d'Ouvrages, dont je donnerai le détail dans un autre endroit.

14. *Homere défendu contre l'Apologie du* R. P. *Hardoüin, ou ſuite des
Cauſes de la Corruption du Goût.* Paris 1716. *in* 12. It. *Amſterdam* 1717.
in 12. Madame *Dacier* veut montrer
dans cet Ouvrage que le P. *Hardoüin,*
en faiſant l'Apologie d'*Homere,* lui
a fait la plus grande injure que ce

Poëte ait jamais reçûë de ses ennemis les plus déclarez. Cette injure se
reduit à deux chefs, le premier est
d'être peu satisfait de ce que les Déf
fenseurs du Poëte Grec ont écrit en
sa faveur, & de vouloir les redresser,
ce qui, suivant Madame *Dacier*, est
précisément la même chose, qu'être
peu satisfait de tout ce qui fait sentir
les beautez d'*Homere*. Le 2. est d'ôter
à ce Poëte toutes les vûës grandes,
nobles & vrayes, pour ne lui en donner que de très fausses, & qui ne
pourroient que le rendre méprisa-
ble. Outre ces Ouvrages sur Homere, Madame *Dacier* a fait encore
une réponse à M. de *la Mothe*, mais
qu'elle a suprimée, après que M. de
Valincourt les eut reconciliez ensemble.

15. *L'Odyssée d'Homere, traduite
en François avec des remarques.* Paris
1716. *in* 12. 3. vol. Cette traduction
ne le cede point à celle l'Illiade;
elle a été réimprimée à *Amsterdam*,
en 1717. en 3. vol. *in* 8°. On a mis
dans celle-ci les notes sous le texte,
au lieu que dans l'Edition de Paris
ellessont à la fin.

V.

V. ſon Eloge. *Mémoire de Trevoux*
Janvier 1721.

ANDRE' DACIER.

ANDRE' DACIER nâ-
quit à *Caſtres*, dans le haut Lan-
guedoc, le 6. Avril 1651. Son pere,
qui étoit Avocat de la Chambre de
l'Edit, & qui faiſoit profeſſion de la
Religion Proteſtante, dans laquelle
il avoit été élevé, n'oublia rien pour
l'y élever de même. D'abord il le fit
étudier au Collége de *Caſtres* qui é-
toit encore mi-parti ; & lorſque par
Arrêt du Conſeil du 17. Novembre
1664. la direction de ce College eut
été donnée aux ſeuls Peres Jeſuites,
il l'envoya à l'Académie de *Puylau-*
rens, & enſuite à celle de *Saumur*,
afin qu'il achevât de s'y perfectionner dans les Humanitez ſous le fameux *Tanneguy le Fevre.*

M. *Dacier*, qui avoit du goût &
de l'inclination pour les Lettres répondit parfaitement aux ſoins d'un
ſi excellent Maître, & M. *le Fevre*
fut ſi content de ſon application, &

Tome III. N

A. DA-
CIER.

de ses progrez, qu'ayant renvoyé
plus d'un an avant sa mort, tous les
éleves qu'il avoit dans sa maison,
M. *Dacier* fut le seul qu'il retint. Ce
sçavant homme donnoit alors toute
son application à former aux Belles
Lettres son illustre fille, qui a été
depuis la gloire & l'honneur de son
Sexe. M. *Dacier* ne put voir le mérite naissant de cette aimable personne, sans en être épris. Elle ne le
fut pas moins de celui de son condis-
ciple, & ce fut dès-lors que se forme-
rent ces sentimens réciproques d'estime & de tendresse, que près de
quarante années de mariage n'ont
pu affoiblir.

La mort de M. *le Feure* arrivée en
1672, obligea M. *Dacier* à retourner chez son pere. Après y avoir demeuré quelque temps il vint à Paris
dans le dessein de chercher un établissement qui lui convint, & de
connoître par lui-même ceux dont
la reputation faisoit alors le plus de
bruit dans la Republique des Lettres.

L'un fut beaucoup plus aisé que
l'autre, & les belles connoissances

que M. *Dacier* avoit puiſées dans la
celebre Ecole de *Saumur*, lui eurent
bientôt acquis l'eſtime & la familia-
rité des Sçavans. Mais comme le chemin de la fortune eſt peu acceſſible
aux gens de Lettres, & qu'il ne voyoit gueres d'apparence que cette
route dût ſitôt s'applanir pour lui,
l'impoſſibilité où il étoit de ſe ſoûtenir à *Paris* ſans emploi, lui fit prendre le parti de regagner la maiſon
paternelle pour une ſeconde fois.

Le peu de ſuccés de ce premier
voyage ne fit point perdre courage
à M. *Dacier*, il en tenta bien-tôt a-
près un ſecond qui fut plus heureux.
Ses amis informerent M. le Duc de
Montauſier de ſon merite & de ſa capacité; & ce Seigneur charmé d'a-
voir trouvé un ſujet qu'il pût mettre
en œuvre, le fit mettre ſur la liſte
des Interpretes Dauphins & le chargea de travailler ſur *Pompeïus Feſtus.*

Il épouſa en 1683. *Anne le Févre,*
dont je viens de parler. Cette union
fut univerſellement approuvée, On
rapporte, dit M. de *Bauval* à cette
» occaſion, que M. le Duc d'Orleans
» (*Gaſton*) ayant vû marier deux

A. DA-
CIER.

» personnes peu favorisées des biens
» de la fortune , dit assez plaisam-
» ment que la faim & la soif se ma-
» rioient ensemble; mais on peut dire
» de l'union de M. *Dacier* & de
» Mademoiselle *le Fevre* que c'est le
» mariage du Latin & du Grec, qu'ils
» possedent tous deux en perfection.

Je ne repeterai point ce que j'ai
déja dit de sa conversion & de ce
qui l'a suivi dans l'article precedent.
Il me suffira d'ajouter quelques dates des honneurs que ses travaux litteraires lui procurerent.

En 1695. il eut la place de M. *Fe-
libien* dans l'Académie des Inscriptions, & celle de M. *François de
Harlay* Archevêque de *Paris* dans
l'Academie Françoise. L'Academie
des Inscriptions ayant reçû une nouvelle forme en 1701. M. Dacier ne
perdit rien à ce changement & fut
conservé Pensionnaire.

Lorsque l'impression de l'Histoire
du Roy par Medailles eût été achevée , il fut choisi pour la presenter
à ce Prince , qui informé des soins
que M. *Dacier* y avoit aportés , &
de la part qu'il avoit eûë aux expli-

cations hiſtoriques qui accompagnent A. D A-
les Medailles, le gratifia d'une pen-CIER.
ſion particuliere de deux mille livres. Il l'honora preſque en même-
tems de la Charge de Garde des Livres du Cabinet du Loûvre, qui é-
-toit vacante depuis l'an 1694. par
la mort de M. l'Abbé de *Lavau.*

L'Aſſiduité de M. *Dacier* à l'Aca-
-demie Françoiſe lui valut la place de
Sécretaire perpetuel que la mort de
M. l'Abbé *Regnier des Marais* laiſſa
vacante en 1713. Il obtint encore
ſur la fin de l'année 1717. un Brevet
de retenue de dix mille écus ſur la
Charge de Garde des Livres du Cabinet, & lorſque par l'Arrêt du
mois d'Août 1720. cette Charge
fut réunie à celle de Bibliothecaire du
Roi, il ne fut pas ſeulement main-
tenu dans les prerogatives de ſon
emploi, ſa vie durant, mais par une
grace qui n'avoit pas encore eu d'e-
xemple, la ſurvivance en fut accor-
dée à ſon épouſe. La mort de Madame *Dacier* arrivée peu de tems après
empêcha que cette précaution ſi
glorieuſe pour elle eut ſon effet.

Il eſt aiſé de concevoir que M.

N iij

A. DA-
CIER,

Dacier fut extremement sensible à cette perte, il s'étoit fait une douce & longue habitude de la Compagnie de son épouse. Il trouvoit en elle une femme aimable, que des études serieuses n'éloignoient point des soins qu'elle dveoit d'abord à son domestique; c'étoit pour lui un ami fidelle qu'il pouvoit consulter dans tous ses doutes, & qu'il ne consultoit jamais en vain. Que ce fut un effet de sa douleur, ou une suite de la vieillesse, M. Dacier n'a fait que languir les deux dernieres années de sa vie. Il songeoit à chercher dans un second mariage de quoi adoucir sa peine, mais la mort l'a empeché. Il est mort le 18. Septembre 1722. d'un Ulcere dans le gosier, qu'il ne croyoit pas si dangereux, puisque la veille même il étoit encore à l'Academie. Il étoit alors âgé de 71. ans.

M. *Dacier* avoit la taille un peu audessous de la mediocre, le visage long & sec. Son abord étoit froid, & sa conversation assez pesante, du moins dans les dernieres années de sa vie; il ne l'animoit gueres, que quand il s'agissoit de défendre les Anciens,

&d'inſpirer à la jeuneſſe l'amour de
la vertu & de l'étude ; il étoit iné-
puiſable ſur ces matieres. Au reſte il
étoit doux , modeſte , ami zelé , extremement laborieux , & rempla-
çant à force de ſoins ce qui lui manquoit du côté de la facilité. Enfin
ſes mœurs , ſes ſentimens , tout re-
traçoit en lui cette ancienne Philoſophie qu'il a tant vantée , cette
Philoſophie , dis-je , accommodée
aux Regles & aux principes du
Chriſtianiſme.

Quelques perſonnes ont accuſé
M. *Dacier* d'avoir porté trop loin ,
de même que ſon illuſtre épouſe , ſon
amour pour les Anciens , on a même fait là-deſſus des railleries aſſez
piquantes. Mais il a toûjours mé-
priſé ces railleries , & ne s'eſt jamais
départi de ſes premiers ſentimens.
Si on ne peut l'approuver entierement ſur ce point , & ſi d'habiles
Théologiens ſe ſont revoltez contre
la conformité que la prévention
pour l'Antiquité lui a fait trouver
entre la Philoſophie Platonicienne ,
& la doctrine des premiers Peres de
l'Egliſe ; entre la ſageſſe du Paganiſ-

A. DA-
CIER.
me & la Morale de l'Evangile, il
faut cependant l'excufer, parce qu'il
avoit fait une étude particuliere de
ceux d'entre les Payens, qui fe font
attachez avec le plusde fuccès à connoître & à regler le cœur de l'Homme; en quoi on ne peut affez l'efti-
mer. Il n'a choifi que des fujets u-
tiles, il n'a confacré fa plume qu'à
des Ouvrages folides, il n'a enrichi
la Langue Françoife que de ce que
la faine Antiquité nous a laiffé de
plus inftructif fur les mœurs. On
trouvera même fi l'on veut lui rendre juftice, que lorfqu'il rencontre
dans les Auteurs qu'il traduit des
maximes peu conformes aux veritables regles de notre Religion, il les
reforme, & en fait fentir le foible
par des remarques édifiantes.

Catalogue de fes Ouvrages.

1. *Sexti Pompeii Fefti & Marci
Verrii Flacci de Verborum fignifica-
tione Libri XX. cum notis & emendationibus, in ufum Delphini. Parif.*
1681. *in* 4°. It. *Amftelod.* 1699. *in*
4°. Il y a peu d'Ouvrage qui ait paffé par tant & de fi fçavantes mains
que celui-ci. *Verrius Flaccus* qui vi-

voit fous l'Empire d'*Auguste* en eft A. DA-
le premier Auteur. *Sextus Pompeius* CIER,
Festus en fit un abregé fous les Empereurs Chrétiens. *Paul Diacre* en
voulut faire autant de celui de *Festus*
du temps de *Charlemagne*, & le dé-
figura de telle maniere, que ni les
foins d'*Alde Manuce*, ni ceux d'*Antoine Augustin*, *Fulvius Urfinus*, *Scaliger* & plufieurs autres n'ont pû
nous le redonner dans fa premiere
beauté. M. *Dacier* à l'exemple de ces
grands hommes y a travaillé avec
foin & y a ajoûté plufieurs belles
corrections & des Supplemens confiderables. Ses notes font précifes,
débarraffées d'un vain étalage d'érudition, & écrites avec une noble
fimplicité. L'Edition d'*Amsterdam*
eft preferable à celle de *Paris*, parce
qu'on y a ajouté les notes entieres de
Joseph Scaliger, de *Fulvius Urfinus*,
& d'*Antoine Augustin*, & de nouveaux Fragmens de *Festus*.

2. *Oeuvres d'Horace en Latin & en
François avec des Remarques Critiques
& Historiques. Paris* 1681. 1689. 10.
vol. *in* 12. Cette Edition fut d'abord
contre faite à *Lyon*, elle l'a été de-

A. DA-
CIER.

puis en plusieurs endroits; mais celle que M. *Dacier* a donné lui-même
à Paris en 1709. en 10. Vol. *in 12.* a
fait tomber toutes les autres, par
les corrections & les augmentations
qu'il y a faites, & a été à son tour
effacée par celle qui a paru à *Amsterdam* en 1726. en 10. Vol. *in 12.*
Cette derniere contient plusieurs
nouvelles additions & des corrections importantes que M. Dacier a-
voit communiquées aux *Wetsteins* qui
l'ont faite. Les jugemens sont assez
differens sur cet ouvrage de M. Dacier. Les uns vantent la fidelité &
l'elegance de la traduction, & les
recherches sçavantes & la Critique
judicieuse, qu'il a sçû repandre dans
ses notes. Les autres au contraire le
representent comme un compilateur
sans choix, qui a preferé la ridicule
vanité d'étaler une érudition assez
fade au plaisir solide de ne dire que
ce qu'il falloit, pour éclaircir les endroits obscurs de l'Auteur dont il a-
voit entrepris de faciliter l'intelligence. D'autres tiennent un milieu
& prétendent que M. *Dacier* a éclairci plusieurs endroits d'Horace, mais

qu'en general il n'a pas été heureux
à nous en developer le fens. Une
chofe dont tout le monde convient,
difent les Auteurs de la Bibliotheque
Françoife (*Tom.* 1. *pag.* 20.) c'eſt
qu'il feroit à fouhaiter qu'il eut cité
plus exactement qu'il n'a fait les
fources où il puifoit certaines Hiſtoires, dont on ne voit pas la moindre trace ailleurs que dans fes écrits.
On a été fur-tout curieux de fçavoir
quel Auteur ancien lui a fourni les
noms des Membres de l'Académie
qu'il trouve à *Rome* du tems d'*Augufte*, & dont il parle avec autant
d'affurance que s'il en avoit eû les
Regiſtres entre les mains. (V. *Tome*
10. *fur l'Art Poëtique.*)

3. *Lettre contenant quelques nouveaux éclairciffemens fur les Oeuvres
d'Horace. Paris* 1708. *in* 12. M. *Dacier* défend dans cette Lettre quelques-unes de fes notes fur *Horace* contre la Critique que M. *Maf-
fon* en avoit faite dans la vie de ce
Poëte. Il y a un peu trop imité la
maniere hautaine avec laquelle fon
adverfaire l'avoit traité, ce qui n'a
fait que l'irriter d'avantage & lui a

A. DA-
CIER.

A. DA-
CIER.

attiré de sa part une réponse faite avec toute la vivacité dont est capable un Savant prévenu pour lui-même, qui se croit offensé, & qui ne sait pas assez bien la Langue dont il se sert, pour sentir toute la force des expressions qu'il employe.

4. *S. Anastasii Sinaitæ Anagogicarum Contemplationum in Hexameron Liber XII. hactenus desideratus. Cum notis & interpretatione Latinâ. Londini* 1682. *in* 4°.

5. *Réflexions Morales de l'Empereur Marc-Antonin avec des remarques. Paris* 1691. *in* 12. 2. Tom. Il a fait cet Ouvrage avec son épouse, comme il a été dit dans l'article precedent.

6. *La Poëtique d'Aristote contenant les Règles les plus exactes pour juger du Poëme Heroïque & des pieces de Théatre, la Tragedie, & la Comedie, traduites en François avec des Remarques Critiques sur tout l'Ouvrage. Paris* 1692. *in* 4°. *& in* 12. réimprimée en Hollande *in* 12. Plusieurs Sçavans ont prétendu que cet Ouvrage étoit le Chef-d'œuvre de M. Dacier, & il est vrai qu'il est

difficile de mieux entrer qu'il l'a A. DA-
fait dans le ſens de ſon Auteur. Ce CIER.
n'eſt pas là cependant ce qui lui a
attiré le plus d'éloges. On en a
donné ſur-tout aux remarques par
leſquelles il a éclairci le texte de
l'Ecrivain , qui quoique fidellement rendu eſt obſcur en pluſieurs
endroits ; ce qui vient moins du
laconiſme avec lequel il a affecté
de s'exprimer , que de la difficulté
même de la matiere qu'il a traitée.
La Préface en eſt auſſi excellente.

7. *L'Oedipe & l'Electre de Sophocle,*
Tragedies Grecques traduites en Fran-
çois avec des remarques. Paris 1693.
in 12. M. *Dacier* après avoir donné
des principes, que ceux qui ſe deſti-
nent à la Poëſie puſſent ſuivre, a voulu
leur fournir des Modeles qu'ils puſſent imiter ; c'eſt ce qui l'a engagé à
traduire ces deux pieces de *Sophocle.*
Mais il eſt plus difficile de rendre en
proſe des Images ſublimes , & qui
doivent ſouvent aux tours Poëtiques
une grande partie de leur agrément,
que des regles qu'il ſuffit d'expoſer
avec netteté. C'eſt là ſans doute ce
qui a fait le ſuccés des Ouvrages de

A. DA-
CIER.

prose que M. *Dacier* a traduits, succés qui n'a pas accompagné de même les Versions qu'il a données des anciens Poëtes.

8. *Vies des Hommes Illustres de Plutarque traduites en François avec des remarques.* Tom. 1. *Paris* 1694. *in.* 8°. Cet essai qui ne contient que cinq Vies est le commencement de l'ouvrage qu'il a achevé entierement dans la suite.

9. *Les Oeuvres d'Hipocrate traduites en François avec des remarques, & conferées sur les Manuscrits de la Bibliotheque du Roi. Paris* 1697. *in* 12. 2. tom. M. Dacier a traduit fidellement le texte, en a égalé la brieveté; & en a évité l'obscurité. C'est le jugement que le Journal des Savans fait de cette traduction.

10. *Les Oeuvres de Platon traduites en François avec des remarques, & la vie de ce Philosophe avec l'exposition des principaux Dogmes de la Philosophie. Paris* 1699. *in* 12. 2. tom. Quoique le titre de ce Livre semble promettre une version entiere des Ouvrages de *Platon*, on n'y trouve cependant que quelques uns de ses Dialogues.

11. *La Vie de Pythagore , ſes Sym-* A. DA-
boles , ſes Vers dorez. La vie d' Hiero- CIER.
cles , & ſon Commentaire ſur les Vers
dorez. Paris 1706. in 12. tom. Le
public doit cet Ouvrage au nouveau Reglement fait en 1701. pour
l'Académie des Inſcriptions , par
lequel chaque Academicien devoit
entreprendre quelque Ouvrage u-
tile , conforme à ſon genie & au
genre de ſes études. M. *Dacier* pour
s'y conformer s'eſt chargé de cette
traduction & de celle d' *Epictete* , qui
l'a ſuivie peu de temps après. On
trouve dans ce Livre dequoi s'inſtruire des ſentimens & des particularitez de la vie de Pythagore , qui
y ſont expoſez d'une maniere fort
nette.

12. *Le Manuel d'Epictete , avec*
cinq Traitez de Simplicius ſur des ſu-
jets importans pour les mœurs & la
Religion traduits en François avec
des remarques. Paris 1715. in 12.
2. tom. Cette traduction eſt pré-
cedée d'une vie fort bien faite de
cet ancien Philoſophe , & d'une
Préface , qui eſt excellente , comme
tout ce que M. Dacier a fait en ce

A. D A-
CIER.

genre. Il y a une longue digreſſion qui tend à refuter ce que M. l'Abbé Teraſſon a dit en faveur de l'Opera dans ſon ouvrage ſur *Homere.*

13. *Réponſe de M. Dacier aux Critiques que l'on a inſerées dans l'Europe Savante ſur la traduction des Vies de Plutarque.* Dans les Journaux des Savans du 25 Juin & du 11. Juillet 1718. Les Auteurs de l'*Europe Savante* en rapportant dans le mois de Janvier 1718. le projet de la nouvelle Edition des Vies des Hommes Illuſtres de Plutarque par M. Dacier, prétendirent qu'il y avoit des perſonnes qui n'étoient pas contentes de l'échantillon qu'il avoit donné de ſa traduction dans ce projet, & qui trouvoient pluſieurs choſes à redire au ſtile & aux notes. Ce fut pour repouſſer leur critique que M. *Dacier* fit inſerer cette réponſe dans le Journal des Savans; mais elle ne ſatisfit point les Auteurs de l'Europe Savante qui joignirent à leur mois d'Août 1718. une replique pour juſtifier ce qu'ils avoient avancé contre ſa traduction.

14

14. *Vies des Hommes Illustes de A. DA-*
Plutarque revûës sur les Manuscrits CIER.
& traduites en François avec des re-
marques Historiques & Critiques &
le Supplément des comparaisons, qui
ont été perduës. On y a joint les têtes
que l'on a pû trouver, & une table
gènerale des Matieres. Paris 1721.
in 4°. 8. tomes. It. *Amsterdam*
1723. *in* 8. 9. tomes Cet ouvrage a été reçu du public avec applau-
dissement autant pour l'élegance &
la fidelité de la traduction, que pour
les remarques qui l'accompagnent,
& les comparaisons que l'Auteur a
suplées. Ce sont ces comparaisons
qui ont fait dire aux Journalistes
des Savans que *M. Dacier étoit si*
bien entré dans l'esprit & le caractere
de son Auteur, & qu'il en avoit si
heureusement imité l'arrangement, le
tour & les expressions, que Plutarque
lui-même se feroit honneur en adoptant
de pareils Supplémens. On doute cependant, *disent les Auteurs de la Bi-*
bliotheque Françoise, que malgré
tous ces éloges la traduction de ce
M. Dacier fasse oublier si-tôt celle de
d'*Amiot* ; soit justice, soit pré- ce

Tome III. O

DA-
XIER.

»vention , nous trouvons dans cet-
» te derniere toute décrepite qu'elle
» est , & même parmi une foule de
» fautes & d'expressions qui ont
» vieilli certain tour original , un
» nombre , une vivacité que nous
» cherchons inutilement dans la
» plûpart des Livres modernes.

15. *Difcours prononcé à l'Acade-*
mie Françoife , lorfqu'il y fut reçû à
la place de M. Harlay. Paris 1695.
*in-*4°. & dans les Recueils de l'A-
cademie Françoife, 12.

16. *Réponfes* qu'il fit en qualité de
Directeur *aux difcours de M. Coufin*
en 1697. & à celui *de M. de Boze*
en 1715. Inferées dans les Recueils
de l'Academie Françoife. 12.

17. *Differtation fur l'origine de*
la Satyre , inferée dans le fecond
volume des Memoires de l'Academie des Belles Lettres imprimé en
1717.

18. *Notes fur Longin. M. Def-*
préaux qui les appelle très favantes , les a jointes à celles qu'il a pu-
bliées fur le même Auteur , & elles
fe trouvent dans toutes les Editions
de fes Oeuvres.

19. Il a aussi travaillé aux expli- **A. DA-** cations Historiques qui se trouvent **CIER.** dans l'Histoire du Roy Loüis XIV. par Medailles.

Il avoit fait un commentaire sur Theocrite, & un petit Traité de la Religion, qui étoit un précis des reflexions qu'il avoit faites sur ce sujet, & qui lui avoient servi à l'éclairer, & à le retirer de l'erreur; mais ces deux Ouvrages n'ont point été imprimez.

V. Son Eloge. Journal des Sçavans. 1722. & Bibliotheque Françoise to. 1.

LOUIS THOMASSIN.

LOUIS THOMASSIN na- **L. THO-** quit à *Aix* en Provence le 28. **MASSIN.** Aoust 1619. de *Joseph Thomassin* Avocat General en la Cour des Comptes, Aides & Finances de Provence. Après avoir fait ses études d'une maniere, qui fit juger favorablement de lui pour la suite, il entra au mois de Septembre 1632. dans la Congregation de l'O-

L. THE-
MASSIN.

ratoire, n'étant encore que dans sa quatorzieme année. Il y acheva ses études, & enseigna ensuite les Humanitez & la Philosophie.

Il s'étoit attaché a la Philosophie de *Platon*, & quoiqu'il possedât à fond les sistêmes de *Descartes* & de *Gassendi*, il ne voulut adopter des opinions de ces nouveaux Philosophes, que celles qui lui paroissoient s'accorder avec les sentimens des meilleurs Auteurs Ecclesiastiques.

Sa principale inclination le portoit à la Theologie, & il l'enseigna à *Saumur*. Mais peu content de la Methode seche des Scholastiques, il ne prit pour guides que l'Ecriture, les Peres, & les Conciles.

En 1654. il vint enseigner la Theologie au Seminaire de *S. Magloire* & y commença des conferences sur les Peres, sur l'Histoire & sur les Conciles, qu'il continua jusqu'en 1668. sans autre interruption, que deux ou trois années de relache.

A l'occupation que lui donnoient ces conferences succeda un

loifir, qu'il fçut emploier utilement, & dont il profita pour donner au public ces nombreux ouvrages, dont il lui eft redevable. On
peut même dire que tout le refte de
fa vie fe paffa à compofer. Un trop
grand travail l'épuifa enfin, & a-
près une langueur de trois ans, il
mourut le 24. Decembre 1695. âgé
de 76. ans.

Sa vie étoit extrêmement reglée
& uniforme. Aprés avoir confacré
à Dieu les premieres heures de la
journée par des exercices de pieté,
il employoit le matin quatre heures
à l'étude & trois l'après midi. Il
n'étudioit jamais la nuit ni immedia-
tement après les repas, il faifoit fes
prieres toujours aux mêmes heures,
& nulle vifite fans un preffant befoin ne dérangeoit fes exercices. Le
refte de fon temps fe paffoit ou en
entretiens familiers avec fes amis fur
les fciences, fur l'Hiftoire, ou fur
la Geographie, ou enfin à cultiver
quelques arbres, car il avoit un goût
particulier pour l'agriculture.

Sa converfation étoit douce & a-
gréable; penetré de la Religion, il

L. Tho-
MASSIN.

là trouvoit & la faisoit trouver par
tout, son talent étoit de le faire sans
contrainte; les pensées les plus édifiantes naissoient agréablement dans
ses entretiens, aussi bien que sous sa
plume.

Il étoit d'une humeur si douce &
si pacifique, qu'il se faisoit aimer
de tout le monde. S'il s'est trompé
en voulant prendre le milieu entre
les differens sentimens, on ne doit
l'attribuer qu'à son amour pour la
paix, qui n'avoit d'autre principe,
que son humilité & sa modestie. Il
n'étoit point de ces sçavans, qui
veulent l'emporter sur les autres, &
qui meprisent ceux qui ne pensent
pas comme eux. Il se contentoit de
proposer son avis, & les raisons
qu'il avoit de le soutenir, sans vouloir tyranniser les esprits. C'étoit sur
les questions libres de la Theologie,
qu'il vouloit qu'on suivit ces maximes. *L'Eglise*, disoit-il, *toujours attachée à ses decrets ne desaprouve point
les differentes Ecoles, & leurs opinions
opposées; ayons entre nous la même moderation.* Il ajoûtoit que *comme les
hommes ont la raison en partage,* &

que d'ailleurs ils ont leur foible, il faut L. Tho-
prendre une partie de leur ſyſtême, & massin.
retrancher ce qu'il y a de défectueux de
part & d'autre, & que par-là on dé-
couvre facilement la verité.

Il étoit naturellement ſi timide
que quand il faiſoit des conferences
à S. Magloire, on n'avoit pû venir
à bout d'arrêter l'effroi qui le ſaiſiſ-
ſoit & lui ôtoit preſque la parole,
qu'en mettant une eſpece de rideau
entre ſes Auditeurs & lui.

Il a laiſſé ſa Bibliotheque, qu'il
avoit ramaſſée pendant plus de quarante ans, à la maiſon de **S.** Magloire où il eſt mort; & l'on y a par reconnoiſſance mis ſon buſte dans la
Bibliotheque de ce Seminaire.

Catalogue de ſes Ouvrages.

1. *Diſſertationum in Concilia Gene-*
ralia & particularia, Tomus 1. *Pariſ.*
1667. *in-*4°. Quoique l'Auteur pro-
mette dans cet Ouvrage des Remarques ſur les Conciles Generaux, ſon
unique but eſt d'y montrer que d'appeller au Pape, eſt la même choſe
que d'appeller à un Concile general.
Le P. Simon prétend dans ſes lettres,
qu'il fit cet ouvrage par l'ordre de ſes

L. THO-
MASSIN.

Superieurs, qui voyant leur Congregation accusée d'être attachée aux nouveautez du temps, l'en chargerent pour se justifier auprès du Nonce, & pour marquer leur zele envers le S. Siege. Mais les principes qu'il y établit parûrent si opposés aux maximes de l'Eglise Gallicane, qu'on défera l'ouvrage au Clergé de France, quoique le P. *Senault* alors General de l'Oratoire y eut fait mettre jusqu'à trente-six cartons, pour corriger ce qui revoltoit davantage. Tous les exemplaires furent renfermez dans une chambre par ordre du Parlement, & l'Auteur ne put jamais en obtenir la délivrance, mais après sa mort un Pere de l'Oratoire, qui en eut la clef, ayant cru trouver une conjoncture favorable pour le faire passer, en vendit des exemplaires à un Libraire, qui les debita publiquement à *Paris*. M. le Procureur general en ayant été averti, s'en plaignit à M. l'Archevêque de Paris, qui ordonna aux PP. de l'Oratoire de remettre le reste des exemplaires sous la clef, ce qui fut executé. Ce Livre n'avoit été gueres plus agréable

ble à *Rome*, qu'à la France, à caufe
de certains principes fort oppo és à
ceux de *Bellarmin* & de *Baronius.*
Ainfi il eut le fort ordinaire à ceux
des Conciliateurs, qui ne plaifent à
aucun des deux partis. Il devoit y
avoir plufieurs volumes, mais les
contradictions que ce premier eut
à effuier, empêcherent l'Au eur
d'aller plus loin.

2. *Memoires fur la Grace. Louvain.*
1668. *in-*8°. 3. vol. *It.* 2. Edition
Paris. 1682. *in-*4°. La feconde édition a deux Mémoires de plus que
la premiere; l'un fur la grace efficace
& l'autre fur la grace fuffifante. Le but
que le P. Thomaffin s'eft propofé dans
cet ouvrage a été de trouver un milieu entre les fentimens des Augufti-
niens & des Moliniftes fur la Grace,
& il a cru l'avoir trouvé en fuppofant
que la delectation victorieufe, dont
parle S. Auguftin, eft la grace habi-
tuelle, c'eft-à-dire la charité qui ré-
fide dans le cœur des Juftes, & qui
les incline fortement au bien, comme
la concupifcence nous porte au mal.
Il fait donc confifter la grace efficace non dans une grace actuelle, pré-

Tome III. P

L. THO-
MASSIN.

déterminante & invincible, mais dans un assemblage de plusieurs secours, par lesquels Dieu opere infailliblement la conversion des pécheurs, & la perséverance des Justes, qu'il a gratuitement prédestinez à sa gloire. Il admet ainsi des graces suffisantes auxquelles l'homme resiste. Le P. Simon rapporte dans ses Lettres que le P. Thomassin étoit dans sa jeunesse fort attaché aux sentimens de M. de P. R. mais que depuis qu'il eut lû les Peres Grecs, il abandonna ses premiers sentimens, & songea même à concilier les Peres Grecs avec S. *Augustin*; ce qu'il a taché de faire dans ces Mémoires, qui ne furent bien reçûs par aucun des deux partis.

3. *Ancienne & nouvelle discipline de l'Eglise touchant les Benefices & les Beneficiers. Paris.* fol. 3. vol. Le 1. en 1678. le 2. en 1679. & le 3. en 1681. *Item.* 2. *Edition, Paris.* 1682. 3. vol. fol. It. 3. *Edition rangée suivant l'ordre de l'Edition Latine avec ses augmentations. Paris.* 1725. fol. 3. vol. L'Auteur s'est donné la peine de faire une Traduction Latine de cet

ouvrage, qu'il a augmentée & miſe L. Tho-
dans un meilleur ordre, & il y en a Massin.
eu deux Edititions en 3. vol. *in-fol.*
La 1. en 1688. & la 2. en 1706. Il
avoit donné auſſi après la premiere édition une *Table Generale ou Con-*
corde des trois Tomes, ou des quatre
Parties de la diſcipline de l'Egliſe tou-
chant les Beneficiers, avec laquelle on
pourra lire chaque matiere de ſuite. Pa-
ris 1681. *in-4°.* cette Table a été
jointe aux Editions ſuivantes. Voici
le Jugement que M. *d'Hericourt* fait
de cet ouvrage dans l'Abregé qu'il
en a donné. « Plus on lit ce Traité,
plus on remarque, que l'ordre que «
le P. *Thomaſſin* a ſuivi, n'eſt point «
naturel, qu'il a été obligé pour ce «
ſujet de repeter pluſieurs fois les «
mêmes reflexions & les mêmes au- «
toritez, qu'il a laiſſé un grand «
nombre de queſtions indéciſes, «
que ſes principes ne ſont point u- «
niformes, qu'il s'éloigne quelque- «
fois de ſon ſujet pour traiter des «
queſtions étrangeres ; qu'il auroit «
dû s'étendre davantage ſur la diſ- «
cipline preſente de l'Egliſe, ſur «
tout par rapport à la France. *Fa-* «

P ij

» *gnan* habile Canonifte à la verité,
»mais tout rempli de maximes ul-
»tramontaines, dont il eft un des
» plus zelez défenfeurs, eft fon gui-
» de pour les derniers fiecles; s'il a-
» voit lû les Canoniftes de France,
» autant que ceux d'Italie, s'il avoit
» eu quelque ufage du Barreau, fon
» ouvrage en auroit été plus utile.
» Par rapport au ftile, on y trouve
» plus de facilité que d'elegance &
» d'éxactitude, les mêmes reflexions
» font répétées en differens endroits
» d'une maniere diffufe; il femble
» qu'il ne veüille rien laiffer à penfer
» à fes Lecteurs. Ces deffauts n'em-
» pêchent pas que ce livre ne foit un
» des meilleurs qu'on puiffe lire,
» qu'il ne contienne d'excellentes
»inftructions pour le gouvernement
» Ecclefiaftique; on peut le regarder,
» comme un ample recüeil, qui met
»fur chaque fujet fous les yeux des
» Lecteurs, un grand nombre d'au-
» toritez, qu'on ne trouveroit qu'a-
»près des recherches infinies.

    Il a paru deux abregez de ce Li-
vre, qui portent tous les deux le titre d'*Ancienne & nouvelle difcipline*

de l'Egliſe touchant les Beneſices & les **L. Tho-** *Beneficiers, extraite de la diſcipline de* **MASSIN.** *l'Egliſe du P. Thomaſſin.* Le 1. *par un Prêtre de la même Congregation* (c'eſt-à dire le P. *Julien Loriot*) Paris 1702. *in*-4°. le 2. *avec des obſervations ſur les libertez de l'Egliſe Gallicane & la vie de l'Auteur. Paris* 1717. *in*-4°. Le but du P. *Loriot* Auteur du premier n'a été que de tirer du grand ouvrage du P. *Thomaſſin* les morceaux qui lui ont paru avoir plus de rapport à la Morale; au lieu que M. *d'Hericourt,* Avocat au Parlement, Auteur du ſecond, a eu deſſein d'y renfermer un extrait exact de tout ce qui eſt dans la diſcipline du P. Thomaſſin, ſoit ſur la Morale, ſoit ſur la diſcipline Eccleſiaſtique, ſoit ſur l'Hiſtoire de l'Egliſe.

4. *Dogmata Theologica. Pariſ.* fol. 3. volum. Le ſecond volume, qui comprend le Traité de l'Incarnation parut le premier en 1680. Quatre ans après, (en 1684) l'Auteur publia le traité de Dieu & des Attributs, qui compoſe le premier volume; le 3. & dernier parut en 1689. & renferme les Prolegomenes de la Theolo-

P iij

L. Tho- gie, qui font fuivis des Traitez de
MASSIN. la Trinité & de la Grace.

5. *La Methode d'étudier & d'enfeigner chretiennement & folidement les
Poëtes, par rapport aux Lettres divi-
nes & aux Ecritures-Saintes. Paris.
in-8°. 3 vol.* Le premier en 1681.
le 2. & le 3. en 1682.

6. *La Methode d'étudier & d'enfeigner chrétiennement la Philofophie.
Paris. 1685. in-8°.*

7. *La Methode d'étudier & d'enfeigner chretiennement la Grammaire &
les Langues par rapport à l'Ecriture-
Sainte & à la Langue Hebraïque, a-
vec cinq Gloffaires. Le 1. de la Langue
Runique ou ancienne Danoife; le 2. de
la Langue Malaye, qui eft la Langue
des Sçavans de l'Orient; le 3. de la
Saxone; d'où font forties les Langues
de l'Europe vers le Nord; le 4. de la
Langue Grecque; le 5. de la Langue
Latine. Paris 1690. in-8°. 2. vol.*

8. *La Methode d'étudier & d'enfeigner chretiennement les Hiftoriens
Profanes. Paris 1694. 2. vol. in-8°.*
M. Huet dans l'Hiftoire de fa vie,
prétend que le P. Thomaffin auroit
mieux fait s'il fe fut borné à écrire

fur la diſcipline Eccleſiaſtique , qui L. Tho-
étoit ſon fort, que de travailler ſur massin.
les Belles-Lettres , dont il n'avoit
qu'une legere teinture. On peut auſſi appliquer à toutes ſes Methodes ce
que M. l'Abbé *Langlet* dit de celle-
ci, dans la Préface de ſon livre ſur
l'Hiſtoire. » Il n'y a dans cet Ouvrage aucune regle préparatoire à la le- «
cture de l'Hiſtoire , mais beaucoup «
de réflexious Morales ſur les lectu- «
res déja faites; auſſi n'a-t-il pas été «
du goût de tout le monde. En effet «
le P. Thomaſſin , qui avoit étudié «
dans les Peres de l'Egliſe les dogmes «
de la Religion & l'ancienne diſci- «
pline , n'étoit pas propre, au ſen- «
timent de quelques perſonnes à tra- «
vailler de ſyſtême. C'étoit , à ce «
qu'ils croient un homme de paſſa- «
ges, & non de raiſonnement , qui «
copioit par lui-même & reflechiſ- «
ſoit par autrui. Cependant ſa me- «
thode, quoique longue & ennuyeu- «
ſe, a ſes avantages. Elle fait con- «
noître les réflexions , qu'on doit «
faire après la lecture de chaque fait «
hiſtorique , & nous apprend à fai- «
re uſage de tout , pour former no- «

L. THO- „ tre esprit , & pour regler nos
MASSIN. „ mœurs.

9. *Traitez historiques & dogmati-*
ques sur divers points de la discipline
de l'Eglise & de la Morale Chretienne.

Traité des Jeûnes de l'Eglise divisé
en 6 parties. Paris 1680. in-8°.

Traité des Fêtes de l'Eglise , divisé
en 3. parties. Paris 1683. in-8°.

Traité de l'Office Divin pour les
Ecclesiastiques & les Laïques. Paris
1686. in-8°.

Traité de la Verité & du Menson-
ge , des Juremens & des Parjures.
Paris 1693. in-8°.

Traité de l'Unité de l'Eglise & des
moyens que les Princes Chretiens ont
employez, pour y faire rentrer ceux qui
en étoient séparez. Paris 1686. in-8°.

Traité de l'Aumône & du bon usage
des Biens temporels , tant pour les Laï-
ques , que pour les Ecclesiastiques. Pa-
ris 1695. in-8°.

Traité du Négoce & de l'usure. Pa-
ris 1697. in-8°. Ce Traité a été publié après la mort de l'Auteur par le
P. *Bordes* Prêtre de l'Oratoire. Ils
sont tous remplis de recherches curieuses.

10. *Gloffarium Univerfale Hebraï-* L. Tho-
cum, quo ad Hebraïcæ linguæ fontes, Massin.
linguæ & dialecti pene omnes revocan-
tur. Parifiis, ex Typog. Regia. 1697.
fol. Le but du P. Thomaffin dans
cet ouvrage eft de montrer que les
mots hebreux font des racines d'où
font nez les mots de la plûpart des
Langues, & par confequent que le
texte Hebreu de la Bible eft comme le centre de toute l'érudition ré-
panduë dans tous les livres de quelque Langue que ce foit. Il étoit fi
prévenu pour ce fyftême, qu'il s'appliqua entierement fur la fin de fa vie
à finir cet ouvrage, qui l'épuifa
entierement, & qu'il ne put mettre
au jour ; ce fûrent le P. *Borde*
Prêtre de l'Oratoire & M. *Barat* qui
en prirent le foin après fa mort. Mais
le P.*Thomaffin* n'étoit pas affez habile dans les langues Orientales, &
fon fyftême étoit trop peu vrai-fem-
ble, pour qu'il put réüffir dans fon
entreprife, la plupart de fes étymolo-
gies font forcées & peu naturelles.

11. *Traité Dogmatique & Hiftori-*
que des Edits & des autres moyens fpi-
rituels & temporels, dont on s'eft fervi

L. Tho-
massin.

dans tous les temps, pour rétablir &
pour maintenir l'unité de l'Eglise Catholique, avec un supplément (par le
P. Bordes) Paris. 1703. *in-* 4°. 3.
tomes. Cet ouvrage avoit déja paru
en partie sous le titre de *Traité de*
l'Unité de l'Eglise ; mais l'Auteur ne
l'ayant pas trouvé assez complet,
s'appliqua depuis à l'augmenter.
Comme il est mort sans y avoir mis
la derniere main, le P. Bordes,
qu'il avoit fait le depositaire de ses papiers, s'est donné la peine de les mettre en ordre, & d'ajouter aux deux
parties, que le P. *Thomassin* avoit
laissées, un supplement qui fait plus
du tiers de l'Ouvrage, & qui en est
la partie la plus curieuse & la plus
interessante; puisqu'il s'agit de ce qui
s'est passé en France par rapport à la
Religion sous les huit derniers regnes.

12. *Jugement du P. Thomassin sur*
la dissertation de Jean D. Mabillon, de
Azymo ac Fermentato, inseré dans le
tome 1. des Oeuvres Posthumes de
D. J. *Mabillon.*

Le Manuscrit le plus considerable
qu'il ait laissé est celui qui a pour ti-

tre: *Remarques sur les Conciles, avec* L. Tho-
des tables tres-amples & des notes mar- MASSIN.
ginales, trois vol. *in-fol.*

V. Son Eloge. *Journ. des Savans
du* 2. *Mars* 1696. *par le P. le Brun
de l'Oratoire. Les Hommes Illustres de
M. Perrault* tom. 1. *A la tête du
Glossaire universel par le P. Bordes. A
la tête de la derniere édition de la discipline de l'Eglise par le P. Bougerel,
de l'Oratoire.*

GUILLAUME-ERNEST
TENTZELIUS.

GUILLAUME - ERNEST G. E.
TENTZELIUS nâquit le 11. Tentze-
Juillet 1659. à *Arnstad,* petite vil- lius.
le de Thuringe, où son Pere *Jacques
Tentzelius* étoit Ministre. Après qu'il
eut fini ses études dans sa Patrie, on
l'envoia à l'âge de dix-huit ans à *Wittemberg,* où il étudia la Philosophie,
les Langues Orientales, & l'Histoire
tant Ecclesiastique que Profane.

Son pere mourut en 1685. lui lais-
sant fort peu de bien, mais avec la
satisfaction de voir que les soins qu'il

s'étoit donnez, & les dépenses qu'il avoit faites pour son instruction & son éducation n'avoient point été inutiles.

Guillaume-Ernest Tentzelius fut d'abord appellé à *Gotha* pour regenter dans le College de cette Ville ; ce fut dans ce poste qu'il commença à prendre du goût pour l'étude des Medailles, & à s'y donner avec application. Les progrès qu'il y fit lui meriterent la Charge d'Historien de la branche Ernestine de la Maison de Saxe.

En 1702. il alla à *Dresde* où il fut honoré de la Charge de Conseiller & d'Historien du Roy de Pologne, Electeur de Saxe. Mais il ne put se soûtenir long-temps à la Cour, où il eut bien des chagrins à essuyer. Le peu d'usage qu'il avoit du monde a pû les lui procurer ; car c'étoit un homme livré entierement aux Livres & à l'étude, & dont toute l'occupation étoit de visiter les Bibliotheques. Il n'a jamais voulu se marier, & quoiqu'assez mal à son aise, il a vécu content de son sort, se consolant avec les Muses des disgraces qu'il avoit à essuyer de la part du monde. Il est mort le 24. Novembre 1707. dans sa quarante-neuviéme année.

G. E. TENTZELIUS.

Catalogue de ses Ouvrages.

1. *Comparatio Historica inter Jacobum Episcopum Nisibensem, & Jacobum Tentzelium , superintendentem Arnstadiensem.* 1686. *in* 4°. Jacques Tentzelius qu'il compare dans ce petit Ouvrage à S. Jacques de Nisibe est son Pere.

2. *Tres Diatribæ de Corban. Vitemb.* 1678. *in* 4°. C'est une These qu'il soûtint , sous *Jean - Frederic Meinhard,* qui en est le veritable Auteur.

3. *De medio præscientiæ divina circa futura contingentia. Vitemberga* 1679. *in* 4°. C'est une These que Tentzelius a composé lui même aussi bien que les suivantes.

4. *De Proseuchis Judæorum. Vitemb.* 1683. *in* 4°.

5. *De Proseuchis Samaritanorum. Vitemb.* 1682. *in* 4°.

6. *De Phænice. Vitemb.* 1682. *in* 4°. Cette dissertation est contre M. Fell Evêque d'Oxford , & tend à

G. E. montrer qu'il ne s'agit point de Phœ-
TENTZE- nix dans le Livre de *Job* Chapitre
LIUS. XXIX. v. 18. elle a été inferée dans
le recueil de fes differtations choi-
fies avec des augmentations.

7. *De Apophtegmate Ignatii*, A-
mor meus crucifixus eft. *Vitemb.* 1683.
in 4°. Inferée dans le recueil de fes
differtations.

8. *De Duplici Baptifmo Conftanti-
ni Magni. Vitembergæ.* 1683. *in* 40.
L'Auteur y traite de Fable le Baptême de Conftantin par S. Silveftre.
Inferée dans le recueil de fes differtations.

9. *De Symbolo Apoftolico. Vitemb.*
1683. *in* 4°. L'Auteur ôte aux Apô-
tres le Symbole qui leur eft ordinairement attribué. Sa differtation eft
inferée dans le recueil déja cité avec
plufieurs augmentations.

10. *De Polycarpo Epifcopo & Mar-
tyre Smyrnenfi. Vitembergæ* 1684. *in*
4°. Inferée dans le recueil de fes
differtations.

11. *De Natalitiis Epifcoporum.
Vitemb.* 1684. *in* 4°. Inferée dans le
même recueil.

12. *De Ephremo Syro. Vitemb.* 1684.

in 4°. Inſerée dans le même recueil.   G. E.

13. *De Hymno*, Te Deum Laudamus. Tentze-
Arnſtadii. 1685. *in* 4°. L'Auteur lius.
fait voir que cette Hymne n'eſt
point de S. *Ambroiſe* ni de S. *Au-*
guſtin, quoiqu'elle ſoit plus ancienne que le VII. Siécle.

14. *De Diſciplina Arcani. Vitem-*
berga 1683. *in* 4°. On entend par la
Diſcipline du ſecret, une certaine
coûtume obſervée par les Chrétiens,
de cacher aux Payens & aux Caté-
chumènes certains Dogmes & certaines pratiques de la Religion Chrétienne, de peur de les expoſer à leur
raillerie & à leur prophanation. *Em-*
manuel a Schleſtrate dans un livre
publié en 1678. ſous le titre d'*An-*
tiquitas illuſtrata circa Concilia Genera-
lia, &c. avoit ſoutenu cette Diſcipline du ſecret, prétendant qu'elle
avoit eu Jeſus-Chriſt pour Auteur,
& qu'elle avoit été conſtamment obſervée depuis le commencement du
Chriſtianiſme, juſqu'au milieu du
VI. Siécle, ſur-tout à l'égard du
Myſtere de l'Euchariſtie. M. *Tentze-*
lius compoſa cette diſſertation pour
ſoûtenir le ſentiment contraire. *Em-*

G. E.
TENTZE-
LIUS.

manuel à Schelstrate lui répondit, &
Tentzelius lui repliqua par l'Ouvrage suivant.

15. *Epistola ad amicum, qua Responsio ad Cl. V. Emanuelis à Schelstrate Dissertationem Apologeticam de
disciplina arcani summatim contine-
tur. Gothæ 1687. in 4°.*

16. *Exercitationes selectæ in duas
partes distributæ ; quarum priori præter
Symbolum Apostolicum, Clementis Ro-
mani, Ignatii, Polycarpi, Justini Mar-
tyris, Athenagoræ, Theophili Antiocheni, Tatiani, Hermiæ, Jacobi
Nisibensis, & Ephremi syri scripta
expenduntur, plerorumque vitâ præmissa ; tum Constantini Magni Baptis-
mus, Natalitia Episcoporum, Hym-
nusque Te Deum laudamus, illustrantur. Posterori Disciplina Arcani in a-
pricum producitur, aliaque Antiquitatis Ecclesiasticæ capita explicantur. Lipsiæ. 1692. in 4°.* La plûpart
des dissertations contenues dans ce
Volume sont les mêmes que celles
dont il a été parlé ci-dessus, M.
Tentzelius les a seulement revues, &
y a ajouté plusieurs choses. Cet Auteur y fait paroître partout une

grande

grande Lecture. Il ne traite gueres G. E.
de fujet fans l'épuifer, en examinant TENTZE-
toutes les difficultez qu'il renferme, LIUS.
fur lefquelles il ne manque point de
rapporter les opinions des Sçavans
de toutes les Communions , & de
citer même ordinairement leurs paroles. C'eft le jugement qu'en porte
M. *Le Clerc* dans fa Bibliotheque u-
niverfelle. (*Tom.* 25. *pag.* 26.)

17. *De Ritu Lectionum Sacrarum.*
Vitemberga 1685. *in* 4°. Cette differtation eft fort fçavante , au jugement
de M. *Bayle* , & le Journal des Savans (du 2. Septemb. 1686.) affure
que les obfervations qu'elle contient
tant fur la divifion de la Bible en
Chapitres & en Verfets , que fur les
Bibles des Sectes Orientales , & fur
la Coûtume de lire l'Ecriture dans
les Eglifes , qui fait le fujet principal du Livre , marquent beaucoup
d'érudition , & peuvent paffer pou r
fingulieres.

18. *Judicia Eruditorum de Sym-*
bolo Athanafiano ftudiof: collecta &
inter fe collata. Francof. & Lipfiæ.
187. *in* 12.

19. *Animadverfiones in Cafimiri Ou-*

Tome III. Q

G. F. dini *Supplementum de Scriptoribus Ec-*
Tentze- *clefiasticis* 1688. *in* 12. Le Livre
lius. d'Oudin avoit befoin de ces corrections, qui font favantes.

20. En 1687. *Tentzelius* fit l'O-
raifon Funebre d'*Adam Tribbecho-*
vius, qui a été imprimée avec d'autres pieces femblables.

21. *Epistola de Seleto Elephantino*
Tonnæ nuper effoffo, ad *V. C. Anto-*
nium Magliabechium. Gothæ 1696 *in*
12. *It Jenæ* 1696. *in* 12. (en Latin &
en Allemand) Des Ouvriers qui
créufoient fur une Colline de Tu-
ringe proche d'un Bourg, nommé
Tonne, ayant trouvé des offemens
d'une grandeur prodigieufe, les Savans qui les virent fe partagerent en
deux opinions. Les uns ne doute-
rent point que ce ne fût un Elephant,
qui avoit été autrefois enterré en ce
lieu ; d'autres crurent que c'étoit un
Mineral formé en terre, avec la figure d'os d'animal. *Tentzelius* écrivit cette Lettre pour foûtenir le
premier fentiment, qu'il fut obligé
de defendre contre ceux qui l'atta-
querent, dans fa Bibliotheque cu-

rieuſe & dans ſes entretiens.

22. *Monatliche Unterredungen,* &c. Entretiens de chaque mois entre quelques bons amis ſur pluſieurs ſortes de Livres, & d'autres choſes remarquables, preſentés aux amateurs des Sciences, pour leur ſervir d'amuſement & d'occupation, *par A. B.* (en Allemand) *Lipſik in* 8°. M. *Tentzelius* n'a point voulu mettre ſon nom à ce Journal pour n'être point obligé à ſe defendre continuellement contre ceux qui ſeroient choquez de ce qu'il auroit dit de leurs Ouvrages, & à cauſe de certaines pieces qu'il y a inſerrées. Car il ne s'y eſt pas ſeulement propoſé de parler des Livres, il y a ajoûté auſſi des diſſertations entieres, des Lettres des Savans, des éloges dés perſonnes illuſtres par leur ſcience, des nouvelles litteraires. Ce Journal qui a été fort goûté a duré dix ans ; il a commencé en 1689. & a fini en 1698. M. *Simon de Vries* en a extrait ce qu'il y a de plus curieux & l'a traduit en Flamand.

23. *Curieuſe Bibliothec.* &c. *Biblio-theque curieuſe ou continuation des en-tretiens de chaque mois,* &c. (en Al-

G. E. lemand) *Lipsic & Francfort in 8o.*
TENTZE- Ce Journal n'est point en forme
LIUS. d'entretiens, comme celui dont il est
la suite. Il est disposé comme tous
les autres ; du reste on y trouve, de
même que dans le précedent, des
dissertations, & des observations,
mais il n'est ni si curieux, ni si estimé.
Il a commencé en 1704. & a fini en
1706.

24. *Tentzelius* a travaillé pendant
vingt ans au Journal de Lipsik,
auquel il a fourni plusieurs extraits.

25. Il a inseré plusieurs dissertations curieuses dans les observations
litteraires imprimées à *Hall*, en Latin, & dans un recueil Allemand,
intitulé : *Paquets de Lettres intercep-
tées.*

26. *Discours sur l'invention de l'Im-
primérie en Allemagne.* (en Allemand)
Gotha. 1700. *in* 12. Tentzel en attribue l'invention à Guttemberg.

27. *Le jour veritable de la mort de
Marguerite d'Autriche, Electrice de
Saxe, determiné par des preuves cer-
taines contre l'erreur commune,* (en
Allemand) *Gotha* 1700. *in* 12. *Mar-
guerite* qui fait le sujet de ce petit

Ouvrage , étoit fille d' *Erneſt* Duc   G. E.
d'*Autriche*, & ſœur l'Empereur *Fre-* TENTZE-
deric III. elle épouſa *Frederic II.* dit LIUS.
le Pacifique Electeur de Saxe , &
c'eſt d'eux que la maiſon de Saxe ti-
re ſon origine. *Tentzel* fixe la mort
de *Marguerite* au 12. Février 1486.

   28. *Caſparis Sagittarii Hiſtorici*
Saxonici Hiſtoria Gothana plenior ,
ex optimis quibuſque editis ſcriptoribus
ut & M. SS. documentis cum fide &
induſtria concinnata. Opus ab ipſo au-
ctore magna ex parte confectum. Reli-
qua ex ejus ſchedis congeſſit W. E.
Tentzelius. Jenæ 1700. in 4°. *Tentzel*
ayant été chargé de continuer cet
Ouvrage que *Sagittarius* n'avoit pû
finir , ne ſe contenta pas de mettre
la derniere main à ce qui étoit déja
fait , il y ajoûta encore deux ſupple-
mens.

   29. *Supplementum Hiſtoriæ Gotha-*
na primum , Conradi Mutiani Ruſi ,
Canonici quondam Gothani , ac inter
primos litterarum reſtauratores Celeber-
rimi , Epiſtolas plerumque ineditas ,
carmina, & elogia complectens. Jenæ
1701. in 4°.

   30. *Supplementum Hiſtoriæ Gotha-*

G. E.
Tentze-
lius.

næ *secundum*, *de vario Arcis Urbisque statu ab origine usque ad nostra tempora multis diplomatibus figurisque æneis distinctum*, *nec pauca conferens ad totius Germaniæ*, *Thuringiæ præsertim*, *Misniæque omnigenam Historiam illustrandam.* Jenæ 1701 *in* 4°. Ces deux supplemens renferment plusieurs observations fort curieuses.

31. *Typus Genealogiæ Beichlingicæ plenioris ex Chartis authenticis desumptus.* Jenæ 1702. *in* 4°. Cet Ouvrage est interessant pour peu de personnes.

32. *Trois Recueils de Medailles* (en Allemand) le premier sur les dedicaces d'Eglise & autres ceremonies semblables. Le second, sur les Electrices & les Duchesses de Saxe. Le troisiéme sur la naissance des Princes & Princesses de la Maison de Saxe. Jene 1697. fol. L'Auteur ayant dessein de donner une Histoire Metallique de la Maison de Saxe, a crû devoir essayer le goût du public par ces recüeils ausquels il en a fait succeder quelques autres dans la suite.

33. *Medailles sur la Naissance & le Batême des Princes de Saxe* [en Alle-

mand] *Jene* 1699. *fol. Medailles ſur* G. E.
la paix & la guerre. [en Allemand] TENTZE-
Jene 1699. *fol. Medailles ſur les hom-* LIUS.
mages faits aux Princes de Saxe [en
Allemand] *Jene* 1699. *fol. Medailles*
ſur les ordres de Chevalerie [en Allemand] *Jene* 1699. *fol. Medailles ſur*
les morts & les funerailles [en Allemand] *Jene* 1699. *in fol.*

34. *Saxonia Numiſmatica, ſive*
Nummophylacium Numiſmatum Men-
monicorum & Iconicorum, à Ser. Elec-
toribus Ducibuſque Saxoniæ Lineæ Al-
bertinæ cudi juſſorum. Pars I. Franco-
furti & Lipſiæ 1705. *in* 4°. [en Allemand & en Latin]Cette premiere
partie de l'Hiſtoire metallique de la
branche Albertine de la Maiſon de
Saxe, par laquelle l'Auteur a commencé, quoiqu'elle ſoit la cadet-
te, parce qu'elle eſt maintenant
en poſſeſſion de l'Electorat, commence à *Albert le Courageux,* qui l'a
commencée, & qui eſt mort en 1550.
& finit à *Auguſte* Electeur de Saxe
mort en 1586. *Pars* 2. 1705. *in* 4°.
Cette partie commence à *Chriſtian I.*
Electeur de Saxe en 1586. & finit à
Jean George I. mort en 1656. *Pars* 3.
1705. *in* 4°. cette partie commence

G. E. à *Jean-George II.* Electeur en 1656,
TENTZE-
LIUS.
& finit au temps où elle a été composée. On y a ajoûté depuis une quatriéme partie. Cette Histoire Metallique est faite sur le modele de *Bizot*,
& contient plusieurs choses curieuses
sur les Electeurs de Saxe.

35. *Saxonia Numismatica Linea
Ernestinæ. Francofurti & Lipsiæ, in 4°.
1705.* [en Allemand & en Latin]
Pars 1. Elle commence à *Ernest* chef
de la Branche aînée de Saxe, Electeur en 1464. après la mort de *Frederic II.* son pere, & finit à *Jean Frederic*, dernier Electeur de cette branche, que *Charles-Quint* dépoüilla de
son Electorat en 1547. & qui mourut en 1554. *Pars* 2. Elle contient la
branche de *Saxe-Cobourg* éteinte en
1633. & celle de *Saxe-Altembourg*
finie en 1672. qui sortent toutes les
deux de la branche Ernestine. *Pars* 3.
celle-ci traite des branches de *Saxe-
Vveimar* & de *Saxe Eisenac.* On y a
ajoûté depuis une quatriéme partie,
pour achever ce que *Tentzelius* s'étoit
proposé, & qu'il n'a pas pû finir ;
elle traite de la branche de *Saxe-Gotha*, qui est aussi Ernestine ; comme

la quatriéme partie de l'Histoire Metallique de la branche Albertine,
traite de celles de *Saxe - Weisenfeld,*
de *Saxe - Mersbourg* , & de *Saxe-
zeist*, qui lui appartiennent, dont
la mort avoit empêché *Tentzelius* de
parler suivant son projet. On a a-
joûté à ce curieux Ouvrage des tables de matieres fort utiles , qui ont
été imprimées en 1713.

36. *Vindiciæ pro Hermanni Con-
ringii censura Diplomatis fictitii cœ-
nobii Lindaviensis. Lindaviæ* 1700.
fol. Tentzelius n'a pas voulu mettre
son nom à cet Ouvrage dont il est
cependant l'auteur, & dans la com-
position duquel il fut aidé par *Thomas Vvelz* Syndic de *Lindavv.*

37. *Supplementa Reliqua Historiæ
Gothanæ ab anno* 1440. *ad annum*
1700. *Cum præfatione Ern. Salomonis
Cypriani. Jenæ* 1716. *in* 4°. Ce volume contient une partie du 2. supplément & le 3. & 4. que *Tentzelius*
n'avoit pas eu le temps de donner
lui-même au public. M. *Cyprien* a a-
joûté ce qui y manquoit.

38. *Histoire des Commencemens &
des progrès de la Réformation de Luther.*
Tome *III.* R

G. E. [en Allemand] *Lipsic* 1718. *in* 8°.

Tentze- *Tentzelius* avoit deſſein de faire une
lius. Hiſtoire complete de cette reforma-
tion ; mais ſes occupations l'en ayant
empêché il s'eſt contenté d'en don-
nér un abregé, M. *Cyprien* qui l'a
donné au public y a ajoûté ce qui y
manquoit.

39. *Annotationes ad Hieronimi Librum de ſcriptoribus Eccleſiaſticis.* Ces
remarques qui ſont curieuſes, mais
qui ne vont point au-delà du 14. chapitre du catalogue de S. Jerôme, ont
été ajoûtées à l'édition du Livre de
Gennade des Ecrivains Eccleſiaſtiques
que M. *Cyprien* á donné à *Jene* en
1703. *in* 4°.

40. *Lettre ſur la Chronologie des Samaritains*, inſerée dans le 12. tome
de la Bibliotheque Univerſelle de M.
le Clerc.

V. Son Eloge par *Adolphe Clar-
mund*, inſeré dans la recueil des vies
des Sçavans de *Chrét. Henrici*.

GODEFROY HERMANT.

GODEFROY *Hermant* nâquit à *Beauvais* le 6. Février 1617. d'une famille mediocrement pourvûë des avantages de la fortune, mais fort honnête & remplie d'exemples de probité. Son pere originaire de *Bucamps* village du Dioceſe y exerçoit la Chirurgie, & mourut à l'âge de 38. ans le 26. Aouſt 1622. Il avoit eu pour grand oncle *Jean Hermant* Docteur en Theologie, Penitencier de l'Egliſe Metropolitaine de *Sens*, où le Cardinal de *Pellevé*, voulant profiter de ſa capacité & de ſes ſervices l'avoit emmené, quand il fut fait Archevêque de cette Ville.

Sa mere étoit fille de *Lucien Leullier* Procureur de *Beauvais*, qui ſe chargea de l'éducation du jeune Hermant, après la mort de ſon pere. Il avoit un fils aîné, que l'âge joint à la ſageſſe & à l'affection mettoit déja en état de prendre la direction du petit *Godefroy* ſon neveu. Ce fils étoit *Touſſaint Leullier*, qui s'eſt ren-

G. HER-
MANT.
du depuis l'un des plus celebres Avo-
cats de la Province, & qui est mort
Lieutenant Civil de *Beauvais*.

Godefroy Hermant commença ses
études dans le College de cette ville,
& vint à *Paris* les achever en 1630.
après avoir reçû la tonsure de son
Evêque. Il fit sa Philosophie à Navarre, & sa Theologie, partie en Sorbonne, partie à Navarre.

Ses études achevées, il retourna à
Beauvais en 1636. & comme il n'a-
voit que 19. ans, & qu'il ne pouvoit
être reçû Bachelier avant sa 22. année, selon les statuts de l'Université,
il y regenta un an la seconde & deux
ans la Rhetorique.

Augustin Potier son Evêque, qui
l'aimoit le tira du College en 1639,
pour le mettre auprès de M. d'Oc-
querre son Neveu. Cet emploi ne lui
ôtant point la liberté de retourner
aux écoles de Sorbonne, il se mit en
état d'être reçû Docteur, mais comme il vouloit être de la Maison & Societé de Sorbonne, il enseigna la
Philosophie au College de *Beauvais*,
en 1641. il fut reçû Bachelier, & l'année suivante il eut en vertu de ses

grades un Canonicat de l'Egliſe Ca- G. HER-
thedrale de *Beauvais*. En 1644. il fut MANT.
fait Prieur de Sorbonne ; en 1646. il
fut élû Recteur de l'Univerſité, dignité qu'il conſerva malgré lui pendant 18. mois ; enfin en 1650. il reçut
l'Ordre de la Prêtriſe & le Bonnet
de Docteur.

Le dernier ſéjour que M. *Her-*
mant avoit fait à *Paris* lui avoit inſpiré pour cette Ville autant d'averſion, qu'il avoit témoigné autrefois d'inclination pour elle, lorſqu'il
la regardoit, comme l'azyle des Sciences & la retraite la plus commode
pour ceux qui les recherchent. Le
triſte état où il l'avoit vûë pendant
les Guerres Civiles, & les troubles
qui s'étoient élevez depuis quelques
années dans la Faculté de Théologie
lui firent former le deſſein de ſe retirer dans ſa patrie ; il offrit pour cela
ſes ſervices à M. de *Buzanval*, dès
qu'il eut eté ſacré Evêque de Beauvais
à la place de M. *Potier* mort en 1650.
& ce Prélat les accepta avec beaucoup de ſatisfaction, il l'attacha entierement au ſervice de ſon Dioceſe,
& l'obligea à le ſuivre tous les ans

G. Her-
mant.

dans fes vifites paftorales pour inftruire par fes predications les Peuples
& les Pafteurs, ce qui l'occupa pendant plus de 25. ans; c'eft-à-dire,
jufqu'à la mort du Prelat.

Si les troubles de *Paris* lui avoient
donné du dégoût pour cette Ville,
ceux qu'il eut le chagrin de voir regner dans l'Eglife de *Beauvais* lui en
infpirerent pour le commerce des
hommes, & il fe détermina à ne plus
frequenter que fon Eglife & fon Cabinet ; c'eft à cette refolution que
nous fommes redevables de tant d'é-
crits qui font fortis de fa plume.

En 1690. il fit un voyage à *Paris*
pour y voir fes anciens amis ; mais
comme il paffoit devant l'Hôtel de
S. Paul le 11. Juillet, il tomba mort
fur un ami qui l'accompagnoit, fans
avoir donné le moindre figne de douleur. Il étoit alors dans fa 74. année.

Catalogue de fes Ouvrages.

1. Il travailla dès l'âge de 23. ans
conjointement avec M. *Le Jay* &
plufieurs autres Savans à l'édition de
la grande Bible Polyglotte de *Vitré*
qui parut en 10. vol. *in fol.* en 1645.

Il revoyoit particulierement le Tex- G. Her-
te Grec, & M. *Le Jay* n'oublia pas mant.
dans le témoignage de reconnoiffan-
ce, qu'il en voulut rendre au public,
de l'avertir, que l'âge de M. *Hermant*
étoit infiniment au - deffous de fa
profonde litterature , & qu'il étoit
également verfé dans les connoiffances facrées & profanes.

2. *Obfervations importantes fur la
Requête prefentée au Confeil du Roy
par les Jefuites , tendant à l'ufurpation
des Privileges de l'Univerfité de Paris.
Paris in 8°. 1643. & 1644.* Les Jefuites avoient prefenté une Requête
au Roi & au Confeil le 11. Mars 1643.
par laquelle ils demandoient à être
reçus dans l'Univerfité. M. *Hermant*
fut chargé de répondre à cette Requête ; ce qu'il ne fit qu'après s'en être
défendu long-temps. Il joignit à ces
obfervations un ample difcours,
qu'il divifa en trois parties. Ces deux
Ouvrages, quoique chargez d'érudition & de raifonnemens , ne lui
couterent gueres que huit jours , &
on les vit enfemble fortir de la preffe
fous le titre commun d'*Apologie pour
l'Univerfité de Paris contre le difcours*

R iiij

G. Her-
mant.

d'un Jesuite, par une personne affec-
tionnée au bien public. Paris in 8°.
1643. 1644.

3. *Veritez Academiques, ou refu-*
tation des prejugez populaires, dont se
servent les Jesuites contre l'Université
de Paris. Paris 1643. *in* 8°. M. Hermant eut soin de supprimer dans cet
ouvrage son nom comme dans le premier, parceque n'ayant rien à démêler
en particulier avec les Jesuites, il ne
prétendoit pas s'attribuer ce qu'il ne
faisoit qu'au nom de l'Université,
dont il sembloit n'être que le Sécretaire. Il appelloit *Verités Académi-*
ques, l'examen qu'il faisoit dans cet
Ouvrage de la maniere dont les Jesuites enseignoient les Arts, les
Sciences, & la Théologie ; il y portoit même ses reflexions plus loin
que son sujet ne le demandoit, puis
qu'elles s'étendoient aussi sur leur
maniere de prêcher, de diriger, &
d'écrire.

4. *Seconde Apologie pour l'Univer-*
sité de Paris, imprimée par le Mande-
mant du Recteur contre le Livre fait
par les Jesuites pour réponse à la pre-
miere Apologie, in 8°. 1643. & 1644.

M. *Hermant* fit cet Ouvrage pour répondre à celui du P. *Jacques de la Haye* Jésuite, qui a pour titre : *Réponse au Livre intitulé : Apologie pour l'Université*, Paris. Sonnius 1643. in 8°.

5. *Troisiéme Apologie, ou réponse de l'Université de Paris à l'Apologie pour les Jésuites mise au jour sous le nom du P. Caussin, imprimée par l'ordre de l'Université, pour servir au Jugement des trois Requêtes.* Paris 1644. *in* 4°.

6. *Apologie pour M. Arnauld Docteur de Sorbonne, contre un libelle publié par les Jésuites intitulé : Remarques judicieuses sur le Livre de la frequente communion, in* 4°. 1644. *It.* 1648. Le livre des *Remarques judicieuses*, &c. avoit été composé par un Prêtre Parisien, nommé *François Renard*, qui mourut le 14. Janvier 1653.

7. *Réponse aux moyens d'opposition que les Jésuites ont fait signifier aux Prieur, Docteurs & Bacheliers de la Maison de Sorbonne le Lundi 24. Decembre 1646. pour empêcher la clôture de la Rue des Poirées.* 1647. *in* 4°.

Au mois de Juillet 1646. les Prieur,
Docteurs & Bacheliers de la maison
de Sorbonne avoient obtenu des
Lettres Patentes portant permission
de fermer une petite rue, appellée
des Poirées, qui aboutissant à la rue
S. Jacques vis-à-vis le College de
Clermont passoit le long de la nouvelle Eglise de Sorbonne, & alloit
rendre à la rue de la Harpe près du
College de Cluny : il ne s'agissoit
que de faire verifier ces Lettres au
Parlement ; mais les Jesuites s'op-
poserent à cette verification, qui
fut faite cependant ; la clôture que
l'on demandoit fut executée, & l'on
fit faire un angle à la petite rue des
Poirées, pour lui donner une issue
dans celle des Cordiers. M. *Hermant*
qui étoit ordinairement choisi pour
plaider les causes de l'Université, le
fit encore en deux autres occasions
plus importantes, où il fut obligé de
porter la parole au Conseil, l'une
contre les Partisans, qui vouloient
enlever les Messageries à l'Université, l'autre contre les Moines de
l'Abbaye de S. Germain des Prez,
qui vouloient ôter à la même Uni-

verfité la Seigneurie du Pré-aux- G. Her-mant.
Clercs. Il gagna fon Procès contre
les uns & les autres, & l'Univerfité pour lui en témoigner fa recon-
noiffance lui fit prefent d'une bour-
fe de quatre mille francs.

8. *Défenfe des Difciples de S. Au-*
guftin contre un Sermon du P. Berna-
ge Jefuite, prêché dans l'Eglife de S.
Louis, le Dimanche 28. Août 1650.
Paris 1650. in-4°. Quelques perfonnes prétendent que cet ouvrage eft
de l'*Abbé de Lalane*, mais le con-
fentement du plus grand nombre,
& la conformité du ftile l'ont fait
adjuger à M. *Hermant* avec affez de
fondement.

9. *Défenfe de la Pieté & de la Foi*
de la fainte Eglife Catholique, Apofto-
lique & Romaine, contre les impietez
& blafphemes de Jean Labadie Apo-
ftat, par le fieur de Saint Julien Doc-
teur en Théologie. Paris 1651. in-4°.
M. *Hermant* emprunta un autre nom
que le fien pour publier cet ouvrage,
parcequ'on lui refufa le Privilege du
Roy. Il y combat ce que Labadie
avoit avancé, qu'ayant été bon Dif-
ciple de S. Auguftin, fur-tout de-

G. HER-
MANT.

puis qu'il étoit sorti des Jesuites, il
n'avoit point changé de sentiment
en se faisant Calviniste, comme s'il
avoit trouvé tout S. Augustin dans
Calvin.

10. *Fraus Calvinistarum retecta, si-*
ve Catechismus de Gratia ab hæreticis
Samuelis Maresii corruptelis vindicatus,
Theologicis aliquot Epistolis Hieroni-
mi ab Angelo forti Doct. Theol. ad Ja-
cobum de Sainte-Beuve. Parif. 1652.
in- 4°. Samuel Desmarets, Professeur de *Groningue* en Frise ayant traduit en Latin un *Catéchisme sur la*
Grace qui avoit parû à *Paris* en 1650.
& l'ayant fait imprimer l'année suivante avec une Préface & des Remarques, où il faisoit entendre que
M. *Arnaud* & ses amis avoient expli-
qué les matieres de la Grace d'une
maniere peu éloignée de celle des
Protestans; M. *Hermant* crût devoir
les défendre; ce qu'il fit dans cet ouvrage.

11. *Discours Chrétien sur l'établisse-*
ment du Bureau des pauvres de Beau-
vais. Paris 1653. *in-*8°. *It. Rouen*
1676. avec les titres de l'érection &
autres pieces.

12. *Traité de la Providence compo-* G. HER-
ſé par *S. Jean Chriſoſtome pendant ſon* MANT,
exil, pour ceux qui avoient été ſcanda-
liſez des afflictions de l'Egliſe, traduit
par A. D. P. V. Paris 1658, *in-*12. M.
Hermant fit cette traduction pour
ſe conſoler des brouilleries qu'il
voyoit regner dans ſon Chapitre. A-
près qu'elle eût été égarée pendant
plus de deux ans parmi les papiers
d'un de ſes amis, elle tomba entre
les mains d'un autre ami qui la fit imprimer en ſon abſence & ſans ſa participation, parcequ'il y avoit à
craindre qu'il ne s'oppoſât à cette
publication, & que ſous prétexte
de revoir ſon ouvrage il ne le ſuppri-
mât. Mais on lui fit voir les feüilles
imprimées avant que de publier le
livre, & il ne pût faire autre choſe
que de le laiſſer paroître avec unePré-
face de ſa compoſition. Le titre que
S. Chriſoſtome avoit donné à ce
Traité, *Ad eos qui ſcandalizati ſunt,*
ne marquoit rien autre choſe qu'un
traité pour ceux qui ſe ſcandaliſent,
qui étoit enſuite d'un autre traité du
même Saint, fait pour prouver,
que perſonne n'eſt offenſé que par ſoi-

G. HER-même, *quod nemo læditur nisi à se ip-*
MANT. *so*, quoiqu'on les ait separez, &
qu'ils soient imprimez dans des Volumes differens. Mais M. *Hermant*
voyant que le titre de S. *Jean Chri-*
sostome ne suffisoit pas pour faire
comprendre la matiere du Livre,
voulut donner à sa traduction celui
de la Providence, parceque c'est le
principal sujet du livre, & l'unique
but que le Saint s'y étoit proposé.

13. *Factum pour les Curez de Rouen*
contre l'Apologie des Casuistes. Colo-
gne 1658. *in-*4°. & *in-*12.

14. *Requéte de* 300 *Curez du Dioce-*
se de Beauvais presentée à leur Evêque
contre l'Apologie des Casuistes, avec
la Lettre Pastorale & l'Ordonnance de
ce Prélat. 1658. *in-*4°. & *in-*12.

15. *La vie de S. Jean Chrisostome*
sous le nom du sieur Menart. Paris
1664. *in-*4°. It. *Paris* 1665. *in-*8°.
2. *tom. It. Lyon* 1683. *in-*8°. 2. *tom.*

16. *La vie de S. Athanase Patriar-*
che d'Alexandrie. Paris 1671. *in-*4°.
2. *tom. It. deux vol. in-*8°.

17. *La vie de S. Basile & de S. Gre-*
goire de Nazianze. Paris 1674. *in-*4°.
2. *tom.*

18. *La vie de S. Ambroise Arche-* G. HER-
vêque de Milan. Paris 1678. *in*-4°. LA MANT,
methode de l'Auteur est la même
dans toutes ces Vies , dont on trouve le stile trop diffus , & où les faits
sont noyez dans les réflexions.

19. *La Conduite Canonique de l'E-*
glise pour la reception des filles dans les
Monasteres , par Messire Antoine Go-
defroy Docteur en Theologie. Paris
1668. *in*-12. M. *Hermant* a travaillé
à cet ouvrage conjointement avec M.
Arnaud , ou plutôt ce livre s'est formé de quelques remarques de l'un &
de l'autre, recueillies par un de leurs
amis, mais que M. *Hermant* a eu soin
de mettre en ordre. Le nom d'*An-*
toine Godefroy , qui paroît à la tête
est composé des noms de Baptême
des deux Auteurs qui y ont eû part.

20. *Les Ascetiques ou Traités spiri-*
tuels de S. Basile le Grand , Archevê-
que de Cesarée en Cappadoce, traduits en
François & éclaircis par des remarques
tirées des Conciles & des Peres de l'E-
glise. Paris 1673. *in*-8°. Il a donné
aussi la traduction d'une Epitre du
même Saint à des Solitaires perse-
cutez.

G. Her-
mant.

21. *Entretiens spirituels & interieurs sur l'Evangile de S. Mathieu tirez de l'Ecriture-Sainte & des Peres de l'Eglise. Paris* 1690. *in*-12. 3. vol. Cet ouvrage a couru pendant trente ans en Manuscrit parmi les amis de l'Auteur avant que d'être imprimé.

22. *Tradition de l'Eglise sur le silence Chrétien & Monastique contre l'intemperance de la langue & les paroles inutiles en general & en particulier, & contre la trop grande frequentation des Parloirs des Religieuses. Paris* 1697. *in*-4°. Ce Traité a été trouvé imparfait parmi les Papiers de M. Hermant, & celui qui l'a donné au public a suppléé ce qui y manquoit.

23. *Clavis Disciplinæ Ecclesiastica, seu Index universalis totius Juris Ecclesiastici. Autore G. Hermant. Opera & Studio Petri Auger in lucem prodit. Insulis* 1693. *in-fol.* Cet ouvrage n'est pas proprement de M. Hermant, dont il porte le nom. Voici seulement la part qu'il y a. Une personne de qualité l'ayant prié de lui donner les Extraits qu'il avoit fait des Conciles, il les confia à un écrivain infidele qui en retint une copie, & les

a fait imprimer avec des additions G. Her-
indignes de ce savant homme.   M A N T.

Il a laissé en Manuscrit une *Histoire Ecclesiastique & Civile de la Ville
& Diocese de Beauvais, avec les titres
& pieces justificatives,* qui n'a pas
été imprimée.

V. Sa vie écrite par M. *Adrien
Baillet* & imprimée en 1717. *in* 12.

ADRIEN DE VALOIS.

ADRIEN DE VALOIS na- A.   D E
quît à *Paris* le 14. Janvier 1607. VALOIS.
Son pere *Charles de Valois* issu d'une
famille noble de basse Normandie
l'envoya au Collège de Clermont,
où les Jesuites commençoient à enseigner.

Quand il eut achevé ses Classes,
il s'appliqua fortement à la lecture
des bons Auteurs, des Poëtes Grecs
& Latins, des Orateurs & des Historiens, excité à cela par l'exemple
de *Henri de Valois* son frere ainé, &
par les Conseils des PP. *Sirmond* &
Pétau, & de Messieurs *Bignon*, *Ri-
gault, Florent, du Bosquet,* & du

Tome III.   S

DE l'y qu'il confultoit fouvent fur fes difficultez & fes doutes.

Il fit fa principale étude de notre Hiftoire, & employa plufieurs années à en rechercher les plus fûrs monumens, tant manufcrits qu'imprimez. Sa longue perfeverance dans ce pénible travail jointe à la parfaite connoiffance qu'il avoit acquife de la Langue Latine le mit en état d'entreprendre un ouvrage plus regulier & plus parfait que tout ce qui avoit paru jufqu'alors fur ce fujet.

En 1660. il fut honoré, de même que *Henry de Valois* fon frere, de la qualité d'Hiftoriographe du Roi, avec une penfion de douze cens livres.

En 1664 il perdit la compagnie de fon frere qui avoit vêcu jufques-là avec lui dans la maifon paternelle, mais qui la quitta pour fe marier. Quelques années aprés il fuivit fon exemple, en époufant une perfonne vertueufe, avec laquelle il a toûjours vêcû dans une parfaite intelligence & dont il a eû deux enfans, un fils qui a fort bien répondu aux foins d'un pere auffi éclairé & auffi habile,

& une fille morte en bas âge. A. DE
Il joüit toûjours dans un âge fort VALOIS.
avancé d'une santé parfaite & mourut le 2. Juillet 1692. âgé de 85. ans
Catalogue de ses Ouvrages.

1. *Petri Monmauri Græcarum Lit-*
terarum Professoris Regii Opera in
duos Tomos divisa, iterum edita &
notis nunc primum illustrata à Quinto
Januario Frontone. Paris. 1643. *in-*
4º. Tous ces ouvrages se terminent
à deux pieces l'une en prose & l'autre
en vers, qui ne tiennent ensemble
que huit pages. M. *de Valois* qui les
fit imprimer ne laissa pas de les divi-
ser en deux tomes, pour tourner en
ridicule ce fameux parasite. Il y a a-
jouté quelques pieces faites contre
lui par differentes personnes, &
quelques Epigrammes latines de sa
façon sur le même sujet. Comme
tous ceux qui avoient écrit contre
Montmaur avoient pris des noms de
guerre, il en fit de même, & prit
celui de *Quintus Januarius Fronto,*
dont chaque mot lui convenoit parfaitement, *Quintus* parce qu'il étoit
le cinquiéme de ses freres ; *Januarius*
parcequ'il étoit né dans le mois de

A. DE Janvier, & *Fronto* parcequ'il avoit
VALOIS. le front large & élevé ; c'est ainsi
qu'ils'en explique lui-même dans le
Valesiana p. 38. Le texte de *Montmaur* est accompagné des remarques
de M. *de Valois*, qui y badine fort
agréablement, & y tourne en ridicule sa Prose & ses Vers. Cette Edition est extrêmement rare. M. de
Sallengre a fait réimprimer tout cela
dans le recueil qu'il a donné des pieces faites à l'occasion de ce Professeur.

2. *Gesta Francorum, seu rerum
Francicarum tomus* 1. *à primordiis gen-
tis usque ad Chlotarii senioris mortem.
Paris. fol.* 1646. *tomus* 2. *à Chlotarii
senioris morte ad Chlotarii Junioris
Monarchiam. Paris. fol.* 1658. *tomus*
3. *à Chlotarii Junioris Monarchia ad
Childerici destitutionem. Paris. fol.* 1658.
Cette Histoire commence à l'année
254, c'est-à-dire au temps où les François commençoient à faire parler
d'eux, & finit en 752. Elle est écrite, selon le P. *le Cointe,* avec tant
de soin & d'élegance, qu'ele peut
servir d'un excellent commentaire
sur ce que *Gregoire de Tours, Fre-*

degaire, & d'autres anciens Auteurs A. D E avoient écrit de notre Hiſtoire d'un VALOIS, ſtile rude & tout à-fait barbare. M. l'Abbé *Lenglet* en porte le même Jugement, de même que M. *le Gendre*, qui ajoûte que c'eſt moins une Hiſtoire qu'un ouvrage de Critique rempli d'une grande érudition & que l'Auteur l'a écrit en Savant, ce qui fait qu'elle n'eſt goûtée que des Savans. *Vigneul Marville* (to. I.) dit à l'occaſion de cet ouvrage que M. *de Valois* étoit d'une humeur difficile, & qu'il ſembloit qu'on lui arrachât les entrailles, quand on le prioit de produire quelque choſe de nouveau. » Il falloit le laiſſer faire, ajoû-»te-t il, M. *Colbert* le ſollicitant »un jour avec honnêteté de vou-»loir continuer ſon Hiſtoire Lati-»ne de France, le bon homme tout » effrayé, ſe retirant en arriere, »comme ſi on avoit voulu l'aſſom-»mer, s'écria : *Eh Monſieur, que* »*me demandez-vous à l'âge où je ſuis ?* »*me demander ce penible travail, c'eſt* » *me demander la vie.*

3. *Diſceptatio de Baſilicis, quas* *primi Francorum Reges condiderunt ;*

A.
D B *an ab origine Monachos habuerint*
VALOIS. *Parif. 1658. in-8°.* Item, *insérée à
la fin du troisième volume de l'Histoire
de France.* Cette differtation fut
composée à cette occasion. M. *de
Valois* étant chez M. *le Févre-Chan-
tereau*, qui tenoit un jour de chaque
semaine une assemblée de ses amis,
pour s'entretenir avec eux d'histoire
& de sciences, quelques-uns lui de-
manderent pourquoi en parlant de
l'Eglise ou de la Basilique de S. Vincent, élevée par la liberalité de *Chil-
debert*, il lui avoit donné le nom de
Monastere, que Gregoire de *Tours*
& *Fredegaire* ne lui donnent jamais,
mais seulement celui d'Eglise & de
Basilique. M. *de Valois* pour satisfaire à leur demande, composa cette
differtation, où il entreprit de montrer que cette Eglise avoit été un
Monastere dès son commencement.
M. *de Launoy* qui se trouvoit souvent à cette assemblée, ayant composé un petit écrit contre cette dif-
sertation, M. *de Valois* y répondit
par l'ouvrage suivant.

4. *Disceptationis de Basilicis defensio adversus Joannis Launoii judi-*

cium, & *de vetuſtioribus Baſilicis Lu-* A. B B
tetiæ Liber. Pariſ. 1660. *in-*8°. M. VALOIS.
de Valois, aprés avoir ſoûtenu ici
tout ce qu'il avoit avancé touchant
l'Egliſe de S. Vincent, voulut encore faire voir qu'il y avoit toûjours
eu des Moines dans celle de S. Denis.
Il joignit à cette défenſe un Traité
hiſtorique des anciennes Egliſes de
Paris, où il refuta pluſieurs endroits
d'un autre Traité de M. de Launoy
ſur le même ſujet.

5. *Carmen Panegyricum de laudibus*
Berengarii Auguſti, Adalberonis Epiſ-
copi Laudunenſis ad Robertum Fran-
corum Regem carmen, ab Hadriano
Valeſio è Vet. Codd. eruta & notis il-
luſtrata. Pariſ. 1663. *in* 8°. Le premier de ces deux Poëmes eſt un Pa-
negyrique de l'Empereur Berenger,
& le ſecond eſt une eſpece de ſatyre
compoſée par Adalberon Evéque
de Laon, contre les vices des Religieux & des Courtiſans.

6. *Oratio de laudibus Ludovici*
Adeodati Regis Chriſtianiſſimi, quod
ejus munificentia littera ſunt reſtitutæ.
Pariſ. 1664. *in* 4°. M. *de Valois*
ayant reçû en 1664 une gratifica-

A. DE tion du Roy, lui en témoigna sa
VALOIS. reconnoiſſance par ce diſcours.

7. *Hadriani Valeſii, & Joannis Chriſtophori Wagenſelii de Cœna Trimalcionis nuper ſub Petronii nomine vulgata Diſſertationes.* Pariſ. 1666. *in-8°.* M. *de Valois* prétend dans ſa Diſſertation que le fragment de Petrone trouvé à *Trau* en Dalmatie, eſt une piece dont la ſuppoſition eſt manifeſte à chaque page.

8. *Notitia Galliarum, ordine Alphabetico digeſta.* Pariſ. 1675. *in-fol.* Cet ouvrage ſert à connoître la France, telle qu'elle étoit ſous les deux premieres Races de nos Rois. Quoique M. *de Valois,* qui ſçavoit à fond nôtre hiſtoire y ait apporté beaucoup de ſoins & de recherches, il en a neanmoins encore laiſſé à faire à ceux qui voudront entreprendre une ſeconde édition de ſon Livre qui eſt excellent. C'eſt le jugement qu'en porte le P. *le Long.*

9. *De Vita Henrici Valeſii Hiſtoriographi Regii Liber.* Pariſ. 1677. *in-12.* Cette vie a été réimprimée à la tête de d'Edition Latine de l'Hiſtoire d'*Euſebe,* &c. Paris 1677. *in-fol.,*

&

& de l'Edition Latine & Greque A. ʙ ᴇ
faite en 1678. *Paris. in-fol.* ᴠᴀʟᴏɪꜱ.

10. *Ammiani Marcellini rerum*
geſtarum qui de xxxɪ. *ſuperſunt Libri*
xvɪɪɪ. *ope MSS. Codicum emendati ab*
Henrico Valeſio. Editio poſterior, cui
Hadrianus Valeſius Fr. Lindenbrogii
J. C. ampliores in eundem Hiſtoricum
obſervationes adjecit, & Ammianum
multis in locis emendavit, notiſque ex-
plicuit. Pariſ. fol. 1681. l'Edition de
Henri de Valois avoit paru en 1636.
Celle-ci eſt bien plus parfaite, quoiqu'il s'y trouve quelques fautes lege-
res, que M. *Jacques Gronovius* a relevées & corrigées dans la nouvelle
qu'il a donnée à *Leyde* en 1693. & à
laquelle il a ajouté quelques notes
de ſa façon.

11. *Obſervationis de annis Dago-*
berti Francorum Regis adverſus Petri
Franciſci Chiffletii Differtationem de-
fenſio, & Notitiæ Galliarum defenſi
adverſus Germinium, Monachum Be-
nedictinum. Pariſ. 1684. *in-*8°. Dans
le premier de ces Ouvrages M. *de Va-*
lois défend contre le P. *Chifflet* Jeſuite la découverte qu'il avoit faite des
ſeize années du Regne de *Dagobert,*

Tome III.   T

A. de à les commencer à la 39. année de
VALOIS. *Clotaire.* Dans le second, il répond
à la Critique de la Notice des Gaules
faite par Dom *Michel Germain,*
dans son traité intitulé : *Palatia Regum Francorum,* qui fait le quatriéme Livre du grand ouvrage, de *Re Diplomatica.*

12. *Valesiana,* ou *Pensées critiques,*
historiques & morales, & les *Poësies*
Latines de *M. de Valois,* recuëillies
par *M. de Valois son fils. Paris* 1694.
*in-*12. Ce recuëil contient principalement des remarques sur l'histoire,
des particularitez de la vie de certaines personnes, & des corrections
ou explications des passages de quelques anciens Auteurs, avec quelques
bons mots.

V. son Eloge par M. *le Président*
Cousin dans le Journal des Sçavans
du 28. Juillet 1692. & à la tête du
Valesiana. Hommes Illustres de M.
Perrault, tom. 2.

JOSEPH SAENZ
D'AGUIRRE.

JOSEPH SAENZ D'A-
GUIRRE nâquit le 24. Mars
1630. à *Logrogno* ville d'Espagne. A-
près avoir fait ses études , il entra
dans l'Ordre de S. Benoît , où il fit
de grands progrès dans la pieté &
dans les sciences. Il prit en 1668. le
degré de Docteur en Theologie dans
l'Université de *Salamanque* , & pro-
fessa long-temps la Theologie. Il fut
ensuite nommé premier Interprete
de l'Ecriture-Sainte dans cette Université , & depuis Censeur & Secretaire du Tribunal de l'Inquisition
d'Espagne. Un ouvrage qu'il publia
en 1683. contre la déclaration de l'af-
semblée du Clergé de France de 1682.
lui procura le Chapeau de Cardinal ,
que le Pape *Innocent XI.* lui donna
en 1686. Il a joüi treize ans de cette
dignité , & est mort d'apoplexie le
19. Août 1699. âgé de 69. ans.

Il avoit fait lui-même , avant que

T ij

J. Saenz de mourir son Epitaphe, qui merite
d'Aguir- d'être rapportée ici.
B.E.

Joseph Saenz de Aguirre , natione
Hispanus
Patriâ Lucronensis , vitâ peccator,
Appellatione Monachus S. Benedicti,
Studio Theologus,
Miseratione divina
S. R. E. Cardinalis Tit. S. Mariæ
super Minervam ,
Protector Regni Siciliæ.
Orate Deum pro eo.
Obiit die xix. *Augusti anno Domini*
M. D C. X C I X.
Miserere mei Domine , quia peccavi
super numerum arenæ maris.

Catalogue de ses ouvrages.
1. *Ludi Salmanticenses , sive Theo-*
logia florulenta. Salmanticæ 1668. in-
fol. Ce sont les Differtations , qu'il
composa , selon l'usage de l'Université de Salamanque, avant que d'y recevoir le bonnet de Docteur. Il y
traite des bons & des mauvais Anges, & y mêle beaucoup de traits
d'érudition. Il en a fait lui-même la
Critique dans la derniere édition de

la Theologie de *S. Anfelme* ; ce qu'il J. S. D'A- y trouve à redire eft d'y avoir donné GUIRRE, à quelques perfonnes des loüanges exceffives, d'y avoir exprimé cer- taines chofes d'une maniere moins grave & moins ferieufe qu'il ne fal- loit, d'y avoir donné trop de poids à l'opinion d'un feul Docteur pieux & fçavant, & d'y avoir cité les Hif- toriens fuppofez fous les noms de *Dexter*, de *Maxime*, de *Luitprand*, & de *Julien de Perez*.

2. *Philofophia nova, antiqua, ra- tionalis, Phyfica & Metaphyfica, tribus tomis comprehenfa, ad mentem Arifotelis & D. Thomæ. Salamanticæ* fol. 3. tom. 1671. & *fuiv*. On peut bien juger que cet ouvrage n'eft pas d'un grand ufage à prefent.

3. *Philofophia morum, five libri decem Ethicorum Arifotelis ad Nico- machum commentariis illuftrati. Sal- mantica* 1675. fol.

4. *De virtutibus & vitiis morum, five Difputationes varia in Philofo- phiam moralem ab Arifotele traditam. Salmantica* 1677. fol. L'Auteur ne traite dans cet ouvrage des vertus & des vices, que felon les lumieres de

T iij

la raison ; il y suit les principes de la probabilité, qu'il a abandonnez depuis. Il en a fait faire une nouvelle édition corrigée à *Rome* en 1697. *in-fol.*

5. *S. Anselmi Archiepiscopi Cantuariensis Theologia, commentariis & disputat ionibus tum dogmaticis, tum Scholasticis illustrata. Salmanticæ. fol.* 3. *vol.* 1679. 1680. 1681. *It. Romæ* 1690. *fol.* 3. *vol.* Cette seconde édition est fort augmentée, surtout dans le troisième volume.

6. *Defensio Cathedræ S. Petri adversus declarationem Ill. Cleri Gallicani editam anno* 1682. *die* 19. *Martii. Salmanticæ* 1683. *fol.* Ce fut cet ouvrage qui mérita la pourpre à son Auteur. Quelques-uns ont publié qu'il n'étoit pas du Cardinal *d'Aguirre*, mais d'un autre Docteur de *Salamanque*; cependant ce Cardinal a toûjours soûtenu qu'il étoit véritablement de lui.

7. *Notitia Conciliorum Hispaniæ atque novi orbis, Epistolarum Decretalium, & aliorum Monumentorum sacræ Antiquitatis ad ipsa spectantium, magna ex parte hactenus ineditorum ,*

quorum editio paratur. Salmanticæ cum J. S. D'A-
notis & diſſertationibus. Salmanticæ GUIRRE*
1686. in-8°.* C'eſt le projet & la table
du grand ouvrage qu'il fit imprimer
dans la ſuite, non pas à *Salamanque,*
mais à *Rome,* où la dignité de Cardinal, dont il fut honoré, l'engagea
à ſe rendre.

8. *Collectio Maxima Conciliorum*
omnium Hiſpaniæ & novi orbis, Epiſ-
tolarumque decretalium, nec non plu-
rium Monumentorum ad illa ſpectan-
tium cum notis & diſſertationibus. Ro-
mæ, fol. 4. tom. 1693. & 1694. L'Auteur a joint aux Actes des Conciles,
& aux autres monumens anciens des
diſſertations de ſa compoſition, mais
ſeulement dans les deux premiers
volumes; il y en a pluſieurs pour ſoûtenir les fauſſes decretales des premiers Papes. C'eſt une choſe ſurpre-
nante qu'il ait voulu défendre une
cauſe ſi inſoûtenable, mais il paroît
qu'il avoit plus d'étude & de lecture
que de critique & de jugement.

9. Il a contribué à l'Edition de la
Bibliotheque ancienne de *Nicolas*
Antonio.

Il avoit promis pluſieurs autres
ouvrages, que ſes grandes occupa-

J.S. D'A-tions ne lui ont pas permis de don-
SUIRRE. ner au public.

V. Son Eloge dans *Eggs Purpura*
docta lib. 6. Du Pin, Bibl. des Aut.
Eccl.

VINCENT AURIA.

VINCENT
AURIA.

VINCENT AURIA na-
quit à *Palerme* en Sicile le 5.
Août 1625. d'une Famille noble,
originaire de *Genes*, qui y porte le
nom de *Doria*. Aprés ses premieres
études, il se donna à la Jurisprudence, & fut reçû Docteur en Droit à
Catane en 1652. Le Barreau qu'il fre-
quenta d'abord lui déplut bien-tôt, &
il l'abandonna pour se livrer entierement au penchant qu'il se sentoit
pour les Belles Lettres. Toute sa
vie s'est passée à étudier & à composer ; le soin de sa fortune ne l'a jamais pû retirer de son travail, &
quoi qu'assez mal partagé des biens
de ce monde, il s'en consoloit avec
les Muses qu'il préferoit à tout. Il a
été agregé à plusieurs Academies. Il
n'avoit pas encore vingt-ans, lors-

qu'il fut reçû dans celle des *Racceſi* VINCENT
de *Palerme*. Celle des *Arcadiens* de AURIA.
Rome le fit entrer dans ſon Corps en
1705.

Il eſt mort à Palerme le 6. Decembre 1710. âgé de 85. ans, qu'il a paſſé dans le celibat.

Catalogue de ſes ouvrages.

1. *Il Martello di Claudio Mazzeo,
per la Marmorea inſcrizione, eretta
dal publico di Meſſina nel Piano di S.
Maria l'anno 1648. in falſa offeſa della Felice città di Palermo, Capo e
Metropoli della Sicilia. In Ancona.*
1649. *in* 4°. *Auria* prit le nom de *Claudio Mazzeo* dans cet ouvrage, où il
attaque une inſcription dreſſée dans
la Cathedrale de *Meſſine*, qui étoit
injurieuſe à la ville de *Palerme*.

2. *Raguaglio delle Feſte fatte in
Palermo à 13, 14, e 15, di Luglio
1649. nell'annuale memoria del Ritro-
vamento di S. Roſalia Vergine Palermitana. In Palermo.* 1649. *in-*4°. *Auria* prit dans cet ouvrage le nom
d'*André Zuonvicini.*

3. *I due Martiri d'Aleſſandria.
Racconto Iſtorico del Martirio di S.
Giuliano nobile Aleſſandrino, e di S.*

VINCENT
AURIA.

Cronione Euno suo seggiatiero. In Palermo. 1651. *in-*12.

4. *Vita di Giuseppe Fiore, e Annotationi all' Alloro, Ode Pindarica del-
lo stesso.* Cette vie & ces remarques
ont été imprimées avec les Poësies
de *Joseph Fiore*, qu'*Auria* fit paroître à Venise en 1651. *in-*12.

5. *Oratione recitata nell' Accademia de
Signori Raccesi di Palermo nell' Alle-
grezze fatte in essa città per le Vittorie
di sua Cattolica Maestà in Italia, in
Catalogna, e in Fiandra.* In Palermo.
1653. *in-*4°. It. à la fin d'un Livre sur
le même sujet intitulé: *Applosi di Palermo & c. di Giacinto Maria Fortunio.*
In Palermo 1654. *in-*4°.

6. *Epistola de Origine Motuca Urbis Siciliæ.* Cette lettre se trouve dans
l'ouvrage de *Placide Caraffa*, qui a-
voit consulté *Vincent Auria*, sur l'o-
rigine de la ville de *Modica*; ouvrage qui a été imprimé en 1653. *in-*4°.
à *Palerme*, sous le titre de *Motuca
illustrata.*

7. *Dell' Origine & Antichità di
Cefalù, Città piacentissima di Sicilia,
Notizie Historiche.* In Palermo 1656.
*in-*4°.

8. *Relatione della Machina alzata in* VINCENT
Palermo à di 15. *di Luglio* 1660. *ce-* AURIA.
lebrandoſi la Feſta di S. Roſalia, No-
biliſſima Palermitana, dal ſign. Pan-
dolfo Malgonnelli, nobile Fiorentino;
con il dialogo in Muſica recitato in det-
ta Machina. In Palermo. 1660. *in-*
4°. It. In Firenza 1660. *in-*4°. *M.*
Auria a publié cette relation ſous
le nom d'*Academico Unito.*

9. *Relatione della Machina Alzata*
in Palermo à di 15. *di Luglio* 1661.
Celebrandoſi la Feſta dell'Inventione di
S. Roſalia nobiliſſima Virgine Palermi-
tana dal ſig. Pandolfo Malgonnelli, con
il drama Muſicale, & un compendio
della vita di S. Roſalia. In Palermo.
1661. *in-*4°. Il a publié cette relation
ſous le nom d'*André Zuonvicini.*

10. *Vita della Glorioſa S. Venera,*
ò Veneranda, inſerée dans les vies
des Saintes Vierges, imprimées à *Pa-*
lerme en 1661. 1676. & 1678. *in-*8°.

11. *Adnotationes ad Vitam*
B. Auguſtini Novelli nobilis Pa-
normitani ex familia de Thermes,
autore Bernardo Riera J. C. Siculo
Drepanenſe. Panormi 1664. *in-*4°.
M. Auria prétend faire voir dans ces

VINCENT AURIA. remarques que le B. *Augustini Novelli* n'est pas né à *Termine* comme plusieurs le prétendent, mais à *Palerme.*

12 *La Rosa Celeste, Discorso Historico dell'Inventione, vita, e miracoli di S. Rosalia, Vergine Palermitana. In Palermo.* 1668. *in-4°. Vincent Auria* aimoit trop sa patrie pour lui laisser enlever tranquillement ses Saints & ses Saintes; c'est ce qui lui avoit fait composer l'ouvrage précedent, & ce qui lui fit aussi composer celui-ci, où il s'efforce de montrer que sainte Rosalie étoit veritablement de Palerme, contre un Auteur de son temps, qui avoit dit le contraire. Il fit ensuite la vie de cette Sainte.

13. *Vita di S. Rosalia-Virgine Romita Palermitana. In Palermo* 1669. *in-4°.*

14. *Il vero, & Original Ritratto di Christo Nostro Signore in Croce, Narratione Historica dell'Origine del SS. Crocifisso della Maggiore, e Metropolitana Chiesa di Palermo* 1669. *in-8°.* It. avec des additions. *Ib.* 1690. *in-8°.* It. avec de nouvelles additions,

& une liſte Chronologique des Ar- VINCENT
chevêques de *Palerme. Ib.* 1704. *in-* AURIA.
8°. *Auria* a donné auſſi l'abregé de cet
ouvrage en une feuille à *Palerme.*
1670. Il y prouve, dit M. *Mon-*
gitore, avec beaucoup d'érudition,
& d'une maniere évidente, que le
Crucifix de l'Egliſe Cathedrale de
Palerme, qui eſt en grande venera-
tion, eſt l'ouvrage de S. *Nicodeme.*
Cela ne ſurprendra que ceux qui
ignorent ce qu'ont fait en ce genre
les premiers diſciples de Jeſus-Chriſt,
& que S. Luc a peint lui ſeul aſſez
d'Images de la Vierge, pour fournir la plûpart des villes d'Italie,
comme on peut le voir d'une maniere
auſſi évidente dans les hiſtoires qui
en ont été faites.

15. *La Gioſtra. Diſcorſo Hiſtorico ſo-*
pra l'origine della Gioſtra in varie
parti dell'Europa, e della ſua introdut-
tione, ed uſo antico e moderno, nella
felice e fedeliſſima Città di Palermo,
Reggia di Sicilia ſino all'anno 1690.
In Palermo. 1690. *in-*4°. Cet ouvrage eſt curieux.

16. *Hiſtoria Cronologica dé ſignori*
Viçerè di ſicilia, dal tempo, che man-

VINCENT *co la perfonale affiftenza de' Sereniffimi*
AURIA. *Re de quella, Cioe dall'anno 1409.*
fino al 1697. Aggiuntovi un Indice
Cronologico de' Rè, e Vicere di Sicilia,
e un difcorfo dell'Officio e Prerogativa
del Pretore, e fenato de Palermo, &
l'indice dé Giuftizieri, e Prefidenti dé
Tribunali della Sicilia, dé Reggenti
del fupremo Configlio d'Italia, Confultori dé vicerè, e Generali delle Galeé
di Sicilia. In Palermo 1697. fol.
Cet ouvrage eft confidérable pour
l'Hiftoire de la Sicile.

17. *Jean-Baptifte del Giudice*, fameux Poëte de *Palerme* ayant compofé un Poëme Bucolique, intitulé,
Il Batillo en langue Sicilienne, &
l'ayant fait imprimer à *Palerme* fous
le nom de *Jean-Baptifte Bafile*, en
1686. *in-*12 ; trois beaux Efprits du
pays firent des obfervations fur les
trois premieres Eglogues des quatre
dont ce recueil eft compofé ; *Vincent*
Auria qui étoit de leur nombre travailla fur la troifiéme, & fes obfervations auffi-bien que celle des autres
y ont été jointes.

18. *Il Gagino Redivivo, o vero*
Notitia della Vita, è d'elle Opere

d'Antonio Gagino, *nativo della Citta* VINCENT
di Palermo, *Scultore famosissimo*. *In* AURIA.
Palermo 1698. *in-4°*. L'Auteur a
ajouté à la fin de ce Livre: *Memorie*
de Vincenzo Romano famoso Pittore
Palermitano.

19. *La verita Historica Suelata*, *o*
vero Auvertimenti è correzioni al nuovo
Laerzio de Filadelfo Mugnos Cavalier
Leontinese, *sopra alcune vite di filoso-*
fi, *ed altri huomini illustri Siciliani*,
scritte à disinganno dé troppo creduli.
In Palermo 1702. *in 4°*. Mugnos
ayant fait imprimer en 1654. un ouvrage intitulé: *Il nuovo Laertio*, dans
lequel il avoit inseré les vies de plusieurs Philosophes, Orateurs, & Poëtes Siciliens, qui n'avoient jamais
existé que dans son imagination, &
où il avoit dit de ceux qui avoient
réellement existé plusieurs choses de
son invention; *Vincent Auria* ne put
souffrir qu'on en imposât ainsi au public, & composa ce Livre pour découvrir les mensonges & les fictions
de Mugnos.

20. *Sicilia Inventrice*, *o vero le in-*
ventioni lodevoli nate in Sicilia. In Pa-
lermo 1704. *in-4°*. Cet ouvrage qui

VINCENT
AURIA.

est curieux en lui même, l'est de venu encore davantage par les remarques & les additions que M. *Mongitore*, qui l'a fait imprimer, y a jointes.

21 *Relattione delle Reliquie de Sancti Martiri Palermitani venute da Roma in Palermo, cioé di S. Mamiliano Cittadin ed Archivescovo Palermitano, S. Ninfa, Eustockio, Proculo, è Golbodeo. In Palermo* 1666. *in*-4°. Il n'a pas mis son nom à cet ouvrage.

22. Il a fait aussi des Chansons en Sicilien, qui ont été insérées dans des recueils.

V. Son éloge par *Antonin Mongitore*, dans les *Vite degli Arcadi* tom. 3. & dans la *Bibliotheca Sicula*.

LAURENT MAGALOTTI.

LAUREN.
MAGA-
LOTTI.

LAURENT *Magalotti* nâquit le 23. Octobre 1637. à *Florence*, d'une des plus anciennes & des plus illustres familles de cette Ville. Aprés qu'il eût fait ses études d'Humanitez & de Philosophie, il alla étudier en Droit à *Pise*. Il étoit dés ce tems là habile

habile dans les Mathematiques, & L. MAGA-
M. *Viviani* en rend témoignage dans LOTTI.
son Livre *de Maximis & Minimis.*

En 1662. le Grand Duc le fit Gentilhomme de sa Chambre & Secretaire de l'Académie *Del Cimento*,
quoiqu'il n'eût alors que 24. ans. Sa
dexterité à manier les affaires le fit
employer dans plusieurs négotia-
tions, & il alla dans plusieurs Cours
de l'Europe en qualité d'Envoyé de
son Prince. Il fut aussi commis pour
accompagner le Prince de Toscane
dans ses voyages; voyages qui lui furent utiles, non-seulement par les
connoissances qu'il y acquit; mais
encore par les liaisons qu'il forma
avec les Savans de tous les lieux où il
passa.

De retour dans sa patrie, il ne songea plus qu'à y demeurer tranquille,
& à donner à l'étude tout le tems,
que la Charge de Conseiller d'Etat,
dont le Grand Duc l'avoit honoré,
lui laissoit libre. Outre la Langue Latine & la Grecque, il sçavoit encore le François, l'Espagnol, l'Anglois
& l'Allemand. Les Langues Orientales ne lui étoient pas non plus incon-

Tome III. V

nuës, & il avoit appris ce qu'il en sçavoit de M. d'*Herbelot*, qui s'étoit fait un plaisir de les lui enseigner, pendant le séjour qu'il avoit fait à *Florence*.

M. *Magalotti* étoit fort difficile sur ses ouvrages, rien ne pouvoit le contenter. Son exactitude & son scrupule s'étendoient même sur ses discours les plus familiers qui paroissoient aussi étudiez que ses écrits.

Il est mort après une longue maladie le 2. Mars 1711. dans la 74. année de son âge. Il étoit de l'Academie de *la Crusca*, de la Societé Royale de *Londres* & de l'Academie des Arcadiens de *Rome*, dans laquelle il avoit été reçû en 1692.

On a de lui un grand nombre d'ouvrages, dont les principaux sont.

1. *Saggi di naturali esperienze*. Ce livre qu'il a publié sous le nom de *Saggiato*, Secretaire de l'Academie del *Cimento*, a été imprimé deux fois à *Florence*, *in fol.* une à *Naples*, & deux autres à *Venise in* 4°. l'exactitude des experiences & la justesse des reflexions ne font pas tout le merite

de ce livre, il eſt écrit avec une pureté & une élegance qui n'eſt pas
ordinaire à ces ſortes d'ouvrages.

2. *Relazioni varie cavate da una
traduzione Ingleſe dal l'Original Por-
togheſe, fatta da Girolamo Lobo Geſuita. In Firenze* 1693.

3. *Relazione della China, cavata
da uno regiamento tenuto col Padre
Giouanni Gruber Geſuita. In Firenze.*
1677.

4. *Il mendicare abolito nella città
di Mont' Albano da un publico uffizio
di Carita: Con la replica alle principale obiezioni, che potrebbono farſi contra queſto regolamento, tradotto dal
Franceſe. In Firenze* 1693.

5. *Lettere Familiari diviſe in due
parti. In Venezia* 1719. *in* 4°. Ces
lettres ne ſont point écrites à ſes
amis, comme le titre ſemble le faire
entendre, c'eſt proprement un Traité contre les Athées diviſé en pluſieurs articles, & qui renferme de
fort bonnes choſes.

Il a laiſſé outre cela un grand nombre d'ouvrages Mſſ. entre-autres une
Relation de ſes Voyages en Suede &
en Angleterre.

V ij

V. Son Eloge par l'Abbé *Salvini*,
dans le treziéme tome du Journal de
Venise, & dans les *Vite degli Arcadi*
*& Negri Istoria degli scrittori Fioren-
tini.*

PIERRE HALLE'.

**PIERRE
HALLE'.**

PIERRE HALLE' nâquit à *Ba-
yeux* le 8. Septembre 1611. d'une
honnête famille. Après avoir appris
les principes de la Langue Latine
dans sa patrie, il alla à *Caën* étudier
en Philosophie, en Droit, & en
Theologie.

Le tems de ces études achevé, on
le jugea capable de professer la Rhetorique, quoiqu'il n'eut encore que
vingt-quatre ans; & il s'acquita de
cet emploi avec tant d'éclat & de réputation, qu'en 1640. il fut élû Recteur. Il harangua en cette qualité M.
le Chancelier *Seguier*, que le Roi
Louis XIII. avoit envoyé en Normandie, pour appaiser la sédition des
Vanupieds. Il reçût même le bonnet
de Docteur en Droit, en presence de
ce Magistrat, qui l'honora depuis

d'une protection particuliere, & PIERRE qui lui fit naître l'envie de venir à Paris.

Pendant qu'il étoit encore à Caën, il fit imprimer des Poëfies, qui eurent une approbation fi generale, qu'on lui offrit en même temps cinq emplois differens à *Paris*, & que l'Univerfité par une grace toute particuliere l'agregea à fon Corps en fon abfence.

Il prefera un emploi dans le College de *Harcourt*, où il enfeigna d'abord les Humanitez, & enfuite la Rhethorique, avec un fi grand concours, qu'en un an il fut obligé de changer trois fois de claffe, les deux premieres, quoique fort grandes, ne fuffifant pas à la foule de fes Auditeurs.

Le 18. Decembre 1646. le Roi le fit fon Poëte, & fon Interprete en Langue Greque & Latine, avec douzé cens livres de gages.

Ses infirmitez caufées par l'affiduité au travail, l'ayant contraint de quitter fa chaire, il alla loger chez Meffieurs de *Choify*, auprés defquels il étoit, & s'appliqua à la Jurifpru-

PIERRE
HALLE'.

dence avec tant de succés, que M.
le Premier President de *Belièvre*, qui
l'honoroit de son amitié, le fit évo-
quer en la Faculté des Droits, qui
n'étoit alors que de Decret, & réduite à un seul Professeur.

Le 16. Mars 1654. le Roi érigea
en sa faveur la Chaire de cette Faculté en *Chaire Royale & Chaire de Lec-
teur és saints Decrets, pour rétablir cette Faculté en son ancienne réputation
avec mille livres de gages.*

Il travailla depuis à ce dessein avec
la derniere application, jusques au
dernier moment de sa vie. D'abord
il fit mettre au concours deux Chai-
res, dont l'une fut obtenuë par M.
de Loy. Ensuite il sollicita au Parlement un Arrest, qui porte que les
Licentiez en Droit Canonique seulement, seront reçûs au serment
d'Avocat.

Il rétablit les Decretales, les Harangues, & les autres actions publiques, & procura la premiere aggre-
gation, sur le modele de laquelle la
seconde, qui a donné d'illustres Protecteurs à la Faculté de Droit, a été
faite. Enfin on lui doit attribuer tou-

te la discipline, qui est aujourd'hui Pierre
en vigueur dans la Faculté.   Hallé.

M. *Hallé* exemt d'ambition, &
content de son état s'appliqua uniquement à remplir les devoirs de sa
profession, son âge avancé ne l'empêcha jamais de s'aquitter de ses
fonctions avec une exactitude in-
croyable.

Il est mort le 27. Decembre 1689
âgé de 78. ans. Par son testament,
dont il a confié l'execution à M.
l'Abbé *de Choisi*, il a fait une fondation pour celebrer des Messes à l'ouverture des leçons de Droit, & la
veille de Noël, de Pâques, & de la
Pentecôte, qui sont les jours des
Decretales, & pour faire une distri-
bution aux Professeurs, aux Docteurs honoraires, & aux Agregez,
à dessein de perpetuer dans la Faculté de Droit ces actions celebres, dont
il avoit rétabli l'usage, & dont il
apprehendoit l'interruption.

Catalogue de ses ouvrages.

Orationes & Poëmata. Paris. 1655.
in 8°. Les pieces contenuës dans ce
recueil lui ont fait beaucoup d'hon-

PIERRE
HALLE'.

Mém. pour servir à l'Histoire
neur , & ont commencé à lui donner de la reputation.

2. *Institutiones Canonicæ. Parif.*
1685. *in* 12. Ces Inftitutes du Droit
Canonique font écrites avec élegance & avec érudition.

3. *Schola Juris Encenia.* 1656. *in*
4°. Ce font les Harangues qu'il a
prononcées dans l'Ecole de Droit.

4. *Elogium Gabriëlis Naudæi. Ge-*
nevæ 1661. *in* 8°.

Il a laiffé plufieurs autres ouvrages
Manufcrits.

V. Son Eloge, *Journal des Sçavans*
du 30. *Janvier* 1690. & en Latin par
Michel de Loy.

HENRI NORIS.

HENRI
NORIS.

HENRI NORIS nâquit à
Verone le 29. Aouft 1631. Il reçût au Baptême le nom de *Jerôme*,
qu'il changea en celui de *Henri*,
lors qu'il entra dans l'Ordre de S.
Auguftin. Sa famille étoit originaire
d'Angleterre , & s'étoit répandue
dans l'Irlande , & même en Chypre.
Quand cette Ifle fut prife par les
Turcs

Turcs , *Jacques Noris* , qui en avoit
défendu la Capitale en qualité de Ge-
ral de l'Artillerie , alla s'établir
à *Verone*, & c'eft de lui qu'eft defcen-
du *Henri Noris* , dont j'ai à parler.

Son pere fe nommoit *Alexandre* ,
il a laiffé plufieurs ouvrages, fur tout
une Hiftoire d'Allemagne imprimée
en 1633. à *Venife* , & fept ans aprés
à *Boulogne*. Le fils témoigna dés fa
jeuneffe un grand amour pour les lettres. Aprés avoir fait fes humanitez
dans fa patrie , il alla faire fa Philofophie à *Rimini* fous les Jefuites. Il
étudia enfuite en Theologie , & fe
donna tout entier à la lecture des Peres , & fur tout de S. Auguftin, dont
les ouvrages le charmerent tellement
qu'il refolut d'embraffer fa régle , ce
qu'il fit à *Rimini* dans le Convent des
Ermites de S. Auguftin.

A peine eut-il fait Profeffion , que
le General de fon Ordre le fit venir à
Rome, où ayant toutes les commodi-
tez neceffaires pour l'étude, il s'y attacha entierement , & y employa ré-
gulierement quatorze heures par jour,
jufqu'à ce qu'il fût revêtu de la pourpre. Ses études de Theologie étant

Tome III.   X

HENRI
NORIS.

finies, il alla régenter à *Pesaro*, ensuite à *Perouse*, & à *Padouë*. Il acheva en cette derniere ville son Histoire Pelagienne, qu'il avoit commencée à Rome. Cet ouvrage, qui lui fit beaucoup d'honneur, lui procura une place parmi les *Qualificateurs du S. Office.*

Le Grand Duc le choisit ensuite pour son Theologien, & peu de tems après il fut fait Professeur en Theologie dans l'Université de *Pise.* C'est en cette ville qu'il a publié tous ces ouvrages si connus & si estimez des Sçavans, dont je parlerai plus bas.

Ils lui acquirent une si grande réputation, que plusieurs personnes du premier rang voulurent l'avoir auprés d'elles, entre autres la Reine *Christine* de *Suede*, qui le fit membre de son Academie Royale, dont il fut un des principaux ornemens.

Le Pape *Innocent* XII. l'appella ensuite à *Rome*, le fit Garde de la Bibliotheque du Vatican, & se servit utilement de lui dans plusieurs Congregations. Ce n'étoit qu'un prélude à de plus grands honneurs; car il le fit Cardinal le 12. Decembre

1695. Il eut aussi après la mort du
Cardinal *Casanatta* la Charge de Bibliotecaire du Vatican.

Quoique sa dignité de Cardinal lui procurât un grand nombre d'occupations, il n'abandonna pas pour cela l'étude, à laquelle il donnoit tous les momens que les affaires lui laissoient libre.

Après avoir joui pendant quarante ans d'une santé parfaite, il tomba dans une hidropisie incurable, dont il mourut le 23. Février 1704. âgé de 73. ans.

Catalogue de ses ouvrages.

1. *Historia Pelagiana, & Dissertatio de Synodo V. Oecumenica, in qua Origenis ac Theodori Mopsuesteni, Pelagiani erroris Autorum, justa damnatio exponitur, & Aquileiense schisma describitur. Additis Vindiciis Augustianis, pro libris a S. Doctore contra Pelagianos ac Semipelagianos scriptis. Patavii* 1673. *fol.* It. *Lipsiæ* 1677. *fol.* It. *Editio nova ab ipso Autore locupletata quinque eruditissimis Dissertationibus Historicis. Lovanii* 1702. *fol.* Les cinq pieces qui accompagnent dans cette édition cette excel-

X ij

HENRI lent ouvrage avoient déja paru sepa-
NORIS. rément, mais elles étoient devenuës
fort rares.

2. *In Notas Joannis Garnerii ad Inſ-
criptiones Epiſtolarum Synodalium XC.
& XCII. inter Auguſtinianas Cenſura.
Florentiæ. 1674. in 4°.* réimprimé à
Louvain, à *Padoüe* & ailleurs.

3. *Adventoria amiciſſimo & Doct.
V. P. Fr. Macedo in Patavinà Aca-
demia Ethicès Interpreti, in qua de
Inſcriptione Libri S. Auguſtini de
Gratia Chriſti, Albine, Piniane, &
Melania diſſeritur. Florentiæ. 1674. in
4°.* Cette lettre eſt pour répondre au
P. *Macedo* qui l'avoit fort maltraité
dans ſon Apologie pour *Vincent de
Lerins.* Il lui fait voir qu'il ne doit
point ſe mêler de parler de l'Hiſtoire Eccleſiaſtique, & ſur tout du ſiécle de S. Auguſtin, puiſqu'il paroît
n'y entendre rien. Cette lettre a été
réimprimée dans l'*Apendix Auguſti-
niana*, ou le 12. tome des Oeuvres
de S. Auguſtin, Le P. *Macedo* y répondit ſous le nom d'un de ſes Diſciples dans ce petit ouvrage: *Fratris
Archangeli à Parma ſocii P. M. Epiſtola obvia Adventoria D. Noris ſuper
queſtione Grammatica. Roma. 1674. in-*

4°. Il ne fut qu'un jour à compoſer cette Lettre, & elle parut trois jours après. Le ſtile en eſt fort vif, & le P. Noris n'auroit pas manqué à lui repliquer ſur le même ton, ſi la ſacrée Congrégation ne leur avoit défendu à tous les deux d'aller plus loin ſur cette matiere.

4. *Cenſura del P. Enrico Noris ſopra le riſpote raccolte dal P. Anibale Riccio in Nome del* P. *Macedo, alle propoſitioni parallele del P. Giov. da Guidicciolo, Lettore Giubilato Min. Oſſerv. in-4°.* Cet ouvrage ne tient qu'une feuille. Voici ce qui y donna occaſion. Entre autres Ouvrages qui furent faits contre l'Hiſtoire du Pelagianiſme, il en parut un intitulé : *Propoſitiones parallelæ Michaëlis Baii, & Henrici de Noris, autore R. P. Joanne à Guidicciolo Min. Oſſ. Mantuano. Francof.* 1676. *in* 12. Quelques-uns ont attribué cet ouvrage à *Fr. Macedo* ; mais il eſt de celui dont il porte le nom. *Macedo* y fit même une prétenduë réponſe, qui ne tend réellement qu'à juſtifier le parallele. Cette reponſe eſt intitulée : *Reſponſiones P. Fr. Macedi adverſus propoſitiones parallelas IX.*

X iij

Joannis à Guidicciolo, collecta ab Annibale Riccio Veneto sacra Theologiæ Baccalaureo. Venetiis. 1676. in 4°. C'est contre ce dernier ouvrage qu'est celui de *Henri Noris.*

5. *Dissertatio duplex de duobus Nummis Diocletiani & Licinii, cum auctuario Chronologico de votis decennalibus Imperatorum & Cæsarum. Patavii 1675. in 4°.* Cette dissertation, qui est très-estimée, a été inférée dans le premier tome des Antiquitez Romaines de M. de *Sallengre.*

6. *Cenotaphia Pisana Caii & Lucii Cæsarum dissertationibus illustrata. Venetiis 1681. fol.* Cet ouvrage est excellent, de même que tout ce qui est sorti de la plume de cet illustre Auteur.

7. *Epistola Consularis, in qua Collegia LXX. Consulum ab anno Christianæ Epochæ XXIX. usque ad annum CCXIX. in vulgatis Fastis hactenus perperam descripta corriguntur, supplentur, & illustrantur. Bononiæ 1683. in 4°.*

8. *Annus & Epocha Syro-Macedonum in vetustis urbium Syriæ nummis, præsertim Mediceis expositus. Additis*

Faftis Confularibus Anonymi omnium HENRI
optimis. Florentia 1689. *in* 4°. *It. Flo-* NORIS.
rentia 1692. *fol.* Cette feconde édition eft augmentée de l'ouvrage fuivant. *It. Lipfia* 1706. *fol.*

9. *Differtationes duæ* 1. *de Pafchali
Latinorum Cyclo annorum* 84. 2. *De
Cyclo Pafchali Ravennate annorum*
95. *Florentia* 1691. *fol.* On voit regner dans ces ouvrages une érudition
peu commune : Comme le P. *Har-
douin* n'y eft pas épargné, il parut
peu de temps aprés une feüille intitulée: *Pro Eumenio Pacato ad Norifium*,
où l'on défend ce Pere contre les ac-
cufations du P. *Noris.*

10. *Somnia Quinquaginta Fr. Macedo in Itinerario S. Auguftini poft
Baptifmum Mediolano Romam; excutie-
bat levi brachio P. Fulgentius Foffeus
Auguftinianus. Lugduni Batavorum
(Parifiis)* 1687. *in-*4°. réimprimé
à la fin de l'Edition de l'Hiftoire Pelagienne de 1702. Le P. *Noris*, qui
dans cet ouvrage s'eft caché fous le
nom de *Foffeus*, y attaque une differtation que le Pere *Macedo* avoit joint
à un ouvrage fur l'Incarnation contre le Monachifme de S. Auguftin,

X iiij

avec un Itineraire de ce Pere. Il en releve avec beaucoup de vivacité, & sans aucun ménagement toutes les fauffetez.

11. *Historica Differtatio de uno ex Trinitate carne paffo. Accedunt historiæ Pelagianæ Henrici Noris ab Annonymi fcrupulis vindiciæ. Romæ.* 1695. *in-4°. It.* dans l'Edition de l'Hiftoire Pelagienne de 1702. Quand l'Hiftoire de l'Herefie Pelagienne parut, elle acquit à fon Auteur une grande réputation , & excita la jaloufie de fes envieux & la haine de fes ennemis. On vit paroître auffi-tôt aprés un libelle fous le nom emprunté d'*Humbert*, intitulé : *Germanitates Cornelii Janfenii & Henrici Noris autore Humberto Afceta Cartufiano. fol.* On y répondit par un autre qui avoit pour titre : *Gerræ Germanitatum Cornelii Janfenii & Henrici Noris.* Cette querelle fut portée au Tribunal de l'Inquifition. L'hiftoire Pelagienne y fut examinée avec toute la rigueur poffible , & n'y fut fletrie d'aucune cenfure. Elle fut déferée une feconde fois au même Tribunal où elle fut remife à l'examen en 1676. & en fortit avec

le même ſuccés. Le Pape *Innocent* HENRY
XII. ayant choiſi le P. *Noris* pour NORIS.
remplir la place de ſous-Bibliotecai-
re du Vatican, l'envie ſouleva de
nouveau ſes ennemis contre lui, &
lui attira pluſieurs pieces, qui lui at-
tribuoient les erreurs condamnées
dans *Janſenius.* Le Pape donna alors
ordre à des Theologiens habiles, &
qu'il connoiſſoit pour n'être engagez
dans aucun parti d'examiner avec
ſoin les Livres du P. *Noris*, & de
lui en faire leur rapport. Le témoi-
gnagequ'ils en rendirent fut ſi avantageux, qu'il fit l'Auteur Conſulteur
de l'Inquiſition. Depuis ces trois jugemens favorables, il a paru encore
trois nouveaux libelles, le premier
intitulé : *De his quæ ſpectant ad fidem
Catholicam, autore Anonymo ſcrupu-
loſo.* Le ſecond, *Informatio de Libro
Henrici Noris ab uno Theologo Pari-
ſienſi.* Le troiſiéme, *Lettera d'un Cavalier dimorante in Parigi ad un ſuo
amico in Italia.* C'eſt contre ces derniers ouvrages que le P. *Noris* compoſa celui-ci où il éclaircit toutes les
difficultez qui pouvoient faire de la
peine à ſes adverſaires.

HENRI
NORIS.

12. *Henrici Noris Parænesis ad U. C.*
Joannem Harduinum S. J. P. Opus
Posthumum. Accedit ejusdem Thraso,
seu Miles Macedonicus Plautino sale
perfrictus opera Annibalis Corradini
Veronensis. Amstelodami 1709. in-12.
La seconde partie de cet ouvrage qui
est contre le P. *Macedo*, & dans laquelle le Père *Noris* a pris le nom de
Corradini, avoit déja paru en Italie
avec ce titre *Altdorfii Noricorum*, in-
4°. sans marque d'année ; mais cette
édition s'est faite vers l'an 1675. C'est
une satyre fine & spirituelle, où le P.
Macedo n'est épargné en aucune maniere. Cependant rien n'est plus
mince que la question dont il s'a-
gissoit entr'eux. C'étoit seulement de
sçavoir si S. *Augustin* a mis à dessein
Albinus pour *Albina*, en voulant
parler d'une femme dans son Traité
de la Grace de Jesus-Christ, ou si ce
n'est qu'une faute. Le Cardinal *Noris*
a soutenu que ce n'étoit point une
faute, & que les noms Grecs & La-
rins terminé en *US*. se donnent également aux hommes & aux femmes ;
le P. *Macedo* a crû au contraire, que
par le mot d'*Albinus*, Saint Augu-

Rin vouloit défigner un homme. On
a déja vû ci-deffus un ouvrage du
Cardinal *Noris* fur ce même fujet.

V. fa vie écrite par *François Blan-
chini*, inferée dans *le Vite degli Arcadi, tom.* I.

HENRY
NORIS.

PHILIBERT COLLET.

PHILIBERT COLLET, Avo-
cat au Parlement de Bourgogne,
& Subftitut du Procureur General
au Parlement de Dombes, Juge &
Maire de *Châtillon-les-Dombes*, né
dans cette Ville le 11. Février 1643.
étoit fils de *Pierre Collet* Procureur
d'Office, & de *Suzanne Girard de
Montrevel.* M. *Collet* ayant achevé
fes études à Lion dans le Collége des
Jefuites, n'ayant encore que feize
ans, les Peres *de la Chaife & Menef-
trier*, qui avoient été fes Profeffeurs,
le firent recevoir dans le Noviciat
de leur Societé à *Avignon.* Il enfeigna les baffes Claffes à *Dole* & à *Roüa-
ne*, jufqu'à l'âge de vingt-deux ans,
que quelques raifons de famille l'obli-
gerent de quitter cet état. Certaines

P. COL-
LET.

disgraces imprévûës qui arrivérent à
M. *Collet*, & dont il se tira avec
honneur, l'engagérent à voyager. Il
passa en Angleterre, & fit quelque
séjour à *Londres*: Sa curiosité lui fit
rechercher le commerce des Sçavans
dont cette Capitale est si remplie. Il
fut reçû avec agrément chez Messieurs
Willis, *Boyle*, & plusieurs Curieux
de toutes sortes de Sciences & de toutes les Sectes.

Fatigué de ses Voyages & de la vie
errante qu'il avoit menée pendant
une assez longue suite d'années, il se
laissa aller à cette envie si naturelle de
revoir sa patrie. Ses parens lui pré-
sentérent une épouse dont la beauté
& la vertu l'obligérent de se fixer entierement. Elle étoit fille d'un Medecin du Pays, & s'appelloit *Jeanne
Guichenon*. M. *Collet* l'épousa en
Février 1679. Il ne joüit que pendant
très-peu d'années des douceurs d'un
mariage si heureux. Elle mourut à
trente-trois ans, & laissa deux enfans, un garçon & une fille. Le garçon avoit de très-belles dispositions
pour les Sciences. Le Pere n'avoit
rien épargné pour cultiver ce cher

ſils , qui fut reçû Avocat au Parle- P. COL-
ment de Bourgogne ; il s'y fit une ré- LET.
putation qui ne dura pas , puiſqu'il
mourut à vingt-trois ans. La fille vit
encore. Elle eſt mariée avec M. Languet.

M. *Collet* mourut après deux jours
de maladie à *Chatillon-les-Dombes* ,
le 31. du mois de Mars 1718. à 76.
ans commencez. Je ne dois pas diſſi-
muler que ſes ennemis l'ont accuſé
d'avoir parlé de certaines cérémonies
de la Religion avec des termes peu
reſpectueux , mais les ſentimens qu'il
a fait paroiſtre long-temps avant ſa
mort , doivent effacer toutes les im-
preſſions & les faux préjugez qu'on a
eus contre lui ; & je dois aſſûrer que
l'on peut comparer les derniers momens de ſa vie , à ceux que nos Lé-
gendes ont le plus vantez , & qu'ils
ont propoſez pour modele. Avant
que de recevoir les ſecours que l'E-
gliſe offre aux Fidelles , & pour leſquels il avoit témoigné beaucoup
d'empreſſement , M. *Collet* demanda pardon à Dieu , & à tous ceux
dont il avoit intereſſé la réputation
par des chanſons ou par des billets

satyriques. M. son frere, qui étoit présent à cette déclaration si chrétienne, l'interrogea s'il ne se repentoit pas d'avoir composé des Livres dont les sentimens étoient singuliers, & qui avoient fait quelque parti dans le monde. *Non*, dit-il, *je ne m'en repens pas, parce que je les ay soûmis, & que je les soûmets comme je dois aux décisions de l'Eglise.* Peut-on trop loüer de si belles dispositions!

Ouvrages imprimez de M. Collet.

1. *Traité des Excommunications par Philibert Collet*, imprimé aux dépens de l'Auteur en 1689. Ce fut *Antoine Michard* qui l'imprima à Dijon, *in 12.* L'Ouvrage, quoique critiqué par differentes personnes, a neanmoins trouvé sa place dans le Catalogue des Livres choisis que le P. *Mabillon* a proposé à la fin de son Traité des Etudes Monastiques. *Baillet*, p. 458. de ses Auteurs déguisez, en a fait l'éloge. Ce Traité est une histoire de l'Excommunication. M. *Collet* la cherche dans chaque siecle, il en suit la Tradition. L'Auteur étoit

dans les Censures lorsqu'il composa P. Col-
cet Ouvrage. L'excommunication LET.
avoit été lancée contre lui, parce qu'il avoit empêché, avec quelque petite violence, qu'on enterrât
une personne dans une Chapelle de
l'Eglise Paroissiale de *Dombes*, dont
il étoit Patron. M. l'Archevêque de
Lyon mieux instruit, leva la Censu-
re & le reçût avec des manieres très-
obligeantes. Quelques conferences
avec l'illustre M. *Bossuet* Evêque de
Meaux avoient disposé notre Juris-
consulte à une soûmission prudente
dans cette occasion, quoiqu'il sem-
blât que la justice fut entierement de
son côté. M. *Collet*, pendant son séjour à *Paris*, avoit amassé des materiaux pour construire son Ouvrage.
A son retour, il le fit imprimer à
Dijon. M. de *Meaux* la même année
en reçût un Exemplaire, & fit un re-
merciment qui marquoit l'estime qu'-
il faisoit de l'Auteur & de son Livre. Les Libraires de Paris en ont
donné une Edition que je n'ay pas
vûë.

2. *Traité de l'Usure, in* 8°. *Lyon*
1690. sans nom d'Imprimeur, de

P. COL-
LET.

Ville, ni d'Auteur, & à *Paris* chez
J. Guignard 1693. Ce Traité fut fait
à l'occasion de quelques Missionnaires qui prêcherent à *Bourg en Bresse*,
contre certains usages du Pays, confirmez par un Arrest du Conseil en-
registré au Parlement de Bourgogne
le 30. Janvier 1643. Cet usage permet de stipuler dans une obligation
des interêts d'une somme exigible.
Les zelez Missionnaires condamne-
rent hautement ces obligations, ils
les traiterent d'usuraires. M. *Collet*
écrivit ce Livre contre eux. Il prétend que le Roy Juge du bien public,
& un usage immemorial suffisoit
pour autorifer ces pratiques. Ce
Traité devoit faire un gros *in* 8°.
Mais l'Abbé de *S. Real* & quelques
amis, lui conseillerent de l'abreger.
Messieurs *Berroyer* & *de Laurier*,
dont le merite est si connu, ont mis
cet Ouvrage de M. *Collet* parmi
ceux qui expliquent les Statuts de
Bresse.

V. Bibliotheque des Coûtumes,
p. 105. L'Auteur à la sollicitation de
son Imprimeur de Lyon, avoit travaillé depuis peu à un 2 vol. J'en ay
vû

vû les feüilles, je ne sçai ce qu'elles P. COL-
sont devenuës.

LET.

3. *Préface du Dictionnaire Mathe-*
matique d'Ozanam, imprimé in 4º.
chez Michallet, en 1691.

4. *Entretiens sur les Dixmes, Au-*
mônes, & autres liberalitez faites à l'E-
glise, in 12. 1693. sans nom d'Imprimeur, ny de Ville, & à *Paris* chez
J. Guignard 1693. in 12. On sçait
que c'est à *Lyon* qu'ils parurent d'a-
bord. Ces entretiens sur les Dixmes,
doivent leur naissance à une conversation que M. *Collet* eut à *Issy* avec
M. l'Avocat General *Talon,* à qui
l'Ouvrage est dedié. M. *Collet* fut
rendre ses devoirs à ce grand homme. M. *Ozanam,* ami, parent, &
compatriote de M. *Collet,* avoit été
son Introducteur à *Issy.* L'entretien
presenta une discussion des Dixmes.
M. *Collet* tâcha de prouver que celles
qui se payent aujourd'hui au Clergé,
ne sont ny de Droit Divin, ny de
Droit Ecclesiastique, mais de Droit
Domanial, & que nos Rois de la
premiere Race les avoient données
aux Ecclesiastiques, pour recom-
pense des services qu'ils en avoient

P. COL-
LET.

reçûs , comme les Empereurs Ro-
mains donnoient à leurs soldats les
Terres Decumanes , *Agri Decuma-*
ni , pour récompense après une victoire.

5. *Historia Rationis. Lugduni , in*
12. 1695. *Aut. D. P. D. J. U. D.*
(*Autore Domino Philiberto Dombensi*
Juris Utriusque Doctore ,) c'est l'in-
terpretation que je donne à ces lettres initiales. Comme M. *Collet* avoit
fait trois années de Philosophie à
Lyon sous le P. *la Chaise* , & qu'il
avoit profité des leçons d'un si grand
Maître , il avoit soûtenu des Theses
fort amples & fort raisonnées , qui
composoient un *in-folio* de près de
120. pages , imprimées à *Lyon* chez
Daclin , chargées de la plus petite
impression. C'étoit l'Ouvrage du soû-
tenant. L'inclination qu'il a toûjours
euë pour la Philosophie lui avoit fait
former le plan d'une histoire com-
plette de cette Science , sous ce titre ;
Histo ia Rationis , *Historia Morum* ,
& *Historia Natura*. On n'a que la
premiere partie de l'Ouvrage. Il l'a-
voit dressé à l'usage de son fils. Le

refte de ce plan eft demeuré en arriere.

M. *Collet* a long-tems travaillé
fur l'Hiftoire naturelle de Brefle. Elle
faifoit partie de la Phyfique, & elle
en étoit le fondement. Tous ces recueils ont été diffipez ; on n'en fçait
pas le fort.

6. *Entretiens fur la Clôture Reli-*
gieufe, par M. P. C. in 12. Cl. *Michard,*
Dijon. 1697. M. *Collet* alloit à *Lyon*
avec M. le Cardinal *le Camus* Evêque
de Grenoble, qui venoit de gagner
à Dijon fon procés contre les Dames
de *Montfleury*, & qui vouloit qu'elles
gardaffent une Clôture exacte. La
matiere de la Clôture fut agitée vivement pendant le voyage. Elle fut
approfondie, M. *Collet* combattit
pour la liberté, & s'oppofa à la Clôture. M. le Cardinal ne pût jamais
découvrir le nom de fon Antagonif-
te. Il l'eftima fans le connoître : voilà
l'hiftoire de ces Entretiens. Ils com-
battent fortement la Clôture des Re-
ligieufes. Ces Entretiens ont été pourtant imprimez avec l'approbation de
Cl. Provin, Docteur en Theologie,

P. COL- Curé de S. Nicolas de Dijon. L'Ap-
LET. probateur fait valoir le commande-
ment du Concile de Trente sur la
Clôture, & dit que M. *Collet* a tiré
des plus pures sources de la discipline
de l'Eglise, ce qu'il avance dans son
Livre. Comment accorder l'Auteur
& l'Approbateur?

7. *Deux Lettres à M. Bernet-*
Bourdelot, sur l'Histoire des Plantes de
Tournefort. Elles n'ont point de date
ni de nom d'Imprimeur. M. *Collet*
blâme Tournefort d'avoir changé
l'ancienne méthode de connoître les
Plantes par les feüilles, & de vouloir qu'on en cherchât le caractere
dans les fleurs & dans les graines.
M. Chomel en 1697. fit paroître à
Paris dans le Journal des Sçavans,
p. 418. *in* 12. une Réponse à ces Lettres.

8. *Deux Lettres concernant l'Histoi-*
re de Dombes, in 4°. sans date, &c.
Elles ont été placées dans les Dissertations préliminaires qui sont au-de-
vant des Statuts de *Bresse,* par M.
Collet. La Réponse du P. *Menestrier*
sur cette matiere, est *p.* 529. du Journal des Sçavans, édition *in* 12. 1697.

La difpute rouloit principalement P. Col-
fur la pofition Geographique des Se- let.
gufiens. Ces Lettres font affez bonnes ; elles expliquent quelques endroits des Commentaires de Cefar. Il
y montre que les Suiffes voulans entrer dans la *Gaule*, pafferent par le
Diocefe de *Bellay*, & que *Cefar* les
avoit battus au paffage de la *Saone*,
entre *Châlons* & *Macon*. M. *Collet*
refute auffi l'Hiftoire de *Dombes* par
Neuvéglife, & prouve que les Segu-
fiens & les Sebufiens font la même
chofe.

9. *Commentaire fur les Statuts de
Breffe*, *Lyon in fol.* 1698. *Cl. Carte-
ron.* On doit cet Ouvrage au féjour
de plufieurs années que M. *Collet* fit
à Dijon. Comme il étoit Neveu de
Revel, qui a fi bien travaillé fur ces
Statuts, il trouva que l'Ouvrage de
fon oncle étoit trop abregé. M. *Collet*
dévelope la matiere, & lui donne une
jufte étenduë. La Bibliotheque de M.
le Prefident *Bouhier* a fourni de quoi
enrichir ce Commentaire.

10. *Catalogue des Plantes les plus
confiderables qu'on trouve à l'entour de
la Ville de Dijon*, *in* 12. 1702. *Cl.*

Michard. Dijon. Ce Catalogue n'eſt
pas aſſez travaillé. Il range les plantes par claſſes, & il les diviſe par la
forme des feüilles : & l'on ſçait que
les *Bauhins*, les *Rays* & les plus habiles Botaniſtes ont crû que c'étoit
une choſe impoſſible de ranger les
plantes de cette maniere, parce que
toutes les eſpeces ne ſont pas encore
aſſez connuës.

M. *Collet* a laiſſé quelques Manuſcrits, dont voici le détail.

11. *Critique de l'Histoire de Breſſe
par Guichenon.* L'Auteur m'en donna
l'original en 1714. à *Bourg.* En travaillant ſur les Statuts de ſon Pays,
il avoit parcouru les Regiſtres du
Parlement de Bourgogne. Cela lui a
découvert pluſieurs fautes de *Guichenon*, qui donne une nobleſſe ancienne
à quantité de perſonnes dont les Lettres ne ſont enregiſtrées que depuis
quelques années. Il eſt pourtant vrai
que l'envie de critiquer cet Hiſtorien
a ſouvent ſervi de guide à M. *Collet*,
au lieu que dans ces matieres, il ne
faut rien avancer que les titres en
main, & tout prouver par des actes
bons & autentiques. M. *Collet* cher-

choit à dégrader plusieurs personnes
qui ne devoient leur noblesse qu'à
l'Historien moderne du Pays. Quoique quelques-uns eussent menacé M.
Collet d'accabler les épaules *des dé-
pouilles de leur noblesse* ; il m'avoit
donné la commission de faire imprimer l'Ouvrage à Dijon ; mais je n'ay
pas jugé à propos de me conformer
en cela aux intentions du Critique.
Quelques personnes ont des copies
de cette piece un peu plus amples que
la mienne.

12. *Entretiens de Table.*

13. *Critique de quelques Memoires
de Trévoux.* J'en ay quelques cahiers
originaux.

14. *Histoire de Dombes.*

15. *Histoire naturelle de Bresse.*

16. On attribuë à M. *Collet* trois
Dialogues intitulez : *Georgiques*, contenant des remontrances un peu vives des Curez du Diocese de Lyon,
contre une Ordonnance de M. de
Saint-George, Archevêque de cette
Ville

Ce Catalogue des Ouvrages de
M. *Collet*, fait connoître qu'il n'a-
voit negligé aucune Science, qu'il

les avoit méditées & cultivées avec soin.

Au reste, la nature paroissoit avoir ménagé ses efforts, en faisant la taille de ce Sçavant, elle étoit au dessous de la mediocre. Il avoit le corps comme le visage, sans aucun air qui pût prévenir en sa faveur. Les jambes ne répondoient pas à la grosseur du corps. La tête y répondoit davantage. Tout annonçoit dans cet homme un personnage qui ne respiroit que la liberté Gauloise, ou bien un Philosophe à systême, qui à force de vouloir s'éloigner des opinions populaires, donnoit souvent dans ce qu'une belle imagination lui présentoit de nouveau, & sentoit un peu l'original. Selon d'autres, il paroissoit être fait pour l'ancienne Académie, ou plûtôt pour l'école d'Epicure. Mais je ne sçai si ce Maître auroit avoué un tel disciple, quoique M. *Collet* se donnât quelquefois cette qualité. Malgré la variété de ce caractere, on découvroit chez lui une memoire bien remplie, beaucoup d'esprit & de pénétration ; & ce qui vaut encore mieux, c'est qu'en mille occafions

-fions il a montré qu'il étoit docile, *ami fincere*, & toûjours prêt à rendre fervice.

M. *de la Monnoye*, qui a connu parfaitement M. *Collet*, lui donne, dans l'édition de *Baillet*, les titres de *Philofophe*, d'*Hiftorien* & de *Jurifconfulte*.

Cette Vie eft de M. *Papillon*, *Chanoine de la Chapelle aux Riches de Dijon.*

JOSEPH - MARIE TOMMASI.

JOSEPH-MARIE *Tommafi* nâquit à *Alicate*, Ville de Sicile, le 12. Septembre 1649. de *Jules Tommafi*, Duc de *Palma*. L'étude & la pieté furent toute l'occupation de fa jeuneffe. A l'âge de 15. ans il entra chez les Théatins de Palerme, renonçant ainfi à tous les avantages qu'il pouvoit efperer dans le fiecle en qualité d'aîné de fa famille, & il y fit profeffion le 25. Mars 1666.

Il fe diftingua dans la vie Religieufe par une mortification rigoureufe, par une pauvreté exacte, par

Tome III. Z

JOSEPH
M. TOM-
MASI.

une humilité & une obéïssance qu'il poussa quelquefois jusqu'à l'excès, & dans la République des Lettres par son travail & par sa science. Cette partie de la science Ecclesiastique, qui regarde l'Office Divin, l'occupa particulierement, quoiqu'il ne negligeât pas les BellesLettres. Il voulut même s'assujettir au travail pénible d'apprendre le Grec, l'Hebreu, le Chaldéen & l'Arabe, & il se rendit habile dans ces Langues, sans le secours d'aucun Maître ; il prit seulement un Rabbin tres-sçavant, pour se perfectionner dans la Langue Hébraïque.

Le Cardinal *Albani*, qui avoit beaucoup d'estime pour lui, étant devenu Pape, le fit d'abord Qualificateur du S. Office, & ensuite Consulteur de la Congregation des Rites; & enfin Cardinal le 18. May 1712. mais il ne joüit pas long-temps de cette dignité, car il mourut le 1. Janvier 1713. dans sa 64. année. Il avoit été reçû dans l'Academie des Arcadiens le 9. Aoust 1712.

Catalogue de ses Ouvrages.

1. *Codices Sacramentorum nongentis*

annis vetuſtiores, nimirum, Libri tres JOSEPH.
Sacramentorum Romanæ Ecclesiæ ; M. TOM-
Miſſale Gothicum ſive Gallicanum ve- MASSI.
tus, Miſſale Francorum, Miſſalle Gal-
lican. vetus. Rom. 1680. *in* 4.°.....
Joſeph-Marie Tommaſi a fait un riche
preſent au public en faiſant imprimer ces quatre Sacramentaires. Le P.
Mabillon a fait réimprimer les trois
derniers, dans ſon Livre intitulé :
Liturgia Gallicana.

2. *Pſalterium juxta duplicem editio-*
nem Romanam & Gallicanam, una
cum Canticis ex duplici item editione,
& Hymnarium, atque Orationale. E-
ditio ad veterem Ecclesiaſticam formam
ex antiquis MSS. exemplaribus digeſ-
ta. Romæ 1683. *in* 4°. Il publia cet
Ouvrage ſous le nom de *Joſeph-Ma-*
rie Caro.

3. *Reſponſorialia & Antipho-*
naria Romanæ Ecclesiæ à S. Gre-
gorio Magno diſpoſita. Acceſſit appen-
dix varia continens Monumenta vete-
rà ad Antiphonas, Reſponſoria, Ec-
clesiaſticoſque verſus pertinentia. Ex
MSS. Codd. nunc primum prodeunt,
& Scholiis explicantur. Romæ 1686.
in-4°. Cet ouvrage porte encore le

nom de Joseph - Marie Caro.

4. *Sacrorum Bibliorum juxta editionem, seu* LXX. *interpretum, seu B. Hieronimi, veteres tituli, sive capitula, sectiones, stichometriæ, ex majore parte ante annos mille in Occidente usitata, una cum antiquis prologis, argumentis, &c. è MSS. Codicibus prompta, nunc-que primum edita studio Josephi-Mariæ Cari. Romæ* 1688. *in* 4°.

5. *Antiqui Libri Missarum Romanæ Ecclesiæ, id est, Antiphonarius S. Gregorii Papæ, Comes ab Albino ex Caroli Magni Imperatoris præcepto emendatus, una cum aliis Litaniis; & Capitulare Evangeliorum. Ex MSS. Codicibus, sive primum edita, sive emendata, studio Josephi M. Cari. Romæ* 1691. *in* 4°. Ceux qui font leur étude de ce qui regarde l'Office Divin, trouveront dans cet Ouvrage, de même que dans les autres du même Auteur, plusieurs choses curieuses à apprendre.

6. *Psalterium cum Canticis, versi-bus prisco more distinctum argumentis & orationibus vetustis novaque literali explanatione dilucidatum. Romæ* 1697. *in* 4°. L'Auteur a mis à cet Ouvrage son vrai nom.

7. *Officium Dominicæ Paffionis, fe-* JOSEP.M.
ria fexta Parafceve Majoris Hebdoma- TOMMA-
dæ fecundum Ritum Græcum, nunc SI,
primum latine editum. Romæ. 1695.
in 8o.

8. *Indiculus inftitutionum Theologi-*
carum veterum Patrum, quæ aperte &
breviter exponunt Theologiam, five
Theoreticam vulgo fpeculativam, five
practicam. Romæ 1701. *in* 4o. Ce petit Ouvrage n'eft qu'un projet d'un
grand Ouvrage qu'il a donné enfuite.
Il y traite de la methode qu'il faut
garder pour enfeigner & apprendre
la Theologie des Peres. Il voudroit
qu'on fit lire aux Ecclefiaftiques certains traitez des Peres purement
Theologiques, & qu'on y ajoûta de
petites notes qui marquaffent ce que
l'Eglife a decidé depuis fur les matieres traitées par les Peres ; & c'eft
fur ce plan qu'il a fait fes Inftitutions
Theologiques. Il propofe cinq regles
qu'il croit neceffaires pour entendre
les Ouvrages des Peres. La premiere,
qu'ils ont coutume de fe fervir des
mots & des manieres de parler dans
le même fens que l'Ecriture Sainte
les employe, & non dans le fens des

Philosophes Payens. La seconde, que les Peres écrivant pour les ignorans comme pour les sçavans, se servoient des manieres ordinaires de parler, sans rechercher avec la derniere précision, la juste signification des termes. La troisiéme, que la plûpart des Peres ayant été élevez dans la Philosophie de Platon, se servent de manieres de parler Platoniciennes, qui font de la peine à ceux qui n'y sont point accoûtumez. La quatriéme, qu'avant que d'entrer dans la discution des dogmes, il faut sçavoir le jugement de l'Eglise, afin de le suivre inviolablement. La cinquiéme, qu'il est bon de remarquer que souvent les Peres traitant d'un point de doctrine ou de morale, le poussent avec tant de force, qu'ils semblent tomber dans un excès opposé.

9. *Institutiones Theologicæ antiquorum Patrum, quæ aperto sermone exponunt breviter Theologiam, sive Theoreticam, sive practicam. Romæ in 8°.* trois tomes. Le premier, en 1709. le second en 1710. & le troisiéme en 1712. Le premier tome contient le Livre des Prescriptions de

Tertullien, deux Oraiſons de S. *Gré-* JOSEPH
goire de Nazianze, l'une ſur la mo- M. TOM-
deration qu'il faut garder dans les MASI.
diſputes Théologiques, & l'autre qui
eſt ſa premiere ſur la Théologie, &
l'Avertiſſement de *Vincent de Lerins.*
On trouve dans le ſecond volume le
troiſiéme Livre de S. *Cyprien*, des
Témoignages à *Quirinus* ; les Aſceti-
ques de S. *Baſile* ; ſes diſcours ſur le
jugement de Dieu, & ſur la vraie foy,
& ſes morales. Le troiſiéme tome
comprend l'Ancorat de S. *Epiphan-*
ne, l'abregé que ce Saint Docteur a
fait lui-même de l'Ancorat, & ſa
confeſſion de foy. L'Auteur devoit
donner encore pluſieurs volumes,
mais la mort l'en a empêché. Il
avoit promis de joindre des notes
aux traitez des Peres, mais il ne
s'en trouve que dans le troiſiéme
tome.

10. *Vera Norma di glorificar Iddio,*
e di far Orazione ſecondo la dottrina
delle divine ſcritture e de SS. Padri.
In Roma 1687. *in* 12. C'eſt un Ouvrage de dévotion de même que le
ſuivant.

11. *Breve Riſtretto dè ſalmi, che*

Z iiij

JOSEP.M. comprende *i versi di Oratione in quelli*
TOMMA- contenuti. *In Roma* 1699. *in* 8°. Il a
SI, encore donné quelques autres Ouvrages du même genre.

V. Son Eloge par *Antoine-Marie Borromée*, Evêque de *Capo d'Istria*, dans le *Vite-degli Arcadi*, tome 3. par *Mongitore*, dans sa *Bibliotheca Sicula*, & par *Jean Titolivio*, dans un Ouvrage latin fait exprès, & imprimé à Rome en 1713. *in* 4°.

Les Ouvrages Liturgiques du Cardinal *Tommasi*, ayant été attaqués après sa mort par une critique violente & emportée, une personne qui s'interesse à sa réputation y a répondu par un Ouvrage intitulé : *La difesa de Libri Liturgici della Chiesa Romana, e della sacra persona del venerabile Cardinale Giuseppe Maria Tommasi Chierico Regolare, illustratore e divolgatore di essi, contra certe osservazioni sparse d'intorno. In Palermo.* 1723. *in* 4°.

JEAN-FOY VAILLANT.

JEAN-FOY *Vaillant* nâquit à *Beauvais*, le 24. Mai 1632. A l'âge de
trois ans il perdit ſon Pere, Un oncle
maternel à qui la mort avoit enlevé
preſque dans le même tems un fils
unique, prit ſoin de ſon éducation.
Charmé du ſuccés de ſes premieres
études, il le deſtina pour ſon ſuccef-
ſeur dans la charge de Judicature
qu'il poſſedoit; & ſe voyant prêt à
mourir, avant que ſon neveveu fût
en état de répondre à ſes vûës, il le fit
heritier de ſon nom & de la plus
grande partie de ſon bien. Cette mort
changea les projets de ſon établiſſe-
ment. Il quitta la Juriſprudence
pour s'appliquer à la Medecine, &
il n'avoit pas encore 24. ans lorſqu'il
y fut reçû Docteur.

Juſques-là il n'avoit marqué aucune inclination particuliere pour
l'étude des Medailles; mais une occaſion qui ſe preſenta, l'engagea à s'y
appliquer. Un Fermier des environs
de *Beauvais*, trouva en labourant la
terre, une grande quantité de Me-

J F. VAIL dailles antiques. Il les porta à M.
LANT. *Vaillant*, qui les examina & crut d'a-
bord n'y donner qu'une legere attention. Mais bien-tôt il s'y livra entie-
ment. Son eſprit frappé, & ſa curio-
ſité toûjours ſoûtenuë par de nouveaux évenemens que les Hiſtoriens
avoient mal rapportez, ou dont ils
n'avoient point parlé, ne lui permirent pas de perdre de vûë ces Monumens. Son goût & ſon genie pour
les Medailles ſe déclarerent alors. Il
entreprit de les expliquer & réüſſit
à quelques-unes. Cette étude devint
dans la ſuite ſa plus agréable occupation, & il y donnoit tous les momens de loiſir qu'il pouvoit avoir;
momens toûjours faciles à trouver
pour cultiver ce que l'on aime.

Des affaires domeſtiques l'ayant
appellé à *Paris*, il y vit M. *Seguin*
Doyen de S. Germain de l'Auxerrois,
qui avoit un beau Cabinet de Medailles, & qui ſe plaiſoit extrêmement à cette ſorte d'étude. Dans
les conferences qu'ils eurent ſur ces
matieres, M. *Seguin* ſentit le genie
ſuperieur du nouvel Antiquaire,
qui promettoit beaucoup, & s'em-

preſſa de le produire auprés de Meſ- J.F.VAIL
ſieurs de *Lamoignon* , *Bignon*, de *Se-* L A N T
ve & de *Harlay* , dont le ſeul nom
rendoit déja celebre une ſcience qui
n'étoit encore qu'au berceau.

Le merite de M. *Vaillant* fut auſſi connu de M. *Colbert* , qui le choiſit pour aller chercher dans l'Italie,
dans la Sicile & dans la Grece , des
Medailles propres à enrichir la ſuite
que M. *Gaſton* , Duc d'*Orleans* avoit
donné au Roi. Ravi de pouvoir perfectionner ſon goût par une ſembla-
ble recherche , il partit & revint au
bout de quelques années , chargé
d'une abondante moiſſon. Le nouveau Cabinet du Roi en fut augmenté de moitié ; & quoiqu'on y ait
ajoûté depuis , il fut déslors au deſſus de tous ceux que l'on connoiſſoit
en Europe.

Le Miniſtre engagea une ſeconde
fois M. *Vaillant* à paſſer la Mer. Il
partit au mois d'Octobre 1674. &
alla s'embarquer à *Marſeille* avec pluſieurs autres perſonnes , qui comme lui comptoient de ſe trouver à
Rome , à l'ouverture du grand Jubilé
de l'année Sainte. Mais une triſte a-

vanture traversa leur curiosité. Ils
étoient sur une barque de *Livourne*,
qui le second jour du départ fut attaquée & prise par un Corsaire d'*Alger*. Aprés quatre mois & demi de cap-
tivité il fut permis à M. *Vaillant* de
retourner en France. On lui rendit
une vingtaine de Medailles d'or
qu'on lui avoit prises, & il entra
dans une barque, qui partoit pour
Marseille, elle faisoit route depuis
deux jours avec un vent favorable, lorsque le Pilote aperçût un
Bâtiment de *Salé*, qui avançoit à
force de voile, & quelque manœuvre qu'il fit pour l'éviter, le Corsaire l'approcha à la portée du canon.
Alors M. *Vaillant* qui redoutoit les
miseres d'un nouvel esclavage, aval-
la les Medailles d'or qu'on lui avoit
renduës à *Alger*. Un coup de vent les
éloigna presque aussi-tôt du Corsaire, & les jetta sur les Côtes de *Cata-
logne*, où ils faillirent à échouer. Ils
vinrent ensuite s'embarasser entre les
bancs de sable, qui sont vers l'em-
bouchure du *Rhône*. M. *Vaillant* s'é-
tant mis dans l'esquif, aborda lui cinquiéme au rivage le plus prochain.

Cependant les Medailles qu'il a-
voit avalées , & qui pouvoient pefer
cinq à fix onces, l'incommodoient
extrèmement. Il confulta deux Medecins fur ce qu'il avoit à faire. L'ac-
cident leur parut fingulier ; mais ils
ne demeurerent pas d'accord du re-
mede , & dans l'incertitude , M.
Vaillant ne fit rien ; la nature fe fou-
lagea d'elle-même de temps à autre.
Il avoit recouvré plus de la moitié
de fon tréfor, lorfqu'il arriva à *Lyon*;
il y alla voir un curieux de fes amis,
à qui il conta fes avantures, & n'oublia pas l'article des Medailles , il
lui montra celles qui étoient déja re-
venuës , & lui fit la defcription de
celles qu'il attendoit encore : Parmi
ces dernieres étoit un *Othon* , qui fit
tant d'envie à fon ami , qu'il lui pro-
pofa de l'en accommoder pour un
certain prix. M. *Vaillant* y confen-
ti pour la rareté du fait & heureufe-
ment il fe trouva le jour même en
état de tenir fon marché.

Il revint à Paris, prit d'autres inftructions, repartit, & fit un voyage
plus heureux. Il penetra dans le fond
de l'Egypte , & de la Perfe , où il

.J.F. VAIL trouva tout ce qui pouvoit dédom-
LANT. mager un Antiquaire de ses peines
& de ses fatigues, & d'où il rapporta
de nouveaux tresors.

Lorsqu'il plût au Roy *Louis* XIV.
de donner une nouvelle forme à l'A-
cademie des Inscriptions [en 1701.]
M. *Vaillant* y fut d'abord appellé
en qualité d'Associé, & eut l'année
suivante une place de Pensionnaire
vacante par la mort de M. *Charpen-
tier.*

Au reste M. *Vaillant* avoit été marié deux fois, & par une dispense
particuliere du Pape il avoit épousé
successivement les deux sœurs, dispense d'autant plus singuliere qu'il
avoit eu un enfant de la seconde du
vivant de la premiere; aussi eut-il
bien de la peine à l'obtenir, on ne
l'accorda qu'à ses instances & à ses
importunités, & il fut obligé avant
que d'en venir là, de travailler pendant quelque temps comme un sim-
ple manœuvre à l'Eglise de S. Pierre
de Rome.

Il a eu plusieurs enfans, & un fils
entre autres qui a rempli dignement
une place dans l'Academie des Belles Lettres.

Il mourut le 23. Octobre 1706. J.F.Vail d'une apoplexie de fang, dans fa 76. LANT. année. La force de fon temperament fembloit lui promettre une vie encore plus longue.

Catalogue de fes Oüvrages.

1. *Numifmata Imperatorum Romanorum præftantiora à Julio Cefare ad Poftumum & Tyrannos. Parif.* 1674. 4°. 2 *Editio auctior, Parif.* 1694. *in-* 4°. 2. *tom. It.* 3. *Editio, Parif. in-* 4°. 2. *tom. It. Hollande.* Cet Ouvrage eft le fruit des prieres que plufieurs des amis de M. *Vaillant* lui firent de leur donner une lifte des plus belles Medailles, afin que lorfqu'elles tomberoient entre leurs mains, ils en puffent faire un choix & ne fe pas charger des communes. Le foin qu'il avoit pris dés fa jeuneffe d'amaffer un grand nombre de ces précieux monumens de l'Antiquité, & la connoiffance particuliere qu'il en avoit acquife, l'avoient mis en état de les fatisfaire, de forte qu'il lui fut aifé de faire un recueil de toutes ces Medailles. Il les difpofa, non pas felon l'ordre des temps, mais felon la qualité de leur

J.F. VAIL matiere. La premiere édition fut si
LANT. bien reçûë, qu'il fut obligé d'en donner une seconde, qu'il augmenta de
tant de Médailles curieuses qu'il
avoit vûës depuis, dans les Cabinets
des Princes, ou qu'il avoit ramassées
dans ses voyages, que cet ouvrage
parut plûtôt nouveau que réimprimé.
Il en a donné une troisiéme édition,
où il a rétranché plusieurs Médailles
qu'il a reconnu dans la suite être
fausses & où il a crû devoir ne point
marquer, comme il avoit fait dans
la seconde, les Cabinets où l'on pouvoit trouver chaque Médaille, sous
pretexte qu'elles pouvoient avoir depuis changé de Maître. Cette omis-
sion de la troisiéme édition fait rechercher la seconde, préferablement
à elle. Pour ce qui est de l'édition de
Hollande elle est tellement défigu-
rée par les fautes d'impression, qu'elle ne peut pas être d'une grande utilité.

2. *Seleucidarum Imperium, seu His-*
toria Regum Syriæ, ad fidem Numisma-
tum accommodata. Paris. 1681. in 4°.
Nous n'avons rien de si embrouillé
dans l'histoire ancienne, que celle
des

des Rois de Syrie, qu'on nomme J. ᵉ. V AIL
communement *Seleucides*, du nom LANT.
de *Seleucus*, un des Lieutenans d'*A-*
lexandre le Grand, qui fonda ce
Royaume la premiere année de la
117.Olympiade, 312.ans avant la naiſſance de *Jeſus-Chriſt*. On connoiſſoit
quelques uns de ces Rois par les Livres des Machabées. & par l'Hiſtoi-
te de Joſeph ; mais il en reſtoit
beaucoup d'inconnus, qui l'auroient
peut -être toûjours eſté, ſi M. *Vail-*
lant n'avoit tiré des Médailles de quoi
en faire une ſuite non interompuë:

3. *Numiſmata Ærea Imperatorum,*
Auguſtarum, & Cæſarum in Coloniis,
Municipiis, & Urbibus Jure Latio
donatis, ex omni modulo percuſſa.
Pariſiis 1688. fol. 2. tom. Cet Ouvrage a eſté contrefait à Amſterdam.
en 2. vol. *in-*4°. & défiguré par un
grand nombre de fautes d'impreſſion.
M. *Vaillant* l'a dedié à M. le Duc *du*
Maine, qui venoit de ſe l'attacher
par une penſion conſiderable.

4. *Numiſmata Imperatorum & Cæ-*
ſarum, à populis Romanæ ditionis Græ-
ce loquentibus ex omni modulo percuſſa.
Pariſ. 1698. *in-*4°. It. 2. *Editio reco-*

J.F.Va L
LANT.

gnita, *septingentis Nummis auctâ.*
Amstelod. 1700. *in-fol.* Cet Ouvrage
est enrichi d'un grand nombre de
notes excellentes, qui semblent,
n'être courtes, que pour être plus
claires & plus précises.

5. *Historia Ptolemæorum Ægypti*
Regum ad fidem Numismatum accom-
modata. Amstelod. 1701. *fol.* Cet ouvrage est d'une grande utilité pour
supléer au défaut de l'Histoire des
Rois d'Egypte, dont l'injure des
temps nous a laissé de si petits restes.

6. *Nummi antiqui Familiarum Ro-*
manarum, perpetuis interpretationibus
illustrati. Amstelod. 1703. *fol.* 2. *tom.*
Quelques Antiquaires avoient déja
traité le même sujet, mais il ne l'a-
voient jamais été aussi amplement &
avec autant d'ordre qu'il l'est dans cet
ouvrage.

7. *Arsacidarum Imperium, sive Re-*
gum Parthorum Historia ad fidem Nu-
mismatum accommodata. Paris. 1725.
in-4°.

8. *Achæmenidarum Imperium, sive*
Regum Ponti, Bosphori, Thraciæ, &
Bithiniæ Historia ad fidem Numisma-
tum accommodata. Paris. 1725. *in-*

4°. Ces deux ouvrages Poftumes, qui ont été donnez en même temps au public, joints aux Hiftoires des Ptolomées & des Selucides, répandent une grande lumiere fur l'antiquité.

9. *Selecta Numifmata antiqua ex Mufao Petri Seguini cum ipfius obfervationibus, editio altera auctior. Parif. 1684. in-4°.* Cette feconde édition eft augmentée des notes de M. *Vaillant,*

10. *Selectiora Numifmata in Ære Maximi Moduli è Mufeò. Ill. D. Francifci de Camps, illuftrata per D. Vaillant. Parif. 1695. in-4°.*

On a outre cela quelques piéces de fa façon dans les Mémoires de l'Académie des Infcriptions & Belles-Lettres.

V. Son éloge par M. *Gros de Boze,* dans l'Hiftoire de l'Academie des *Infcriptions & Belles-Lettres.*

HUBERT LANGUET.

HUBERT LANGUET nâquit à *Viteaux* en Bourgogne en 1518.

Aa ij

H. LAN-
GUET.

Il étoit fils de *Germain Languet,* Gouverneur de cette place, qui étoit alors trés-forte, mais qui fut ruinée aprés les guerres civiles. Dès ses plus tendres années il fit paroître beaucoup d'esprit & beaucoup d'aplication pour l'étude. Il y fit même tant de progrés, qu'à l'âge de neuf ans il parloit déja latin plus que médiocrement.

Lorsqu'il eut fini ses études, & qu'il fut en état de se conduire lui-même, il eût envie de voyager ; passion qu'il a conservée toute sa vie. Il alla d'abord en Allemagne, où la prétenduë Réformation commençoit à s'établir, dans le dessein de fixer son esprit qui avoit été jusques-là chancelant sur ce qu'il devoit croire en matiere de Religion. En 1548. un Allemand lui donna les *Lieux Communs de Melanchton,* & il les lût quatre ou cinq fois la même année. Ils commencerent à le fixer, & lui firent concevoir une grande estime de leur Auteur. Enfin aprés avoir consulté les principaux Theologiens de *Leipsik,* il embrassa leur doctrine,

& fit profession de la Religion qu'ils enseignoient.

Les troubles que le changement de Religion causoit dans l'Allemagne, étoit un spectacle trop desagréable pour un homme aussi porté à la paix que l'étoit *Languet*, pour qu'il put y demeurer plus long-tems. Il alla donc en Italie, pour y passer quelque temps, jusqu'à ce que les affaires fussent plus tranquilles, & qu'il pût se choisir un domicile. Il demeura une année à *Padoue*, où il étudia en Droit & se fit recevoir Docteur à l'âge de 30 ans. Il passa ensuite à *Boulogne*. Ce fut a-lors qu'un livre que *Melanchton* venoit de mettre au jour, sur l'*Ame de l'Homme*, lui fit naître une si grande envie de voir l'Auteur, qu'il se hâta de parcourir l'Italie, pour se rendre au plutôt à *Wittemberg* en Saxe, & satisfaire sa curiosité ; ce qu'il fit en 1549.

Il souhaitoit principalement savoir ce que *Melanchton* pensoit des disputes qui étoient survenuës entre Luther & les Zuingliens, au sujet du Sacrement de l'Eucharistie. Melanchton lui découvrit ses sentimens, qui

qui plûrent si fort à Languet. qu'il n'en eut point d'autres sur ce sujet tout le reste de sa vie. Il contracta même une amitié si étroite avec ce Théologien moderé, qu'il ne le quitta plus que pour faire de temps en temps quelques voyages. Il l'appelloit son pere & *Melanchton* lui donnoit le nom de son fils ; cette amitié dura douze ans, c'est-à-dire jusqu'à la mort de *Melanchton.*

Languet entreprenoit toutes les années quelque voyage en Automne & revenoit passer l'Hyver à *Wittemberg.* Il visita la Pomeranie & la Suede en 1551. & alla à *Ausbourg* en 1554. L'année suivante il passa en France & alla en Italie pour la seconde fois, dans le dessein d'en visiter les Bibliotheques, & de voir ce qu'il y avoit de plus curieux.

Il revint à *Leipsik* en 1557. mais à peine y eut-il demeuré quelque temps, que l'envie de voyager, qu'il appelloit *son étoile*, le reprit, & il forma le dessein de visiter les parties les plus Septentrionales de l'Europe

Il alla s'embarquer à *Dantzic*, paſ-H. LAN-
ſa à *Stockholm*, & de là en *Livonie*, GUET.
en *Carelie* & en *Laponie*. Il vit en
revenant la Fortereſſe de *Gripsholm*,
où il trouva *Guſtave*, Roi de Suede,
occupé de divers projets pour orner
ſon Royaume & l'Univerſité d'*Upſal* en particulier de pluſieurs édifi-
ces publics. Ce Prince ayant appris
qu'il n'y avoit point de lieu d'où il
put tirer de meilleurs Ouvriers pour
l'executionde ſes projets que la France, chargea *Languet* de lui en procurer, & lui donna des Lettres Patentes pour ce ſujet ; mais on ne ſçait
pas s'il s'acquitta de cette commiſſion.

En 1559. *Adolphe* Comte de *Naſſau*, frere de *Guillaume* Prince d'O-
range, obligea *Languet* à faire avec
lui le voyage d'Italie, qu'il revit
pour la troiſiéme fois. Lorſqu'il eut
reconduit ce Prince ſur les Frontie-
res des Pays-Bas, *Languet* ſe rendit
à *Paris* en 1560. preſque uniquement
pour voir le cebre *Adrien Turnebe*.
La mortde *Melanchion* qu'il aprit peu
de temps aprés, l'obligea à retour-

ner en Allemagne, pour offrir ses services à *Peucer*, gendre de ce fameux Theologien Protestant, dans une si triste circonstance.

En 1565. il entra au service d'*Auguste* Electeur de Saxe, qui l'envoya en France pour feliciter le Roy *Charles* IX. & la Reine sa mere, sur ce qu'ils avoient rétabli la tranquilité dans le Royaume, & pour dissiper en même temps les mauvaises impressions, qu'on leur avoit données contre l'Electeur, comme s'il eût été ennemi de la France, & eût tâché de lui rendre de mauvais offices dans toutes les occasions. Il s'aquita de cet emploi avec honneur, & retourna à la fin de l'année en Saxe chargé de presens de Charles IX.

Il accompagna ensuite l'Electeur au Siege de *Gotha*, dont l'execution avoit esté commise à ce Prince de la part de l'Empire, & écrivit ce qui se passa de plus considerable dans cette expedition.

L'année suivante 1568. il fut deputé par l'Electeur de Saxe à la Diete convoquée à *Spire*, & eut aussi ordre d'aller negotier quelques affaires à la

Cour

Cour de *Heidelberg*. Il alla de là jusqu'a H. LAN-
Cologne, où il se fit connoître à la Prin GUET.
cesse d'Orange *Charlotte de Bourbon*,
qui se trouva alors dans la même
Ville, & qui conçût beaucoup d'estime pour son merite.

En 1570. il fut nommé Plenipo-
tentiaire aux Conferences de *Stetin*,
après lesquelles l'Electeur le renvoya
en France, pour negotier des affaires
très-importantes ; mais dont on n'a
jamais sçû le secret. M. *de la Mare*
croit qu'il étoit envoyé de la part des
Princes Protestans d'Allemagne, pour
feliciter *Charles* IX. sur son mariage
avec *Elizabeth* fille de l'Empereur,
& l'engager à observer les conditions
de la paix qu'il avoit faite avec les
Réformez de son Royaume. Ce fut
dans cette occasion, qu'il fit cette
hardie Harangue au Roi de France,
au nom de plusieurs Princes d'Allemagne, comme il paroît par sa hui-
tiéme Lettre à Sidney, où il témoigne
apprehender, que cette hardiesse ne
lui cause quelque préjudice.

Il se trouva à *Paris* pendant le mas-
sacre de la *Saint Barthelemy*. Quoique le caractere d'Ambassadeur le mit

Tome III. B b

en quelque forte à couvert de la fureur du peuple, cependant comme il
s'empreffoit beaucoup pour fauver fes
amis, & principalement *André Wechel*
Imprimeur, chez qui il logeoit, &
le celebre *Philippe du Pleffis-Mornay*,
il fut fouvent en danger de perdre la
vie, & n'échapa que par le fecours
de *Jean de Morvillier*, Evêque d'*Or-*
leans, qui avoit fouvent conferé avec
Languet par ordre du Roi fon maître. Il y avoit d'autant plus à craindre pour lui, que la Cour de France
n'étoit pas contente de la maniere
hardie dont il lui avoit parlé deux ans
auparavant.

En 1574. il alla à Vienne, où il
penfa périr pour s'être endormi dans
fon lit en lifant. Le feu prit au Livre
qu'il lifoit, brûla le lit où il étoit
couché, & il n'en échapa qu'avec
peine.

Quelque temps après on publia
un Livre imprimé à *Leipfic*, ou à
Wittemberg, dans lequel on expli-
quoit la Doctrine de l'Euchariftie
d'une maniere qui ne s'éloignoit pas
des fentimens des Calviniftes. Cet
Ouvrage excita de grands troubles

dans toute la Saxe ; on en rechercha H. LAN-
l'Auteur avec beaucoup de foin , on GUET.
mit en prifon plufieurs perfonnes ,
furtout celles qui avoient été amies
de *Melanchton* , & principalement
Peucer fon gendre , qu'on crut être
l'Auteur de ce Livre , & qui étoit
l'ami intime de *Languet*. Il n'eft
pourtant pas fûr que *Peucer* l'eût
compofé. Quelques uns en ont fait
Auteur *Pezelius* , & d'autres un celebre Medecin & Philofophe de Silefie
nommé *Joachim Curæus*. Quoiqu'il
en foit, fi *Peucer* n'en étoit pas l'Auteur , on ne doutoit pas qu'il n'en
eut du moins procuré le debit , &
que *Languet* n'y eut quelque part.
Ainfi il fe crut obligé de demander
fon congé , qu'il obtint à la verité ,
mais d'une maniere honorable ; car
bien loin de perdre les bonnes graces de l'Electeur , il fut chargé long-
tems après des affaires de ce Prince à
la Cour de l'Empereur ; emploi dont
il s'acquitta avec beaucoup de prudence & de fidelité.

En 1577. *Languet* paffa du fervice
de l'Electeur de Saxe à celui de *Jean
Cafimir* , Comte Palatin. Il fuivit ce

Prince à *Gand* , dont les Habitans l'avoient fait leur Gouverneur à la place de *Philippe de Croy* , Duc d'*Arschot* , qu'ils avoient mis en prison , pour n'avoir pas voulu leur rendre les priviléges que *Charles-Quint* leur avoit ôtez. Ce Prince s'en étant retourné ensuite en Allemagne , *Languet* se fit connoître au Prince d'O-*range* , au service duquel il s'attacha , & qu'il ne quitta point jusqu'à la mort , si ce n'est pour faire quelques voyages assez courts , ou pour sa santé , ou pour quelques affaires.

Il se trouva aux conferences tenuës inutilement à *Cologne* pour la paix entre l'Espagne & les Provinces-Unies , & retourna à *Anvers* le 20. Janvier 1580.

Il alla l'année suivante en France pour les affaires particulieres du Prince & de la Princesse d'Orange.

Il mourut peu de tems après son retour à *Anvers* , le 30. Septembre 1581. à l'âge de 63. ans. Le Senat d'*Anvers* lui fit des obseques magniques , où se trouverent le Prince d'O-range , & les principaux Membres de

l'État. On fe faifit de fes papiers, où H. LAN-
il y avoit plufieurs chofes touchant GUET.
fes négociations, de peur qu'elles ne
tombaffent en des mains fufpectes.
Comme il ne chercha jamais à s'enrichir, il ne laiffa gueres outre fes
médailles, quelque vaiffelle d'argent,
& fa bibliotheque, que mille livres à
fes heritiers.

Languet étoit d'une douceur char-
mante, qui lui gagnoit le cœur de
ceux qui le connoiffoient. Sa converfation étoit très-agréable, & il y
mêloit quelquesfois des railleries fines
& délicates. Il étoit fi ennemi de la
tromperie & du menfonge, qu'il les
évitoit même en raillant. Jamais
homme ne parla plus modeftement de
lui-même. Il ne voulut jamais fe marier, de peur que le foin des affaires
domeftiques n'interrompit fes études. Il parloit favamment fur les interêts des Princes, & fçavoit à fond
l'Hiftoire des Hommes Illuftres. Sa
mémoire ne bronchoit jamais fur les
circonftances du tems, ni fur les noms
propres, & il avoit une capacité extraordinaire à difcerner les in: na-

H. LAN- tions des hommes, & à prévoir les
GUET. évenemens.

Catalogue de ses Ouvrages.

1. Il a écrit en latin l'Histoire du
siége de *Gotha* auquel il fut présent
avec l'Electeur de Saxe. Cette Histoire a été inserée dans le quatriéme tome du recueil de ce qui s'est passé en
Allemagne sous l'Empereur *Ferdinand I.* Mais *Simon Schardius*,
qui est l'Auteur de ce recueil, a
profité du travail de *Languet* sans le
nommer.

2. *Epistolæ secreta ad Principem
suum Augustum Saxoniæ Ducem S. R.
J. septemvirum. Ex Archivo Saxonico
descriptas edidit Joannes-Petrus Ludovicus. Halæ* 1699. *in* 4°.

3. *Epistolæ* 96. *Politicæ & Histo-
ricæ ad Philippum Sydnæum equitem
Anglum Ulyssingensem Gubernatorem.
in* 12.

4. *Epistolæ* 103. *ad Joachimum Ca-
merarium Patrem, & Joach. Camera-
rium filium. Epistolæ* 4. *ad Fabianum
Burggravium à Dhona. Epistolæ* 1. *ad
Martinum Berzevicium Ser. Poloniæ
Regis Conciliarium & Transylvaniæ
Cancellarium. in* 12. Il s'en est fait

une nouvelle édition à *Leipfic* par les H. LAN-
foins de *CarpZovius*, qui eft augmen- GUET
tée de 22. Lettres à *Augufte*, Electeur
de Saxe.

5. *Hiftorica defcriptio fufceptæ à
Cæfarea Majeftate executionis Augufto
Saxoniæ feptemviro Duce contra S. Ro-
mani Imperii rebelles eorumque recepta-
torem, & captæ urbis Gothæ foloque
æquati Caftri Grimmenftenii XIII. A-
prilis* 1567. *in* 4°. 1568. Cet Ouvrage a été imprimé la même année en
Allemand.

6. *Harangue faite au Roy Charles
IX. de la part des Princes Proteftans
d'Allemagne*, imprimée au tome 1.
des Memoires du regne de Charles
IX. 1578. *in* 8°.

7. *Vindiciæ contra Tyrannos, five de
Principis in populum, populique in
Principem legitima poteftate, Stephano
Junio Bruto Celta Auctore. Edimburgi*
1579. *in* 12. Cette premiere édition
paroît être de *Bafle*. Il y en a eu plu-
ficurs éditions depuis comme celle
d'*Hanau* en 1595. & celles d'*Amfterdam* en 1611. & 1660. *François Eftien-
ne* a donné une traduction de cet Ouvrage en 1581. *in* 12. Perfonne ne

doute plus que *Languet* n'en soit le veritable Auteur, & M. *Bayle* & M. *de la Marre* l'ont trop bien prouvé, pour qu'on puisse penser le contraire. Il y a de l'érudition, de l'ordre, & de la methode dans cet Ouvrage, mais les principes en sont dangereux.

8. *Apologie ou défense de Guillaume Prince d'Orange, contre le Ban & Edit du Roy d'Espagne, presentée à Messieurs les Etats Generaux des Pays-Bas* 1581. Quoique *Grotius* ait attribué cet Ouvrage à *Pierre de Villiers*, M. *de la Marre* prétend cependant qu'il est de Languet, & on l'a toûjours crû ainsi dans sa famille, parce qu'il en avoit fait tenir un exemplaire à chacun de ses parens comme d'une production de sa plume.

V. sa vie par *Philibert de la Marre*, imprimée en latin à *Hall*, par les soins de J. P. *Ludovicus.* 1700. *in-12.*

SIMON EPISCOPIUS.

SIMON Episcopius nâquit à *Amsterdam* au commencement de Janvier 1583. d'un pere & d'une mere Protestante. Son pere eut d'abord de la peine à se résoudre à le faire étudier, parce qu'ayant une nombreuse famille, & étant assez mal partagé des biens de la fortune, il n'étoit pas en état de faire les dépenses necessaires pour cela ; Mais enfin le beau naturel de son fils, & les secours d'une personne riche & puissante le déterminerent à l'envoyer au College. Il y fit en peu de tems de grands progrez dans les langues Latine & Grecque, & on le jugea digne d'être mis au nombre de ceux que la Ville entretenoit dans leurs études.

Lorsqu'il eut fini ses classes, on l'envoya en 1600. continuer ses études à *Leyde.* Il eut le chagrin de perdre pendant son séjour en cette Ville son pere & sa mere, son pere en 1602. & sa mere en 1604. Son afflic-

S. EPIS-
COPIUS.

tion ne retarda point ses progrez ;
quand il se fut perfectionné dans la
connoissance des Langues Latine &
Grecque par la lecture des meilleurs
Auteurs , il s'appliqua à la Philosophie, qu'il étudia pendant trois ans.
Il passa de là à la Theologie , après
avoir été reçû Maître-és-Arts le 27.
Février 1606.

Il ne fut pas long-tems sans être
jugé digne du ministere. Les Bour-
guemestres d'Amsterdam souhai-
toient qu'il y fut promu ; mais comme dans les démêlez de *François Go-*
marus & de *Jacques Arminius* , sous
lesquels il étudioit la Theologie , il
paroissoit pancher pour les sentimens
du dernier, il trouva dans ceux qui
suivoient le parti du premier de
grands obstacles à sa reception. Ces
difficultez le dégoûterent de Leyde,
& il alla à *Franequer*, où la grande
réputation de *Jean Drusius*, Professeur en langue Hebraïque dans cette
Academie l'attira.

On sçavoit déja à *Franequer*, lorsqu'il y arriva le 12. Juin 1609. qu'il
suivoit les sentimens d'*Arminius*, &
que c'étoit un de ses meilleurs Disci-

ples, & chacun s'empreſſa de le con- S. Epis-
noître. Il n'y demeura pas néan- copius.
moins long-tems, car il irrita contre
lui le Profeſſeur *Sibrandus Lubertus*,
grand Gomariſte, en attaquant trop
vivement ſes Theſes, & il crut pour
cette raiſon devoir retourner à *Leyde*, où ſon cher Maître *Arminius*
étoit mort le 19. Octobre 1609.

Il fut reçû Miniſtre en 1610. malgré toutes les oppoſitions & les me-
nées de ſes ennemis, & on le donna à
Bleiſwic, Village qui dépend de *Roterdam.*

La même année les Diſciples d'*Arminius*, perſecutez par les Gomariſ-
tes, preſenterent une Requête aux
Etats, pour leur demander leur protection, en montrant l'antiquité &
l'innocence de la Doctrine qu'ils ſoû-
tenoient. Le parti oppoſé y répondit par une contre - Requête, & ces
deux écrits firent donner aux premiers le nom de *Remontrans*, & aux
autres celui de *contre - Remontrans.*
L'année ſuivante 1611. on tint à la
Haye devant les Etats de la Province
une conference entre ſix Miniſtres
Remontrans & ſix contre - Remon-

S. EPIS-
COPIUS.

trans ; *Episcopius* qui fut du nombre
des premiers malgré sa grande jeunesse, y fit briller son esprit ; mais
on ne convint de rien, suivant le
sort ordinaire de ces sortes d'assem-
blées.

Gomarus ayant quitté en 1612. la
profession de Theologie, les Cura-
teurs de l'Academie de *Leyde* nom-
merent *Episcopius* pour remplir sa
place. Il prit possession de ce poste
& vécut en paix avec *Jean Polyan-*
der son Collegue, quoiqu'ils eussent
des sentimens opposez sur la Prédes-
tination & sur la Grace. Il eut cependant beaucoup à souffrir de contradictions, d'insultes, & de mauvais traitemens, ses ennemis prenant
le soin de soulever tout le monde, &
la populace même contre lui : on
l'accusoit souvent de socinianisme,
accusation qu'il repoussoit toûjours
avec beaucoup d'ardeur ; on prétendoit d'autres fois qu'il s'accordoit avec
les Catholiques pour détruire la Religion Réformée. Un voyage qu'il
fit en 1615. à Paris occasionna principalement cette prétention.

Ayant été choisi pour assister au

Synode de Dordrecht, & y avoir S. Epis-
féance comme les autres Profeffeurs copius,
& Miniftres députez des Provinces-
Unies, il s'y rendit des premiers accompagné de quelques Miniftres Remontrans; mais le Synode ne voulut
pas permettre qu'aucun d'eux parut
dans l'Affemblée en qualité de Juges,
& déclara qu'elle ne les recevroit que
comme des gens citez. Il fallut ceder
à la neceffité. Les Remontrans fe
préfenterent; Epifcopius fit un long
difcours, & déclara qu'ils étoient
prêts à conferer avec le Synode. Mais
on lui répondit que le Synode n'étoit
pas là pour conferer, mais pour juger. Ils le recuferent & ne voulurent
pas acquiefcer au reglement qu'il fit;
fçavoir, qu'ils ne pourroient expliquer & défendre leurs fentimens,
qu'autant qu'il le jugeroit neceffaire;
fur ce refus ils furent chaffez du Synode, & on fe difpofa à les juger fur
leurs écrits. Ils fe défendirent à coup
de plume, & ce fut Epifcopius, qui
compofa la plûpart des pieces qu'ils
produifirent alors, & qu'on publia
quelque tems aprés. Le Synode les
dépofa de leurs Charges, & parce

S. Epis-
copius.

qu'ils ne voulurent pas signer un écrit, qui contenoit une promesse de ne faire en particulier aucune fonction de Ministre, ni directement, ni indirectement, ils furent bannis des terres de la République.

Episcopius avec quelques autres Ministres Remontrans se retira à *Anvers*, où il demeura autant de tems que dura la treve que *Henry IV.* avoit negociée entre les Hollandois & les Espagnols. Il choisit cette Ville pour être plus à portée d'avoir soin de son Eglise; mais ses ennemis dirent que ce n'étoit que pour comploter avec les Espagnols contre la Religion Réformée, & la liberté de sa patrie.

Il ne s'occupa pas tellement en ce lieu des affaires de son parti abbatu, qu'il ne trouvât encore le tems de composer des Livres contre l'Eglise Romaine, sur les points de Doctrine qui sont communs à tous les Protestans. Il dressa conjointement avec les autres Ministres réfugiez une confession de Foi. Il eut aussi des conferences & de vives disputes avec *Pierre Vvadding* Jesuite Irlandois, qui après lui avoir fait toutes les amitiez imaginables, & avoir employé toute ſon habileté pour l'attirer dans le ſein de l'Egliſe, écrivit contre lui deux Lettres, auſquelles *Epiſcopius* répondit auſſi-tôt. Sa réponſe ne parut qu'après ſa mort, & a été inſerée dans le recueil de ſes Ouvrages.

S. EPIS-COPIUS.

La guerre ayant recommencé en 1621. après l'expiration de la treve, *Epiſcopius* ſortit d'*Anvers*, & vint en France, où il s'occupa à écrire. Le Roi par une Déclaration du 11. Avril 1622. lui accorda de même qu'aux autres Remontrans la liberté de reſter dans ſes Etats, mais ſans exercice public de Religion. Son ſéjour ordinaire fut à *Rouen*, d'où il ſortit quelquefois pour voyager dans les parties du Royaume qu'il n'avoit pas encore vûës.

Maurice de Naſſau, Prince d'Orange étant mort en 1625. & ſon frere *Frederic Henry* lui ayant ſuccedé, les Remontrans eſpererent de voir finir les perſecutions qu'on leur faiſoit depuis ſix ans. Epiſcopius forma même le deſſein, deretourner dans ſa pa-

S. Epis-trie, ce qu'il executa l'année suivante
copius. Les Remontrans commencerent alors
à joüir d'un peu de liberté , qui augmenta de jour en jour, & *Episcopius*
exerça fans être inquieté le Ministere parmi ceux de *Roterdam.*

Il fe maria dans cette Ville en 1630.
à *Marie Peſſer* , veuve de *Henri de*
Nielles, Ministre de *Roterdam* , qui
mourut fur la fin de l'année 1641.
fans jamais avoir eu d'enfant.

Il alla en 1634. s'établir à *Amſter-*
dam , pour y gouverner un College
que ceux de fa Secte y avoient érigé
& il y enfeigna la Theologie. Il eſt mort
dans cet emploi le 4. Avril 1643.
d'une retention d'urine , âgé de 60.
ans. Il avoit perdu la vûë quelque
tems auparavant.

Ses Ouvrages ont été imprimez
par les foins d'Etienne *Courcelles* à
Amſterdam 1650. 2. *vol. fol.* & réimprimez à *la Haye* en 1678. *fol.* 2.
vol.

Tous les Sçavans n'en portent pas
le même jugement. Ceux de fon parti les regardent comme autaht de
chefs-d'œuvres, & prétendent qu'on
ne pouvoit pas mieux écrire fur les
fujets

ſujets qu'il a traitez, auſſi les ſuivent S. Enis-
ils préferablement à tous les écrits copies
de leur Communion. Ils conviennent
à la verité qu'il y a de l'aigreur dans
quelques endroits, & qu'*Epiſcopius*
n'a pas toûjours gardé la moderation
du ſtile que ſes principes de tolerance,
& ſon devoir de Miniſtre exigeoient
de lui ; mais ils l'excuſent ſur la du-
reté avec laquelle ſes ennemis en ont
agi avec lui. Les Epiſcopaux d'Angleterre goûterent ſes Ouvrages dès
qu'ils parurent , & leur donnerent
beaucoup de louanges , mais cette
eſtime ne fut pas de durée , pluſieurs
les regarderent bien-tôt comme des Livres dangereux , choquez de la diſ-
tinction qu'il fait , quand il dit que
certains articles qui ont toûjours paſ-
ſez pour fondamentaux ſont veritables, mais qu'il n'eſt pas abſolument
neceſſaire de les croire , pour parvenir au ſalut. Principe qui peut
avoir de mauvaiſes ſuites.

Au reſte *Epiſcopius* s'exprime par
tout avec beaucoup de netteté , mais
il eſt un peu trop diffus , & il y a
quelquefois plus de ſubtilité, que de
ſolidité dans ſes raiſonnemens. *Bulig*

S. Epis-
copius.

lui a aussi reproché qu'il n'avoit
qu'une connoissance médiocre des
sentimens de l'Eglise primitive.

Les Ouvrages contenus dans ce
Recueil, donné par *Courcelles*, sont:

1. *Institutiones Theologicæ privatis
Lectionibus Amstelodami traditæ : Libri*
IV. Cet ouvrage n'est pas complet ; la
mort a empêché *Episcopius* de l'achever. Voici le jugement qu'en a fait le
P. *Mabillon* dans la premiere édition
de son Livre des *Etudes Monastiques.* »
» Je ne sçaurois m'empêcher de dire
» ici que si on avoit retranché quel-
» ques endroits des *Institutions Theo-*
» *logiques, d'Episcopius,* dont *Grotius*
» faisoit tant de cas , qu'il les portoit
» toûjours avec lui , on s'en pourroit
» servir utilement pour la Théologie.
» Cet ouvrage est divisé en quatre
» Livres , dont l'ordre est tout diffe-
» rent de celui qui est communé-
» ment en usage ; le stile en est beau ,
» la maniere de traiter les choses ré-
» pond fort bien au stile , & on ne
» perdroit pas son tems à les lire, si
» on l'avoit purgé de quelques en-
» droits où il parle contre les Catho-
» liques, ou en faveur de sa Secte. Ce

Jugement à été relevé assez mal à-S. Epis-
propos par l'*Auteur de l'avis impor-* copius.
tant à M. Arnaud, sur le projet d'une
nouvelle Bibliotheque Janseniste. Le P.
Mabillon s'est trompé cependant en
ce qu'il dit que Grotius portoit toûjours ce Livre avec lui, puisqu'il n'a
été imprimé que cinq ans aprés sa
mort, & que le volume est trop gros
pour pouvoir être porté.

2. *Conciones duæ de causis incredu-*
litatis Judæorum. C'est une traduction
du 3 1, & 3 2e. Sermon qu'il fit en
1634. à Amsterdam, sur le verset 3.
du chap. 17. de l'Evangile S. Jean,
où il traite des articles de Foy necessaires au salut. Ces Sermons sont ori-
ginairement en Flamand.

3. *Responsio ad Questiones Theologi-*
cas LXIV. *ipsi à Discipulis in privato*
Disputationum collegio Amstelodami
propositas. Cet ouvrage est du même
tems que les deux precedens.

4. *Tractatus Brevis, in quo expen-*
ditur Quæstio: An homni Christiano
liceat gerere Magistratum. L'Auteur
est pour l'affirmative. Il composa cet
ouvrage pendant son séjour en France &l'envoya de là en Hollande, où

il fut fort bien reçû.

5. *Responsio ad duas Petri Vuaden-
gi Jesuitæ Antuerpiensis Epistolas,
unam de Regula Fidei, alteram de cultu
Imaginum.* Cet ouvrage a été commencé à *Anvers* en 1620. mais *Episcopius* ne pût l'achever qu'en France.

6. *Labyrinthus, sive circulus Pontifi-
cius.* Cet ouvrage avoit déja paru en
Flamand. C'eſt un traité de Contro-
verſe contre les Catholiques.

7. *Responsio ad dilemata decem Pon-
tificii alicujus Doctoris.* Cet ouvrage eſt
traduit du Flamand.

8. *Examen Thesium Theologicarum
Jacobi Cappelli, quas Inscripsit de
Controversiis quæ fœderatum Belgium
vexant, & satiusne fuerit tolerari sen-
tentiam Arminii quam damnari, &
Sedani anno* 1623. *publice disputan-
das proposuit.* Cet ouvrage eſt de l'an
1624. & fut imprimé dans le même
temps en Hollande.

9. *Tractatus de libero Arbitrio.* Cet
ouvrage compoſé pendant ſon ſéjour en France, ne fut imprimé qu'a-
prés ſa mort. Il eſt facile de concevoir
que l'Auteur y donne beaucoup au
libre arbitre.

10. *Examen ſententiæ Joannis Came-* S. Epi*ronis Scoto-Britani de gratia Dei &* copius. *libero hominis Arbitrio.* Cet ouvrage avoit déja paru ſeparement ſous le titre de *Epiſtola viri Docti ad amicum qua expenditur ſententia J. Cameronis , &c.* Cameron trouva fort à redire au titre de cette Lettre , & accuſa *Epiſcopius* d'un orgueil inſupportable, pour avoir pris le nom de *Vir Doctus* ; mais ce n'étoit point lui qui l'avoit fait imprimer , & ce titre fut mis à ſon inſçu.

11. *Reſponſio ad defenſionem Joannis Cameronis , quam oppoſuit Epiſtola cuidam in qua expenſa fuerat ejus ſententia de Gratia & Libero Arbitrio , ſive de determinatione voluntatis per intellectum.*

12. *Judicium de Controverſia, Quodnam ſit ordinarium converſionis medium , Amſtelodami exorta in illorum cœtu , qui vulgò Memonitæ Vuaterlandi vocantur , inter Nittardum Obbæſium ab una , & Joannem Ryſium, Reynerium Vuibrandi , Petrum Andreæ & Cornelium Nicolai ab altera parte* , traduit du Flamand , imprimé en 1626. ſans nom d'Auteur.

S. EPIS-
COPIUS.

13. *Refponfio ad duas Epiftolás Joannis Beverovicii Scabini & Medici Dordrechtani, de vitæ termino, fatalis ne is fit, an vero mobilis.* Beverovicius étoit pour le premier, & Epifcopius pour le fecond.

14. *Paraphrafis & obfervationes in cap.* VIII. IX. X. XI. *Epiftolæ S. Pauli ad Romanos.*

C'eft là le contenu du premier volume. Le fecond renferme.

1. *Notæ in capita* XXIV. *priora Evangelii S. Matthæi.* Ces notes font fort courtes.

2. *Oratio habita cum ad Synodum Dordracenam evocatus difcederet.* Ce difcours a été inferé dans la vie d'Epifcopius, par *Philippe de Limborch.*

3. *Explicatio Epiftolæ* I. *S. Joannis Apoftoli.*

4. *An Philofophiæ ftudium necefarium fit Theologo.*

5. *De Meliori via ad Stabiliendum Chrifti Regnum.*

6. *Præfatio in Interpret ationem Epiftolarum S. Joannis.*

7. *Præfatio in Interpretationem Novi Teftamenti.*

8. *Oratio habita in Synodo Dordra-*

cena. Ce difcours a été inferé par S. Epif-
Phil. de Limborch, dans la vie d'*E*-copius.
pifcopius.

9. *Synodi Dordracena Crudelis ini-*
quitas. Cet ouvrage avoit été imprimé en 1619. en latin, & peu de tems
aprés en Flamand.

10. *Antidotum, continens preſſiorem*
declarationem propriæ & genuinæ ſen-
tentiæ, qua in Synodo nationali Dor-
dracena adſerta eſt & ſtabilita. Epiſcopius compoſa d'abord cet ouvrage
en Flamand, & le traduiſit enſuite
en Latin.

11. *Bodecherus ineptiens, hoc eſt*
evidens demonſtratio, qua oſtenditur Ni-
colaum Bodecherum, ut pluſquam ſer-
vili aſſentatione efficacem Contra-Re-
monſtrantium gratiam demereatur, inep-
te admodum & nugatorie confeſſionem
Remonſtrantium Socinianiſmi arceſſere
nuper eſſe agreſſum. Nicolas *Bodecher*
avoit d'abord été du parti des Remontrans, mais il les abandonna lorſqu'il les vit dépoſés & exilez, & s'attacha aux Contre-Remontrans. Il fit
même, pour plaire à ces derniers,
un ouvrage contre ceux qu'il avoit
quitté, intitulé: *Sociniano-Remon-*
trantiſmus.

S. Epis-
copius.

12. *Apologia confessionis Remonstrantium, & Examen Disputationis Vvalæi.* Ces deux ouvrages sont contre Antoine Walæus, qui avoit attaqué les Remontrans & leur Doctrine. Ils sont de l'an 1627.

13. *Confessio Fidei Remonstrantium.*

14. *Responsio ad Examen Abrahami Heidani contra Institutionem Religionis Christianæ, secundùm confessionem Remonstrantium.* C'est son dernier ouvrage, qu'il a fait imprimer en 1641.

15. *Vedelius Rapsodus.* Cet ouvrage publié en 1633. est contre celui de *Nicolas Vedelius*, intitulé *Arcana Arminianismi.* Episcopius par ce titre veut faire voir que *Vedelius* avoit pris dans les é rits des Arminiens plusieurs lambeaux, dont il avoit tiré les consequences qu'il lui avoit plû.

16. *Disputationes Theologicæ.* Ces Theses ont paru séparement à Amsterdam. 1646. *in-*12.

17 *Verus Remonstrans Theologus.* Cet ouvrage est encore contre Vedelius.

V. Sa vie par *de Courcelles*, à la tête de ses œuvres, & par *Philippe de Limborch.* *in-*8°.

JEAN

JEAN ANTONIDES

VAN DER LINDEN.

JEAN ANTONIDES *Van der Linden* nâquit le 13. Janvier 1609. à *Enchufe*, ville de Hollande, où fon pere Antoine *Van der Linden* exerçoit la Médecine. Après qu'il eût appris dans fa patrie les premiers élemens de la langue Latine on l'envoya chez un de fes oncles Miniftre à *Naerden*, auprés duquel il fit tant de progrés en deux ans, qu'étant revenu à douze ans dans la maifon paternelle il fe vit en état d'entrer dans les premieres claffes.

En 1625. fon pere étant allé s'établir à *Amfterdam*, il y fit fa Philofophie ; après laquelle il étudia en Médecine. Quand il eut fait le cours ordinaire, il paffa à *Franeker*, où fon pere avoit efté reçû Docteur, & où il fut de même revêtu de cette dignité le 19. Octobre 1630.

Il pratiqua enfuite la Médecine fous la direction de fon pere ; mais

Tome III. Dd

J. A. Van il ne joüit pas long-temps de ses insBER Lin-t uctions, car il mourut en 1633,
DEN. âgé de 63 ans. Il se vit alors abandonné à lui-même, mais il tâcha de
suppléer par l'étude, l'exercice & la
réflexion à ce secours qui lui manquoit.

Il 'e maria l'année suivante 1634.
Les Etats de Frise lui donnerent en
1639. une Chaire de Médecine à *Franeker*, qu'il a rempli pendant l'espace de douze ans, sans cesser pour cela de voir des Malades.

En 1651. il fut appellé à *Leyde*
pour y être Professeur en Medecine
& il est mort dans cet Emploi le 5.
Mars 1664. âgé de 55. ans.

Catalogue de ses ouvrages.

1. *Universæ Medicinæ compendium
decem Disputationibus propositum. Addita est centuria inauguralis positionum
Medico-practicarum de Virulentia venerea. Franekeræ* 1630. *in-*4°. Ce sont
proprement des Theses qu'il soutint
pour arriver au Doctorat.

2. *Manuductio ad Medicinam.
Amstelod.* 1637. *in-*8°. avec l'Ouvrage
de *scriptis Medicis* de la premiere
édition. *It. Editio altera interpolata*

à *Vopisco Fortunato Plempio. Lovanii.*
1639. *in-*12.

3. *Medula Medicinæ partibus qua-*
tuor comprehensa. Præmissa sunt Ora-
tio de Medico futuro necessariis, &
Manuductio ad Medicinam. Franekeræ
1642. *in-*8°.

4. *Medicina Physiologica nova ac-*
curatâ Methodo ex optimis quibusque
Autoribus contracta, & propriis obser-
vationibus locupletata. Amstelodami.
1653. *in-*4°. Voici le jugement que
M. Patin porte de cet Ouvrage dans
sa 75. Lettre à M. Spon. « J'ai trou-
» vé aprés l'avoir lû que tout ce Livre
» n'étoit que de la crême fouettée; que
» cet homme étoit un homme docte,
» mais que c'étoit écrire de *Anatomicis*
» *non Anatomicus*, que je n'ay rien
» appris en tout ce gros volume. Il
se plaint aussi, & avec raison, de ce
qu'il n'y a aucune Table.

5. *Selecta Medica, & ad ea exerci-*
tationes Batava. Lugd. Bat. 1656. *in-*
4°. C'est un recueil de quelques Traitez d'*Hippocrate* & d'autres anciens
Auteurs.

6. *Dissertatio de lacte,* inserée dans
le recueil des Dissertations de *Deu-*

J. A. VAN *singius*, imprimé à *Groningue* en 1655.
DER LIN- *in-12*.

DEN. 7. *De Hemicrania Menstrua Historia & Concilium. Lugd. Bat.* 1660.
& 1668. *in-4°.*

8. *Meletemata Medicina Hippocra-
ticæ. Lugd. Bat.* 1660. *in-4°. It.
Francofurti* 1672. *in-4°.* Cette seconde édition s'est faite par les soins de
Jean-Jacques Dobelius.

9. *Hippocrates de circuitu sanguinis
Lugd. Bat.* 1661. *in-4°.*

10. *Oratio funebris in excessum V.
C. Adolphi Vorstii Medicina Doct. &
Prof. Lugd. Bat.* 1664. *in-4°. It.*
Dans le recueil de Witten.

11. *De scriptis Medicis Libri duo
Amstelod. Blaeu.* 1637. *in-8°.* 2. *Edit.*
1651. *in-8°.* 3. *Editio tertia parte
Auctior. Ibid.* 1662. *in-8°.* L'Auteur
a augmenté cet Ouvrage à chaque
Edition. Depuis sa mort, un Allemand nommé *George Abraham Merklinus* l'a considerablement augmenté & l'a fait imprimer sous le titre
de *Lindenius Renovatus, Norinbergæ*
1686. *in-4°.* Quoique les augmentations de cette Edition fassent la moitié du volume, *Merklinus* a publié

plus de la moitié des Ouvrages & des Auteurs. On peut juger par là com- bien l'Ouvrage de *Van der Linden* étoit imparfait, fans parler des fau- tes groffieres qu'on lui a repro- chées, & que *Merklinus* a eu foin de corriger, commē par exemple, d'a- voir mis dans l'article d'*Henri Ernf- tius*, *Catalogus Librorum Bibliotheca Medica*; quoique cet ouvrage ne foit que le Catalogue de la Bibliotheque du Grand Duc, intitulé : *Catalogus Bibliotheca Medicea.*

12. *Cornelii Celfi de Medicina*, li- *bri octo recogniti. Lugd. Bat. Elzevir.* 1657. *in-*12. It. *Ibid.* 1665. *in-*12. *Thomas Bartholin* a prétendu que *Van der Linden* avoit été trop hardi dans les corrections qu'il avoit faites à *Cel- fe*, auffi-bien qu'aux ouvrages d'*Hipo- crate. Gui Patin* a beaucoup contribué à cette Edition de *Celfe* en fournif- fant à l'Editeur des exemplaires cor- rigés de la propre main de *Fernel*, de *Scaliger* & d'autres Auteurs celebres. *Almeloveen* s'eft conformé à cette Edi- tion dans celle qu'il a donnée de *Celfe* en 1687.

13. *Adriani Spigelii Opera que ex-*

tant omnia , recensuit & cum addita Præfatione edidit J. A. Van der Linden. Amstelod. Blaeu. 1645. fol.

14. *Hieronimi Cardani de Utilitate ex adversis capienda Libri IV. serio emendati. Franekera, 1648. in-8°.*

15. *Hippocratis Coi Opera omnia Græce & Latine duobus voluminibus comprehensa & ad omnes alias editiones accommodata. Lugd. Bat.1665. in-8°.* 2. tom. Voici le jugement que fait de cet Ouvrage le Journal des Sçavans du 22. Février 1666. » Cette nou-
» velle Edition a cet avantage, qu'elle
» répond à toutes les precedentes par
» le moyen des chiffres , qui sont à
» la marge, & qui montrent en quel-
» le page & quel endroit chaque
» chose s'y trouve. Elle est aussi la
» plus correcte de toutes , car M.
» Van der Linden ayant soigneuse-
» ment conferé ensemble toutes les
» anciennes Editions , & plusieurs
» Manuscrits , a rétabli quantité de
» passages , qui n'avoient pas esté cor-
» rigez , même dans l'Edition de *Foe-*
» *sius.* Pour la traduction Latine ,
» il a choisi celle de *Cornarius,* parce
» qu'elle est la plus ancienne , & que

c'eſt celle dont on ſe ſert ordinaire- » J. A. V AN
ment. La mort le ſurprit peu de » DER LIN-
temps avant que cette Edition fut » DEN.
achevée, & l'empêcha de donner »
au public les remarques qu'il a- »
voit deſſein de faire ſur *Hippo-* »
crate. »

Gui Patin n'en parle pas ſi avan-
tageuſement, non plus que de l'Auteur ; car il s'exprime ainſi dans une
Lettre du 12. Mars 1666. *l'Hippo-*
crate de *Van der Linden,* n'eſt gue- »
res propre à étudier : il eſt en deux »
gros volumes *in* 8°. & de petites »
lettres, *Van der Linden* étoit un »
bon homme & riche, mais qui étoit »
feru de la Chymie & de la Pierre »
Philoſophale. N'eſt-ce pas là pour »
faire un bon Medecin ? auſſi haïſ- »
ſoit-il notre bon *Gallien.* Il loüoit »
Hippocrate, Paracelſe, & Van Hel- »
mont, en quoi il imitoit cet Empe- »
reur, qui avoit dans ſon Cabinet les »
Portraits de *Jeſus-Chriſt,* de *Venus,* »
de *Priape,* & de *Flora.* Il voyoit »
peu de Malades, & ne faiſoit ja- »
mais ſaigner. Il faiſoit profeſſion »
d'un métier qu'il n'entendoit gue- »
res . . . . ſans l'Antimoine ſon »

D d iiij

» *Hippocrate* eût été beaucoup meil-
» leur. J'en suis pourtant fâché, le
» reconnoissant plus honnête homme
» qu'il n'a été éclairé. On reconnoît
dans ces paroles la prevention de Patin contre ceux qui n'étoient pas
de son sentiment en fait de Medecine.

16°. Outre ces Ouvrages *Van der
Linden* a fait imprimer plusieurs
Theses, comme *de Melancholia mor-
bo: De sanitatis & morbi causatis: De
Febris essentia: De natura Medecinâ:
Alcippus Curatus, &c.*

V. Son Eloge par *Jean Cocceius*,
Professeur en Theologie à *Leyde* dans
les Memoires de Vuiten & *Lindenius
Renovatus.*

GUILLAUME
CHILLINGWORTH.

GUILLAUME *Chilling-
worth* nâquit au mois d'Octobre 1602. à *Oxford*, dont son pere,
qui étoit un bon Bourgeois, fut Maire dans la suite. Il n'eut pas besoin
de sortir de sa patrie pour faire ses

études. Il les y commença, & les y G. CHIL-
finit. En 1628. il fût aggregé au Col- L I N G-
lege de la Trinité, où quatre ans WORTH,
auparavant, c'eft-à-dire en 1624. il
avoit pris le degré de Maître-és-
Arts.

Quoiqu'il aimât fort à difputer, il
ne negligea pas ce que les Sciences
ont de folide. La Theologie l'occupa
principalement malgré les difpofitions
qu'il avoit pour les Mathématiques
& pour les Belles Lettres. On ne
s'attachoit gueres alors en Angleterre qu'à la controverfe, parce qu'on
avoit fouvent à difputer avec les Ec-
cléfiaftiques Catholiques que la Reine *Henriette* y attiroit. *Chillingworth*
fuivit l'exemple des autres. Mais les
difputes qu'il eut avec un fameux Jefuite nommé *Jean Fifher* l'ébranle-
rent ; il ne put répondre à cet argu-
ment : *Il faut un Juge infaillible qui
foit vivant : or ce Juge ne fe trouve que
dans l'Eglife Romaine ; donc l'Eglife
Romaine eft la feule & vraye Eglife ;
donc on ne peut fe fauver que dans fa
Communion.* Il en fut même fi frappé
qu'il fe rendit, & embraffa la Religion Catholique.

G. Chil-
ling-
worth.

Fisher qui apprehendoit que l'in-
constance & les sollicitations ne le
fissent retourner en arriere, lui conseilla de sortir de l'Angleterre. Il alla
donc à *Douay*, où dans la maison des
Jesuites, il mit par écrit les motifs
de sa conversion. *Guillaume Laud*,
qui fut depuis Archevêque de *Can-
torbery*, & qui étoit alors Evêque de
Londres ne le perdit point de vûe
dans cette retraite. Il étoit son pa-
rein, & il le voyoit avec peine sorti
d'une Eglise à laquelle il étoit attaché.
Il fit si bien par ses Lettres qu'il le re-
gagna.

Chillingworth retourna en Angleterre en 1631. après un séjour d'environ six mois à *Douay*, & rentra
dans l'Eglise Protestante. Il écrivit
ensuite la réfutation des raisons qu'il
avoit données de son premier changement. Mais quelques considera-
tions ne lui permirent pas de la faire
imprimer, & elle s'est perdue depuis
ce tems-là.

Son retour fit beaucoup de bruit,
& il eut quelques combats à soutenir
à cette occasion. M. *Lawgar*, autrefois un de ses meilleurs amis, lui fit des

reproches amers de ſa deſertion, & G.CHIL-
lui écrivit une lettre très-forte ſur ce LING-
ſujet. Il eut dans la ſuite une entre- WORTH.
vûe avec lui, où ils diſputerent vivement, mais inutilement. Cette conference fut imprimée à *Londres* en
1637. *in* 4°.

Elle fut ſuivie d'une autre avec le
P. *Jean Floyd* Jeſuite. L'une & l'autre roula ſur l'infaillibilité de l'Egliſe
Catholique Romaine, & fut ſuivie
de quelques écrits ſur la même matiere. Une troiſiéme eut pour ſujet
l'article de la Tradition, le Tenant
pour les Catholiques fut le P. *White*
Jeſuite.

Le Chevalier *Coventry*, Garde des
Sceaux, nomma en 1635. *Chillingworth* à un Benefice qui dépendoit
de la Chancellerie; mais il ne pût y
être inſtallé, parce qu'il refuſa de
ſouſcrire ſelon les Loix aux XXXIX. Articles de l'Egliſe Anglicane. Ce refus
fortifia l'idée déſavantageuſe qu'on
avoit déja de ſon orthodoxie au ſujet
de la Conſubſtantialité du Verbe;
idée qu'il fortifia encore davantage
par une lettre qu'il écrivit à un de
ſes amis, & où il dit formellement

que *tout homme qui examinera les difputes de l'Arianifme, ne pourra s'empêcher de confeffer, ou du moins penche-
ra fort à croire que la Doctrine d'Arius
eft la verité, ou du moins n'eft pas une
herefie damnable.*

Il ne perfevera cependant pas
long - tems dans le refus de figner
les XXXIX. Articles, car le Roi lui
ayant donné le 10. Juillet 1638. la
Chancellerie du Chapitre de *Salifbu-
ry*, avec la Prébende de *Brixworth*
dans la Province de *Norhampton* pour
annexe, il les figna. On prétend que
de nouvelles réflexions l'avoient é-
clairé là deffus, & l'avoient convaincu que ces fignatures ne fe faifoient
que pour le bien de la paix. Mais il
fe peut faire que l'inconftance de fon
efprit, & l'interêt y ayent eû quelque part.

Le nouveau Beneficier ne joüit pas
long-tems de fes Benefices. La cha-
leur avec laquelle il époufa le parti
de fon bienfaiteur & de fon Eglife,
dans les guerres civiles, qui furvin-
rent peu de tems après, lui attira la
haine des ennemis de l'un & de l'autre. Il parla fortement, il agit de

même, il écrivit, il mit à profit les G. CHIL-
connoiſſances qu'il avoit dans les Ma- L I N G-
thematiques, & ſervit d'Ingenieur, WORTH.
à ce qu'on prétend, dans le ſiege de
Gloceſter.

Etant en voyage pendant l'hyver
de 1643. il ſe réfugia pour éviter la
rencontre des troupes ennemies dans
le Château d'*Arundel* ; mais les Par-
lementaires s'en étant emparé, il fut
fait priſonnier avec la Garniſon de
la place. Ses fatigues l'y avoient fait
tomber malade, & ſa maladie s'étant
augmentée depuis, on le tranſporta
à *Chicheſter*, où il mourut vers la fin
de Janvier de l'année 1644. dans ſa
quarante-deuxiéme année.

Un Miniſtre Presbyterien très-
rigide & fort attaché au parti oppoſé à celui du Roi, nommé *François
Cheynell*, qui le vit mourir, a publié les circonſtances de ſa mort dans
un Livre intitulé : *Chillinworthi no-
viſſima*, qui eſt très rare. Il y dit que
l'hereſie fondamentale de Chillingworth, conſiſtoit à oppoſer la raiſon
à la Foi. Il le repreſente comme un
homme que la raiſon avoit rendu fou.

G. CHIL-
LING-
WORTH,

Il le pria de répondre à cette question, *s'il croyoit qu'un homme, qui est, & qui meurt Turc, Papiste, Socinien, pouvoit être sauvé.* Chillingworth, qui étoit un veritable Latitudinaire, répondit qu'*il ne vouloit ni l'absoudre, ni le condamner,* & pria Cheynell de *le traiter charitablement, puisqu'il avoit toûjours eu de la charité pour tout le monde.*

Lorsque *Chillingworth* fut mort, les sentimens furent partagez sur la conduite qu'on tiendroit à son égard. *Cheynell* refusa de l'enterrer, mais on permit à d'autres personnes de le faire à sa place. Le Ministre voulut cependant faire son personnage à ses funerailles. Il s'approcha de la fosse tenant à la main le Livre de *Chillingworth* sur la Religion des Protestans, & après avoir fait un discours aux assistans, il apostropha ce Livre en ces termes : *Va t'en maudit Livre, qui as seduit un si grand nombre de personnes ; va t'en dans la pourriture, afin que tu puisse pourrir avec ton Auteur. Après avoir prononcé ces paroles ce Ministre enthousiaste jetta le Livre dans la fosse.*

Les Ouvrages qu'on a de Chillingworth font :

1. *La Religion des Proteſtans, voye*
ſûré pour le ſalut, ou réponſe à un Li-
vre intitulé, la Charité & la Verité
(en Anglois.) *Oxford in* 4°. 1638,
réimprimé pluſieurs fois depuis. Voici l'origine de cet Ouvrage. *Mathias*
Wilſon Jeſuite, qui ſuivant la coûtume des Miſſionnaires Catholiques
en Angleterre, prenoit le faux nom
de *Robert Knott*, publia un Ouvrage,
où il ſe propoſoit de prouver que le
Proteſtantiſme damne infailliblement ceux qui y meurent. *Chriſtophe*
Potter, alors Prevôt ou Recteur du
College de la Reine à *Oxford*, y répondit en 1633. par ordre du Roi.
Wilſon ayant repliqué ; *Chillingworth*
ſe chargea de continuer la diſpute,
& compoſa dans ce deſſein cet Ouvrage. Comme il étoit ſuſpect d'E-
terodoxie, *Laud* devenu Archevêque
de *Cantorberi* fit examiner avec ſoin
l'Ouvrage avant qu'il parut. Il fut
reçû avec applaudiſſement par les
Proteſtans, qui l'ont toûjours regar-
dé comme le meilleur Ouvrage qu'on
eut fait ſur cette matiere. Il ne déplût

G. Chil-
ling-
worth.

qu'à quelques Presbyteriens rigides, à qui sa personne étoit odieuse. Les Catholiques ne le laisserent pas sans réponse, & l'on en vit paroître peu de tems après plusieurs qui détruisirent ses raisonnemens spécieux.

2. *Sermon sur la II. Epître à Timothée, c. 3. v. 1. 2. 3. 4. & 5. (en Anglois.) Oxford. 1644. in 4°.*

V. sa vie en Anglois par M. Des-Maizeaux & Vvood *Athenæ Oxonienses.*

NOEL ALEXANDRE.

N. Ale-
xandre.

NOEL *Alexandre* nâquit à *Rouen* le 19. Janvier 1639. de parens plus recommandables par leur probité que par leurs biens. Ils reconnurent en lui dès sa plus tendre jeunesse un si grand fond de raison, d'esprit, de jugement, de mémoire, & une gravité & une sagesse si peu ordinaire à son âge, qu'ils crurent devoir cultiver de si belles dispositions.

Lorsqu'il eut fait ses études avec tout le succès qu'on en pouvoit attendre,

tendre, il entra dans l'Ordre de S. N. A le-
Dominique, & y fit profeſſion à *Roien* XANDRE:
le 9. May 1655. âgé ſeulement de 16.
ans.

On l'envoya auſſi-tôt après à *Paris*
faire ſa Philoſophie & ſa Théologie dans le grand Convent. Il s'y
diſtingua, & on le jugea capable,
lorſque ces études furent finies,
d'enſeigner la Philoſophie dans la
même maiſon.

Ce fut alors que ſon merite commença à ſe faire connoître au dehors.
Obligé de préſider à des Actes publics, & de diſputer à ceux qui ſe fai-
ſoient dans les Colleges de *Paris*, il
s'y fit un nom, qui eſt devenu de jour
en jour plus illuſtre.

La Philoſophie & la Théologie
qu'il profeſſa ſucceſſivement pendant
douze ans, ne l'occuperent pas tellement, qu'il négligeât la Prédication,
qui eſt la fin principale de l'Ordre
qu'il avoit embraſſé. Quelques Sermons qu'on lui fit prêcher, lui firent
honneur; ils étoient ſolides & bien
compoſez; mais comme il n'avoit
pas cette volubilité de langue & cette facilité de parler que l'on exige

N. ALE-
XANDRE. d'un Prédicateur , il n'exerça pas long-temps le Ministere de la parole. Ses Superieurs crurent qu'il seroit plus utile à l'Eglise en s'appliquant uniquement à l'étude de l'Ecriture & de la Tradition.

Il s'y fixa donc , & après avoir soûtenu son acte de Tentative , il fit sa Licence en 1672. & 1673. Ce ut dans cette carriere , que le P Alexandre jetta les fondemens de cette grande réputation qu'il s'est acquise dans la suite. Il reçût le Bonnet de Docteur en Théologie de la Faculté de *Paris* , le 21. de Février 1675. & fut choisi l'année suivante pour un des Conventuels de la Maison de S. Jacques.

M. *Colbert* ayant entendu parler de lui , voulut le connoître ; il ne l'eût pas plutôt connu qu'il l'estima & lui fit du bien. Ce Ministre qui n'oublioit rien pour former M. l'Abbé *Colbert* son fils , qui fut depuis Archevêque de *Roüen* , ayant composé une assemblée des plus habiles gens , pour faire des Conferences Ecclesiastiques , qui servissent à son instruction ; le P. *Alexandre* y fut appellé ,

& il lui plût fi fort par fon efprit & N. ALE-
fon érudition, que ce Prélat l'a ho- XANDR.
noré, tant qu'il a vêcu, de fon amitié
& de fa protection.

Ces Conferences firent naître au
P. *Alexandre* le deffein de travailler
fur l'Hiftoire Ecclefiaftique. Chargé
de les rédiger par écrit, il s'en acquitta avec tant de netteté & de methode, que les perfonnes favantes de
cette affemblée lui confeillerent d'entreprendre un corps entier de l'Hiftoire de l'Eglife. Entreprife dont l'e-
xecution étoit difficile & épineufe,
& qui auroit rebuté un homme moins
laborieux que le P. *Alexandre*. La
gloire de Dieu & l'utilité de l'Eglife
l'emporterent fur toutes les confide-
rations qui auroient pû l'arrêter. Il y
a travaillé feul, fans aïde, fans co-
pifte, cherchant lui-même fes matieres, les arrangeant & les mettant au net avec cet ordre que perfonne n'avoit trouvé avant lui, é-
crivant de fa propre main jufqu'aux
Tables.

Toute fa vie s'eft paffée à travailler
& à compofer. Son temps n'étoit
rempli que par l'étude & par la

N. ALE-
XANDRE.
prière; il fortoit rarement; ainfi l'on ne doit pas être furpris qu'il ait compofé un fi grand nombre d'Ouvrages.

Le Seigneur l'affligea fur la fin de fa vie par la perte de la vûë; ce devoit être une rude épreuve pour un homme accoûtumé dés fa jeuneffe à ne goûter d'autre plaifir que celui de l'étude, & qui fe voyoit réduit à l'impuiffance de lire; mais il la foûtint avec une entiere réfignation à la volonté de Dieu. Son unique chagrin dans ce trifte état, étoit de ne pouvoir celebrer la Meffe.

Il eft mort enfin par la feule défaillance de la nature, le 21. Août 1724. dans fa 86. année.

Sa pieté, fon humilité, fon défintereffement l'ont rendu recommandable pendant fa vie. Les plus favans Prélats de France l'ont honoré de leur eftime. On fçait de quel poids étoit fon fuffrage dans les plus importans fujets qu'on traitoit dans les affemblées de Sorbonne. Rome l'a eftimé; les favans Cardinaux *Noris* & d'*Aguirre* le lui ont fait connoître en plufieurs occafions. Le Pape In-

nocent XI. lui marqua la ſatisfaction N. ALE-
qu'il avoit de ſes Ouvrages, par une XANDRE.
Lettre que le Cardinal *Cibo* lui écrivit
de ſa part en ſon nom. On conſerve
quatorze Lettres que le Pape *Benoît*
X I I I. lui a écrites, n'étant encore
que Cardinal, & qui ſont toutes
remplies de témoignages de l'eſtime
ſinguliere qu'il faiſoit de ſa perſonne
& de ſes écrits. Dans une de ces Lettres, il lui marque que le tremble-
ment de terre arrivé à *Benevent* le 5.
Juin 1688. a renverſé ſon Palais Ar-
chiepiſcopal, & détruit ſa Bibliotheque, mais qu'il à heureuſement
recouvré ſes Ouvrages, qui lui
tiennent lieu d'une Bibliotheque entiere.

Le P. *Alexandre* avoit en 1706.
été fait Provincial de la Province de
Paris, & il conſerva cette dignité
pendant quatre ans, ſelon la coûtume.

Catalogue de ſes Ouvrages.

1. *Summa D. Thomæ Vindicata &*
eidem Angelico Doctori aſſerta, contra
præpoſteram Johannis Launoii Pariſien-
ſis Theologi dubitationem. Item contra
Launoianas circa Simoniam obſerva-

N. ALE-
XANDRE.

tiones animadversio. Parif. 1675. *in* 8°. Le P. *Alexandre* combat dans cet Ouvrage M. de *Launoy*, qui croit qu'on peut douter que S. *Thomas* foit l'Auteur de la Somme qu'on lui attribuë, & rapporte plufieurs autorités qui font voir qu'elle eft veritablement de lui. Il attaque auffi quelques-unes de fes maximes fur la fimonie.

2. *Selecta Hiftoriæ Ecclefiafticæ Capita & in loca ejufdem infignia differtationes Hiftoricæ, Chronologicæ, Dogmaticæ. Parifiis, in* 8°. 24. *vol.*

Sæculum I. 1676.

Sæculum II. 1676. 2. *tom.*

Sæculum III. 1677.

Sæculum IV. 1678. 3. *tom.*

Sæculum V. 1679. 2. *tom.*

Sæculum VI. VII. & VIII. 1680. 3. *tom.*

Sæculum IX. & X. 1681. 2. *tom.*

Sæculum XI. & XII. 1683. 3. *tom.*

Sæculum XIII. & XIV. 1684. 3. *tom.*

Sæculum XV. & XVI. 1686. 4. *tom.*

Il s'eft fait une nouvelle édition de cet Ouvrage en autant de volumes *in* 8°. avec quelques augmenta-

tions, en 1687. à Paris. Il s'en eft N. ALE-
fait encore une autre plus correcte à XANDRE.
Paris, en fix volumes *in-fol.* en 1699.
It. en 1715. *in-fol.* On a trouvé plufieurs chofes à reprendre dans ce
Livre, fans parler de la forme Scho-
laftique, que l'Auteur lui a donné,
& qui l'allonge confiderablement.

3. *Selecta Hiftoriæ veteris Teftamenti
capita & in loca ejufdem infignia differtationes. Parif.* 1689. *in* 8°. 6. *tom.*
Item. *Parifiis* 1699. 2. *tom.* It. *ibid.*
1713. *in-fol.* Le P. Alexandre a donné à cet Ouvrage la même forme
qu'au précedent, il a eû en vûë la com-
modité des jeunes Bacheliers qui ont
à argumenter, & qui trouvent dans
ce Livre la maniere toute digerée &
toute arrangée.

4. *Differtationum Eccclefiafticarum
Trias.* 1. *De Divina Epifcoporum fupra
Prefbyteros eminentia adverfus Blondel-
lum.* 2. *De Sacrorum Miniftrorum cæ-
libatu five de Hiftoria Paphnutii cum
Nicœno Canone Concilianda.* 3. *De
Vulgata fcripturæ facræ verfione. Parif.*
1678. *in* 8°.

5. *Differtatio Polemica de Confeffio-
ne Sacramentali adverfus libros quatuor*

N. ALE-
XANDRE.

Joannis Dallæi Calvinista divinam ejus
institutionem, & usum in Ecclesia
perpetuum impugnantis. Parif. 1678.
in 8°.

6. *Differtatio Ecclesiastica, apologe-*
tica, & anti-critica adversus F. Clau-
dium Fraffen, feu differtationis Al-
xandrina de Vulgata scriptura sacra
versione Vindicia. Parif. 1682. in 8°.
Cette differtation eft l'Apologie de
celle que le P. *Alexandre* avoit publiée
auparavant fur la Vulgate Il avoit
prétendu y prouver, 1°. Qu'il refte
encore des fautes dans la verfion Vulgate, après la correction des Papes
Sixte V. & *Clement V I I I.* & que
ces fautes peuvent encore être corrigées par des Papes. 2°. Que les favans
peuvent propofer leurs conjectures
fur ces corrections. 3°. Que le Concile de *Trente* en déclarant la Vulgate
autentique, ne l'a point préferée au
texte Hebreu, ni au texte Grec;
qu'il a feulement déclaré par là,
qu'elle ne contient rien de contraire ni à la Foy, ni aux bonnes
mœurs. 4°. Que c'eft une rêverie
de dire que le texte Hebreu ait été
corrompu par les Juifs. Le P. *Fraffen*
Cordelier

Cordelier s'eft fort élevé contre ce N. ALE-
fyfteme, dans fes *Difquifitions Bibli-* XANDRE.
ques, & c'eft pour le défendre que le
P. *Alexandre* a compofé cette Differtation.

7. *Differtationes Hiftoricæ & criti-*
cæ, quibus Officium venerabilis Sacra-
menti S.Thomæ vindicatur contra R.R.
P P. Henfchenii & Papebrochii con-
jecturas ; deinde Titulus Præceptoris S.
Thomæ ex Elogio Alexandri Halenfis
expungitur contra popularem opinionem.
Accedit Panegyricus Angelico Doctori
dictus. Parif. 1680. in 12. Le premier
Opufcule qui compofe ce Recueil eft
contre les Continuateurs de Bollan-
dus, qui avoient avancé que S. Thomas n'étoit point l'Auteur de l'Office
du S. Sacrement, & qu'il n'avoit fait
qu'ajufter à l'ufage de l'Eglife Romaine, celui qu'un Clerc de Liége,
nommé F. Jean, avoit fait par l'ordre de fainte Julienne, dans le Monaftere de laquelle étoit ce Religieux,
& y ajoûter l'Hymne *Sacris folemniis* ;
le P. *Alexandre* fait voir qu'ils fe font
trompez.

8. *Statuta Facultatis Artium The-*
miftica in Collegio Parifienfi Fra vam

N. Ale-
xandre.
Prædicatorum institutæ. Paris. 1683. *in*
12. On avoit déja fait de semblables Statuts en 1625. mais le gouvernement
de la Maison ayant changé, il a fallu
y reformer plusieurs choses, & ce
fut le P. *Alexandre* qui fut chargé de
ce soin.

9. *Theologia Dogmatica & Moralis
secundum ordinem Catechismi Concilii
Tridentini in quinque libros tributa.*
Paris. 1693. *in* 8°. 10. *tomes.* On
trouve dans cet Ouvrage une expli-
cation solide des dogmes de la Foy
& des preceptes de la Morale. L'Auteur n'y propose ni ses pensées particulieres, ni les opinions de l'Ecole
de S. Thomas, mais la Doctrine de
l'Eglise Catholique, fondée sur l'autorité de l'Ecriture & de la tradition.
C'est le jugement qu'en porte le Journal des Sçavans.

10. *Paralipomena Theologiæ Moralis : seu variæ de rebus Moralibus Epistolæ. Delphis* 1701. *in* 8°.

Ces deux Ouvrages ont paru ensuite sous le titre de *Theologia Dogmatica & Moralis, &c. hac editione plu-
rimis accessionibus aucta. Paris.* 1703.
in fol. 2. *vol.* On en avoit fait aupa-

ravant une édition à Veniſe, en 1698. N. ALE-
mais ſans addition & ſans lès Let- XANDRE.
tres, qui n'avoient pas encore paru.

11. *Inſtitutio Concionatorum Tripar-
tita, ſeu Præcepta & regulæ ad Predi-
catores informandos cùm ideis ſive ru-
dimentis concionum per totum annum.
Delphis* 1701. *in* 8°. 2. *editio longe
auctior & correctior. Pariſ.* 1702.
in 8°.

12. *Expoſitio Litteralis & Moralis
S. Evangelii ſecundum quatuor Evan-
geliſtas. Pariſ.* 1703. *in-fol.* La méthode qu'obſerve le P. *Alexandre* dans
cet Ouvrage, & dans le ſuivant, eſt
de rapporter ſur chaque chapitre le
ſens litteral & le ſens moral ſépare-
ment, de comparer les paſſages qui
ont rapport les uns aux autres, & de
tirer des Peres de l'Egliſe les explications de ces paſſages. Il ne dit rien
de lui-même, il ſuit la Vulgate, il
s'abſtient de citer les Auteurs profanes & même les Auteurs Proteſtans qui ont donné de nouveaux
ſens à quelques paſſages de l'Ecriture.

13. *Commentarius Litteralis & Mo-*

F ſij

N. ALE- *ralis in omnes Epistolas S. Pauli Aposto-*
XANDRE. *li & in septem Epistolas Catholicas.*
Rhotomagi. 1710. *in fol.* Il a fait un
semblable Commentaire sur les Pro-
phetes *Isaye*, *Jeremie* & *Baruch*,
mais qui n'a point été imprimé.

14. *Abregé de la Foy & de la Mo-*
rale de l'Eglise, tiré de l'Ecriture-Sainte.
Paris 1686. *in* 12. *It. ibid.* 1688. 2.
tomes.

15. *Eclaircissement des prétendües*
difficultez proposées à Monseigneur
l'Achevêque de Roüen, sur plusieurs
points importans de la Morale de Jesus-
Christ. 1697. *in* 12. M. *Colbert*, Archevêque de *Roüen*, ayant donné en
1696, un Mandement dans lequel il
recommandoit entre autres Livres,
la Théologie Dogmatique & Morale
du P. *Alexandre*, on vit aussi-tôt
après paroître un écrit, intitulé :
Difficultez proposées à M. l'Archevê-
que de Roüen, par un Ecclesiastique de
son Diocese, sur divers endroits des Li.
vres, dont il recommande la lecture à ses
Curez. 1697. *in* 12. p. 37. Comme le
P. Alexandre y étoit seul attaqué, &
qu'on y faisoit passer son Livre comme dangereux, il crut devoir se dé-

fendre par ces éclairciſſemens.

16. *Lettres d'un Théologien aux Reverends Peres Jeſuites, pour ſervir de réponſe aux Lettres addreſſées au Pere Alexandre, par un Religieux de leur Compagnie, où il fait un Parallele de la Doctrine des Jeſuites & de celle des Thomiſtes ſur la Morale & ſur la Grace. 1697. in 12.* Les ſix Lettres qui compoſent ce Recueil ſont des réponſes aux ſix du P. *Daniel*, Jeſuite. Elles ont été imprimées enſuite avec celles du P. *Daniel*. 1. à *Lyon*, accompagnées d'une Préface qui attribuë la victoire au P. *Daniel*. L'Auteur de la Bibliotheque des Dominicains prétend qu'elles ont été tronquées dans cette édition. 2. à *Delft* en 1698. *in* 12. ſous ce titre : *Recueil de pluſieurs pieces pour la deffenſe de la Morale & de la Grace de Jeſus-Chriſt.* La Préface qui eſt à la tête, expoſe ſimplement l'état de la queſtion ſans prétendre rien décider.

17. *Lettre à un Docteur de Sorbonne ſur la diſpute de la Probabilité, & ſur les erreurs d'une Theſe de Théologie, ſoûtenuë par les Jeſuites dans leur College de Lyon, le 26. Août dernier. Mons* 1697. *in* 12.

N. ALE-
XANDRE.

18. *Seconde Lettre à un Docteur de Sorbonne, sur la These des Jesuites de Lyon, soûtenüe le 26. Aoust 1697. in-12.*

19. *Apologie des Dominicains Missionaires de la Chine, ou Réponse au Livre du P. le Tellier Jesuite, intitulé: Deffense des nouveaux Chrétiens, & à l'Eclaircissement du P. le Gobien, de la même Compagnie, sur les honneurs que les Chinois rendent à Confucius & aux Morts. Cologne 1699. in-12.* Avec un écrit latin intitulé. *Documenta controversiam Missionariorum Apostolicorum Imperii Sinici de cultu præsertim Confucii Philosophi, & progenitorum defunctorum spectantia, ac Apologiam Dominicanorum Missionis Sinicæ Ministrorum adversus libros* R. R. PP. le Tellier & le Gobien, *Societatis Jesu, confirmantia.* Cet Ouvrage a esté traduit en Italien, & imprimé en cette Langue à Cologne *in-12.* la même année.

20. *Conformité des ceremonies Chinoises, avec l'idolatrie Grecque & Romaine, pour servir de confirmation à l'Apologie des Dominicains, Missionaires de la Chine. Cologne* 1700. *in-12. It.*

Traduit en *Italien.* Cologne. 1701. *in-*8°. N. ALE-

21. *Lettres d'un Docteur de l'Ordre de* XANDRE.
S. *Dominique , fur les ceremonies de
la Chine , au R. P. le Comte , de la
Compagnie de Jefus.* Cologne *in-*12.
pag. 102.

Seconde *Lettre , du même , au R. P.
Dez, Provincial des Jefuites ibid.* pag.
37.

Troifiéme *Lettre, du même, au R. P.
le Comte , fur fon Syfteme de l'ancienne
Religion de la Chine ,* pag. 29.

Quatriéme *Lettre du même, au R. P.
Dez. &c.* pag. 47.

Cinquiéme *Lettre, au même,* pag. 47.

Sixiéme *Lettre , au même,* pag. 22.

Septiéme *Lettre, au même,* pag. 24.

Toutes ces Lettres ont été traduites en *Italien ,* & imprimées en
cette Langue, à Cologne 1700. *in-*8°.
fous le titre de *Lettere intorno alle idolatrie e fuperftizioni della Sina.*

V. fon éloge dans la *Lettre d'un
Religieux de l'Ordre de S. Dominique.
fur fa mort,* 1724. *in-*12. & dans
la *Bibliotheque des Dominicains , du
P. Echard.*

FRANÇOIS LAMY,

F. LAMY. FRANÇOIS *Lamy*, nàquit à *Montreau* en 1636. d'une illuftre famille du Diocefe de *Chartres*. Il prit d'abord le parti de l'épée & porta quelque temps les armes ; mais touché du défir de fon falut , il renonça à toutes les efperances du monde, & entra dans la Congregation de S. Maur , où il fit profeffion dans l'Abbaye de S. *Remi de Reims* , le 30. Juin 1659. âgé de 23. ans.

Il fit par fon application de fi grands progrès dans la Philofophie, qu'il fut bien-tôt en état de la Regenter lui-même. En 1687. il fut fait Prieur de *Rebais*; mais les devoirs de cette Charge étoient trop oppofez à l'attrait qu'il fe fentoit pour l'étude , pour qu'il ne cherchât pas à s'en décharger. Il quitta la Superiorité en 1690. & fe retira dans l'Abbaye de S. *Denis* , où tout le refte de fa vie s'eft paffée à écrire & à compofer.

Il y eft mort le 11. Avril 1711. âgé

de 75 ans. C'étoit un homme d'ef- F. LAMY.
prit, droit, fincere, bon ami & fort
obligeant. Il étoit bon Philofophe,
aimoit beaucoup à mediter & lifoit
fort peu. Il écrivoit poliment, quoique fon ftyile foit quelquefois affecté, & trop peu naturel.

Catalogue de fes ouvrages.

1. *Paraphrafe fur les paroles de la
Profeffion Religieufe, felon la Regle de
S. Benoift :* Sufcipe me, Domine,
fecundum eloquium tuum & vivam,
& non confundas me ab expectatio-
ne mea. *Parif.* 1687. *in-24.* Ce Livre
eft bien écrit & plein d'onction.

2. *Conjectures Phyfiques fur quelques co-
lonnes de nüë, qui ont paru depuis quelques années, & fur les plus extraordinaires effets du Tonnerre, avec une explica-
tion de tout ce qui s'eft dit jufqu'ici des
trombes de Mer.* Paris 1689. *in-12.
Addition, où l'on verra de quelle maniere le Tonnerre tombé nouvellement fur
une Eglife de Lagni, a imprimé fur
une nappe d'Autel, une partie confiderable du Canon de la Meffe.* Paris 1689.
in-12 Cet Ouvrage eft curieux. Le
P. *Lamy* y explique fort naturellement des effets finguliers de la Natu-

F. LAMY. re, entr'autres celui du Tonnerre qui tomba cette année à *Lagni*, & imprima sur la nappe de l'Autel le Canon de la Messe, à la reserve des paroles de la Consecration, qui sont marquées en rouge.

3. *Verité évidente de la Religion Chrétienne, ou Elite de ses preuves, & de celles de sa liaison avec la divinité de Jesus-Christ. Paris* 1694. *in-*12. Il prouve dans cet Ouvrage que la Religion Chrétienne est évidemment vraie.

4. *Le nouvel Athéisme renversé, ou Réfutation du Systême de Spinosa, tiré pour la plupart de la connoissance de la Nature de l'Homme. Paris* 1696. *in-*12. Le P. Lamy réfute dans cet Ouvrage le Systême de Spinosa, d'abord par la Méthode commune, & ensuite par celle des Géometres.

5. *Des sentimens de Pieté sur la Profession Religieuse, Paris* 1697. *in-*12. C'est un Ouvrage plein d'onction.

6. *De la connoissance de soy-même. Paris* 6. *vol. in-*12. Le 1. & le 2. en 1694. les 2. suivans en 1697. & les 2. derniers en 1698. *It. augmentez. Paris.* 1700. 6. *vol. in-*12. C'est un des plus considerables Ouvrages de

l'Auteur, qui cependant est peu lû F. LAMY. & peu recherché maintenant.

7. *Lettre pour répondre à la critique du R. P. Malebranche, sur les trois derniers éclaircissemens de la connoissan- ce de soy-même, touchant l'Amour désinteressé. Paris* 1699. *in-*12. Il ré- pond dans ces Lettres aux reproches que le P. *Malebranche* lui avoit fait dans ses *Conversations chrétiennes*, de l'avoir voulu rendre suspect de Quié- tisme.

8. *Lettre d'un Théologien à un de ses amis, sur un Libelle, qui a pour titre : Lettre de L'Abbé . . . aux RR. PP. Benedictins, de la Congregation de S. Maur, sur le dernier Tome de leur édition de S. Augustin.* 1699. *in-*12. Le P. *Lamy* écrivit cette Lettre pour vanger les Benedictins du soupçon d'heresie qu'on leur imputoit.

9. *Plainte de l'Apologiste des Bene- dictins à MM. les Prélats de France,* 1699. *in-*8°. Cette plainte roule sur le même sujet que l'écrit précedent, le P. *Lamy* en préparoit un troisiéme, où il se proposoit d'entrer dans un dé- tail trés-circonstancié des reproches & des accusations de l'Auteur de

F.LAMY. la Lettre , lorfque le Roi impofa filence à l'un & à l'autre parti.

10. *Les faints gémiffemens de l'ame*
fur fon éloignement de Dieu. La tyra-
nie du Corps. ; premier fujet de gemir,
Paris 1701. *in*-12. p. 144. Cet ouvrage eft en forme d'afpiration , il
devoit avoir une fuite, mais l'Auteur
diftrait par d'autres occupations ne
l'a pas donnée.

11. *Les leçons de la fageffe fur l'en-*
gagement au fervice de Dieu. Paris
1703. *in*-12. Ce n'eft qu'une fort longue Paraphrafe du chapitre 11. de
l'Ecclefiafte.

12. *Lettres Philofophiques fur divers*
fujets importans. Trevoux 1703. *in*-12.
Ces Lettres font au nombre de fix ;
les Journaliftes de Trevoux n'en ont
pas jugé trop favorablement ; ils en
trouvent l'Auteur bien inferieur au
P. Malebranche, qu'il combat en quelques endroits, & ajoûtent , qu'il faut
cependant avoüer , que quoiqu'il
n'ait pas médité autant qu'il feroit à
fouhaiter les matieres qu'il traite, il
ne laiffe pas de s'exprimer avec beaucoup de facilité.

13. *La Rhetorique de College trahie*
par fon Apologifte dans fon Traité de la

veritable éloquence contre celui de la F. LAMY.
connoiffance de foi-même. Paris 1704.
in 12. Ce Livre eft contre M. *Gibert*
Profeffeur de Rhetorique au College
des Quatre Nations. Le P. *Lamy* n'a
compofé que cet Ouvrage dans cette
difpute qu'il a eu avec lui, quoique
M. *Gibert* en ait compofé quatre ou
cinq. Il s'y agiffoit de l'utilité de la
Rhetorique. Mais on peut dire qu'il
eft arrivé dans cette occafion, ce qui
arrive ordinairement dans toutes les
femblables; chacun attaque les fentimens de fon adverfaire, non pas tels
qu'ils font veritablement, mais tels
qu'il fe les imagine; ainfi aprés avoir
bien difputé, on n'eft pas plus avancé qu'auparavant. M. *Gibert* croyoit
que le P. Lamy vouloit attaquer la
veritable Eloquence, quoique ce n'eût
jamais efté fon deffein, & le P. *Lamy*
fe figuroit que M. *Gibert* vouloit autorifer cette Eloquence fauffe & vi-
cieufe, qui fert à féduire, & à favo-
rifer les paffions, & il étoit fort éloi-
gné de fes fentimens.

14. M. *Brulart de Sillery* Evêque
de *Soiffons* ne crut pas indigne de fon
rang de fe mêler dans cette conteftation, & de défendre l'Eloquence mal-

F. LAMY. traitée par le P. Lamy ; il lui écrivit pour cela deux lettres ausquelles le P. Lamy répondit, & ces Lettres ont esté imprimées ensemble.

15. *Les premiers élemens des Sciences, ou entrée aux connoissances solides, en divers entretiens proportionnez à la portée des commençans, & suivis d'un Essai de Logique. Paris* 1706. *in*-12. Cet ouvrage contient 14. Entretiens. Le Pere Lami y donne une espece de Metaphisique selon les idées de *Descartes*, & du P. *Malebranche* qu'il suit presque par tout, mais qu'il dévelope avec beaucoup d'ordre & de netteté.

16. *Lettres Theologiques & Morales sur quelques sujets importans. Paris* 1708, *in*-12. Ces Lettres sont écrites sous le nom d'un Solitaire à un ami. Il y en a huit. Il discute dans les quatre premieres la question, si la contrition est necessaire, dés que l'on s'apperçoit que l'on est tombé en peché mortel, & soutient l'affirmative. La cinquiéme roule sur la Morale des anciens Philosophes. Il fait voir dans la 6. que le culte exterieur & interieur sont également necessai-

ſes dans la Religion. Il explique dans F. LAMY. la 7. comment Jeſus-Chriſt a pû allier la ſouveraine beatitude avec la plus vive douleur. La derniere tend à montrer, qu'un Religieux qui eſt dans l'habitude de violer ſes Regles, peche mortellement.

17. *L'Incredule amené à la Religion par la raiſon, en quelques entretiens où l'on traite de l'alliance de la raiſon avec la Foy. Paris* 1710. *in-*12. Cet ouvrage eſt comme une ſuite des *premiers élemens des Sciences.* Il n'y a preſque rien de nouveau que l'ordre & la netteté, l'on y trouve beaucoup de choſes que le Pere Lamy avoit déja dit ailleurs. Comme les matieres qui y ſont traitées ſont abſtraites en elles-mêmes, l'Auteur s'eſt ſervi du Dialogue pour les rendre plus ſenſibles. Il y a neuf entretiens, qui ſont écrits avec beaucoup de force & de ſolidité.

18. *Reflexion ſur le Traité de la Priere publique. Paris* 1708. *in-*12. Brochure de 66. pag. Le P. *le Cerf* & le P. *Liron* diſent que cet ouvrage ne lui a point fait d'honneur, & qu'il y entreprend de refuter l'Auteur du Li-

LAMY. vre de la Priere publique fur un endroit de fon Livre qu'il n'avoit pas
entendu, comme cet Auteur le fit
voir par une courte réponfe qu'il y
oppofa.

19. *De la Connoiffance & de l'A-
mour de Dieu, avec l'Art de faire un
bon ufage des afflictions en cette vie.
Paris* 1712. *in*-12. Cet Ouvrage n'a
paru qu'après la mort du P. *Lamy.*

20. *Lettre à M. l'Abbé Brillon,
Docteur de Sorbonne pour la défenfe d'une
Demonftration Cartefienne de l'exiftence
de Dieu attaquée par ce Docteur dans
le Journal des Sçavans, du* 10. Jan-
vier 1701. Cette Lettre eft inferée dans
les *Memoires de Trevoux* des mois de
Janvier & Février 1701. p. 187.

21. Une *Lettre à M. de Malezieu*
Chancelier de la Principauté de *Dom-
bes,* où il fe plaint des Journaliftes de
Trevoux.

22. Le P. *Lamy* a publié en 1699.
in-8°. quelques lettres adreffées au P.
Malebranche, fur la conteftation qu'ils
avoient enfemble fur l'amour de Dieu,
& quelques autres, à Meffieurs *Leib-
nits, Puget* & autres Sçavans fur des
matieres Philofophiques.

23.

23. *Réfutation du Syſtème de la gra-* F. LAMY.
ce univerſelle de M. Nicole.

24. Il écrivit auſſi, ſelon le P.
Liron, contre une Diſſertation Latine de M. *Arnauld* ; mais cet écrit,
dont il n'apprend point le ſujet, avoit
plus de vivacité, que de ſolidité ; &
M. *Arnauld* le refuta ſolidement.

V. Son Eloge. *Bibliot. des Auteurs
Benedictins du P. le Cerf. & celle du
P. Pez. La Bibliot. Chartraine du P.
Liron.*

BART. DE CHASSENEUZ.

BARTHELEMI de *Chaſſeneuz*, B. CHAS-
en Latin *à Chaſſaneo*, Seigneur SENEUZ.
de *Prelai*, nâquit au mois d'Août
1480. à *Iſſy-l'Evêque*, Bourg à une demi journée de la Ville d'*Autun*. *Pitton*
qui dans ſon Hiſtoire de la Ville
d'*Aix*, le fait naître en 1477. ſe trom-
pe, car il s'en falloit encore quelques
années qu'il n'eût cinquante ans,
lorſqu'il compoſoit ſon *Catalogue de
la gloire du monde*, c'eſt-à-dire en
1527.

En 1488. ſes parens l'envoyerent

B. CHAS-
SENEUZ.

faire ses premieres études à *Corbigny* petite Ville du Nivernois. On ne sait si ce fut là ou ailleurs, qu'il continua de s'instruire dans les Belles Lettres & dans la Philosophie. Ce qu'il y a de sûr c'est qu'il n'avoit gueres que quinze ans, lorsqu'il fut envoyé pour étudier en Droit dans l'Université de *Dole*, sous un celebre Professeur, nommé *Jean de la Madelaine* dont il fait un grand éloge. Par le tems qu'il passa dans la suite en d'autres Universitez, on juge qu'il ne demeura gueres en celle-ci. Et cependant il y fit de si grands progrès dans l'étude de la Jurisprudence, qu'il forma dèslors le dessein de faire un Commentaire sur la Coûtume de Bourgogne.

Chasseneuz ayant quitté *Dole* alla à *Poitiers*, où il étudia en Droit, sous *Jacques le Brail*, & *Thomas Gusenier*, celebres Professeurs, dont le premier fut depuis Conseiller au Parlement de *Paris*, & le second, Avocat General au Parlement de *Bordeaux*, & ensuite premier Président au Parlement de *Provence*. Après s'être perfectionné dans l'étude des Loix Civiles, &

Canoniques en cette Université, pen-dant trois ans & demi, il jugea à propos d'aller, suivant l'usage de ce temps-là, prendre encore quelques leçons dans les Universités d'Italie. Il s'arrêta d'abord dans celle de *Turin*, où il augmenta le nombre des Ecoliers de *Thomas Parpalea*, & du celebre *Claude de Soyssel*.

B. CHAS-SENEUZ.

Mais il ne séjourna pas long-tems dans cette Ville, étant attiré à *Pavie*, par les grands noms de *Jason May-nus*, *Philippes Decius*, *François* & *Roch de Curte*, qui y professoient alors la Jurisprudence. Il y arriva vers le temps que *Louis XII.* venoit de faire la conquête du Milanois, c'est-à-dire 1499. & commença à y étudier avec une grande application sous ces quatre Professeurs. Malheureusement la Peste s'y étant fait sentir peu de tems après, il fut obligé de revenir en sa patrie; mais dès qu'elle fut cessé, l'amour de l'étude le fit retourner en cette Université.

En 1501 *Charles d'Amboise* ayant été envoyé par le Roy dans le Milanois, pour y commander, établit *Robert de Pradines* Capitaine de Justice

dans la Ville de *Milan.* Quoiqus
Chasseneuz fut encore fort jeune, son
merite déja connu le fit choisir pour
Affesseur de ce Magistrat. Ce ne fut
pas la seule faveur qu'il reçût de
Charles d'Amboise ; car ce Seigneur le
fit encore son Maître des Requêtes,
& *Chasseneuz* conserva ces deux emplois, tant qu'il demeura en Italie.

Au mois d'Août, de l'année suivante 1502. il reçut à Pavie, agé
seulement de 22. ans, le Bonnet de
Docteur. Qualité qui ne lui fit point
quitter celle d'Ecolier, puisqu'il dit
qu'il étudia en cette Université, pendant cinq ans entiers. Sa modestie ne
fit que donner plus d'éclat à son merite. Les Docteurs de cette Université, pour lui témoigner leur estime,
lui offrirent de l'aggréger au Corps
particulier de ceux qui y étoient éta-
blis, & qui en cette qualité joüis-
soient de plusieurs Privileges. *Chasseneuz* accepta cet honneur, mais il
n'en joüit pas, n'ayant pas eu le tems
d'aller à *Pavie* prêter le Serment
accoûtumé.

Il suivit *Charles d'Amboise* au Siége
de *Boulogne* ; & cette Ville ayant été

priſe en 1506. il fut obligé d'y de-B. CHAS-
meurer trois ou quatre mois à la Cour SENEUZ.
du Pape *Jules II.* auprès duquel *Charles d'Amboiſe* le laiſſa, tant pour ſes
propres affaires, que pour ſolliciter
un Chapeau de Cardinal, qu'il obtint, en faveur de *Louis d'Amboiſe*
ſon frere, Evéque d'*Autun* & d'*Alby.*

Chaſſeneuz partit de *Boulogne* le 6.
Janvier 1507. & après avoir porté
cette bonne nouvelle à ſon Maître,
& remis ſes deux Emplois entre ſes
mains, il repaſſa les Monts avec tant
de diligence, qu'il étoit à *Autun* au
commencement de Février de la mé-
me année. *Antoine Rams* ſon frere ute-
rin, & *Artus de Chaſſeneuz*, ſon frere germain, tous deux Chanoines
de l'Egliſe Cathedrale d'*Autun*, donnerent lieu à ce retour précipité, en
lui procurant un Mariage avantageux
avec *Pétronille Languet*, veuve de *Pierre Sevre*, Avocat du Roy au Bailliage d'*Autun* & de *Montcenis*. Mais le
bien que lui apporta cette femme
ne le dédommagea pas de ſa mauvaiſe
humeur, contre laquelle il lui eſt
échappé quelques plaintes dans ſes
Ouvrages.

B. CHAS-
SENEUZ.

Cette affaire confommée, *Chaffe-neuz* fongea à fe procurer un emploi. Il vint à *Paris* dans cette vûë, & y trouva *Guy de Rochefort*, alors Chancelier de France, bien difpofé en fa faveur. En effet, ce Chef de la Juftice lui fit d'abord expedier des Lettres de Maître des Réquêtes Honoraire, & promit de lui donner une Charge de Confeiller au Grand Confeil, lui ordonnant de retourner chez lui pour mettre ordre à fes affaires. Mais l'efperance qu'il avoit conçuë de ce côté-là, s'évanoüit bien vîte par la mort de ce Chancelier, qui arriva un mois après.

Chaffeneuz fe vit par-là obligé de retourner chez lui, réduit à y faire la profeffion de fimple Avocat. Il s'y diftingua d'abord de manière que *Guy Moreau* qui parvint dans la fuite, par fon mérite, aux premieres Charges du Parlement de *Dijon*, voulut lui donner des marques de fon eftime. Il avoit été pourvû après la mort de *Pierre Sevre* de la Charge d'Avocat du Roy au Bailliage d'*Autun* & de *Montcenis*. Mais fon habileté lui donnoit tant de pratique au Ba-

reau de ce Parlement, qu'il ne pouvoit réfider à *Autun*, pour y remplir fa Charge. Il commença par
choifir *Chaffeneuz* pour fon Subftitut,
en 1508. & peu de temps après il lui
réfigna cet Office. *Chaffeneuz* en fut
pourvû le 21. Aouft 1508. & y fut
inftallé le 25. Février fuivant.

Se voyant alors fixé dans la Ville
d'*Autun*, où la fterilité des affaires
lui donnoit du loifir, il fongea à mettre quelques Ouvrages au jour. Son
Commentaire fur la Coûtume de Bourgogne ; fon Catalogue de la Gloire
du Monde, & quelques autres Livres
doivent leur origine à ce loifir & lui
acquirent une reputation dont il re-
cueillit des fruits dans la fuite.

Il eut l'honneur d'haranguer à *Autun* le Roy *François I.* en 1521. au nom
de la Ville, & ce Prince en fut fi content qu'il lui fit dire qu'il eut à fuivre
la Cour, parce qu'il vouloit le faire
Confeiller en fon Grand Confeil; mais
Chaffeneuz le refufa, n'aimant point
la vie ambulante qu'il lui auroit fallu
mener à la fuite de ce Confeil, qui
n'étoit pas encore fédentaire, comme il l'a été depuis.

B. CHAS-
SENEUZ.
Le Parlement de *Dijon* lui donna peu de tems après une marque de distinction, l'ayant nommé au Roi le 8. Janvier 1524. avec deux autres, suivant qu'il se pratiquoit alors, pour remplir une place de Conseiller, vacante en cette Compagnie. Mais cette nomination n'eut pas le succès qu'on en attendoit.

Chasseneuz paroissoit avoir presque renoncé à toute vûë ambitieuse, quand au moment qu'il y pensoit le moins, le Roy se ressouvint de lui, & lui donna une Charge de Conseiller au Parlement de *Paris*, dont il fut pourvû le 3. Août 1531. *Blanchard* s'est trompé en le mettant au nombre des Conseillers qui furent reçûs en 1522.

Il se rendit aussi-tôt à *Paris*, pour prendre possession de sa nouvelle Charge ; mais quelques temps après, étant retourné à *Autun* pour mettre ordre à ses affaires, il y reçut au mois d'Aoust 1532. l'agréable nouvelle que le Roi venoit de le nommer à la Charge de Premier, ou plutôt de seul Président au Parlement

de

de Provence; car alors il n'y en avoit **B. Chas-**
point d'autre.

Il eut de grandes traverses à essuyer
dans ce dernier poste. A peine en eut-
il pris possession, qu'*Antoine Laugier,*
ou *Laugery,* Avocat General du Parlement de Provence, peu content
apparemment de la trop grande droi-
ture de ce nouveau Chef, chercha à
le perdre, en faisant quelques proce-
dures contre lui. *Chasseneuz* en étant
averti, demanda au Roy à se justifier. Sa demande parut si juste, que
pour reconnoître la verité, tant de
cette accusation, que de plusieurs autres malversations, dont étoient ac-
cusez divers Officiers de la même
Province, le Roi *François* I. y envoya quatre Présidens, un de *Paris,* un de *Bourdeaux,* un de *Toulouse*
& un de *Grenoble.*

Les Commissaires ayant verifié,
que les informations faites contre
Chasseneuz étoient fausses, ordon-
nerent à *Laugier* de comparoître au
Conseil du Roi, où ses calomnies
ayant été pleinement averées, il fut
condamné par Arrest de l'an 1535.
à une réparation envers le Premier

B. CHAS SENEUZ. Preſident, & en mille livres d'amende. Une ſatisfaction ſi autentique
procura quelque tranquilité à *Chaſſeneuz* ; mais il ſe preſenta quelque
tems après une autre affaire qui lui
donna bien de l'exercice. Il y avoit
long-temps, qu'en quelques lieux
des Comtez de Provence & du Ve-
naiſin., & particulierement aux Villages de *Cabrieres* & de *Merindol*,
il s'étoit gliſſé une Secte d'Heretiques, qu'on croyoit être un reſte des
anciens Vaudois. On en avoit pour-
ſuivi & condamné pluſieurs très-ſe-
verement ; mais cela ne ſuffiſant pas
pour arrêter cette Hereſie, le Roi
avoit mandé au Parlement de Provence de faire enſorte de l'extirper,
s'il étoit poſſible. La raiſon & la prudence vouloient qu'on commençat
par les voyes d'exhortation & de douceur avant que d'en venir aux dernieres extremitez. Cela étoit fort du
goût de *Chaſſeneuz*, mais cette moderation ne convenoit point au génie
impetueux des Provençaux. Les Hiftoriens nous apprennent d'ailleurs,
que quelques-uns des Officiers du
Parlement d'*Aix* avoient un interêt

particulier à la ruine de ces pauvres
Villageois.

Ainfi toute l'adreffe de *Chaffeneuz* ne put empêcher que ce Parlement ne rendit le celebre Arrêt du 18. Novembre 1540. par lequel non feulement plufieurs heretiques furent condamnés au feu par contumace, mais encore leurs femmes & enfans, qui n'avoient jamais efté citez ni entendus, furent bannis du Royaume & tous leurs biens confifquez. Et comme on fuppofoit que le lieu de *Mérindol* fervoit de retraite à toutes les perfonnes foupçonnées de mauvaife Doctrine, l'Arrêt ajoûtoit que toutes les maifons de ce Village, comme auffi le Château & quelques Forts des environs feroient démolis & rafez, les bois coupez à deux cens pas à l'entour, & le lieu rendu inhabitable.

Chaffeneuz ne confentit à figner ce terrible Arrêt, que dans l'efperance d'en éluder l'execution, laquelle n'étoit pas aifée à faire à moins que d'en venir aux armes. Les Hiftoriens demeurent d'accord que ce fut lui feul qui l'empêcha. Mais en lui en attri-

B. Chas-
seneuz.

buant la gloire, ils en rapportent une cause ridicule, dont il est facile de montrer la fausseté.

Ils disent qu'après cet Arrêt rendu un Gentilhomme d'*Arles* nommé le sieur d'*Alenc*, ami de *Chasseneuz*, s'entretenant avec lui de ce jugement, qui lui paroissoit trop rigoureux, le pria de se souvenir qu'autrefois étant à *Autun*, dans un tems où quelques Villages de l'Auxois demandoient qu'il plût au Juge d'Eglise d'excommunier les rats qui desoloient le Pays, il avoit pris la deffense de ces animaux, & remontré que le terme qui leur avoit esté donné pour comparoître, étoit trop court, d'autant plus qu'il y avoit pour eux du danger de se mettre en chemin, tous les chats des villages voisins étant aux aguets pour les arrêter en passant: sur quoi *Chasseneuz* avoit obtenu qu'ils seroient citez de nouveau, avec un plus long délai pour venir répondre; & cet exemple, dit-on, rappellé à propos en la memoire de ce Magistrat, le toucha si fort que depuis ce temps il mit tout en œuvre, pour faire donner aux Habitans de

Merindol le loifir de fe reconnoître. B. CHAS-
Si l'on remonte à la fource de ce SENIUZ.
conte, on la trouvera dans un Livre imprimé à Geneve en 1570. fous
ce titre : *Hiftoire des vrais témoins de
la verité, &c.* & plus connu fous le
nom de *Martyrologe des Proteftans.*
L'Auteur y racontant l'affaire de
Merindol & de *Cabrieres*, fait au long
mention de cette prétenduë converfation du fieur d'*Alenc*, avec le Premier Préfident de Provence ; mais il
eft aifé de faire voir que cet Auteur
trop credule, a pris pour une verité
une pláifanterie, qu'il avoit oüi dire,
fans daigner s'en informer plus exactement.

Car 1°. ce n'eft point dans fon
Catalogue de la gloire du monde, comme on le fuppofe, que *Chaffeneuz* a
parlé de ces fortes d'excommunications, mais dans le premier de fes
Confeils. 2°. Il n'y eft point queftion
de rats, mais de certaines mouches,
qui détruifoient les raifins, aux environs de la Ville de *Beaune*, & quoique cette difference paroifle peu im-
portante pour le fond, cela prouve
toûjours la negligence de ceux qui ont

B. CHAS-
SENEUZ.

debité cette Histoire 3°. *Chaffeneuz* n'y prend point la défense des animaux qui gâtent les fruits de la terre ; au contraire, après avoir examiné, peut-être trop serieusement, la validité de la procedure que l'on faisoit de son tems contre eux dans les Officialitez, il soutient qu'elle est legitime, & qu'on est en droit de les excommunier; sans qu'on trouve dans la Consultation la moindre chose sur le délai qu'on doit leur donner pour comparoître en Justice.

Il est donc visible que cette fable a esté inventée à plaisir & il est surprenant que nos Historiens se copiant les uns les autres, l'ayent tous adoptée sans examen. M. *de Thou* paroît sur tout être un peu descendu de sa gravité par les embellissemens qu'il a donnez à cette Historiette; & comme il avoit sans doute en main les ouvrages de *Chaffeneuz*, il est moins excusable qu'aucun autre de s'en être laissé imposer sur un fait de cette nature.

Non-seulement *Chaffeneuz* n'aprouva point l'Arrêt du Parlement d'*Aix* contre ceux de *Merindol*, mais il

témoigna ſur cela tant de fermeté, que B. CHAS-
de l'aveu des Hiſtoriens de Provence, SENEUZ.
quoique les Eccleſiaſtiques de cette
Province, & particulierément les
Archevêques d'*Aix* & d'*Arles* offriſ-
ſent de faire les frais neceſſaires pour
l'execution de cet Arrêt, on ne put
y parvenir tant qu'il vêcut.

Ce fut lui vray-ſemblablement,
qui manda à la Cour ce qui s'étoit
paſſé en cette affaire, & qui obtint
du Roi *François I.* les Lettres Patentes du 8. Février 1541. par leſquelles ce Prince accorda un pardon general à tous ceux qui avoient eſté
condamnez par l'Arrêt, pourvû que
dans trois mois, ils abjuraſſent leurs
dogmes. Auſſi tôt les Habitans de
Mérindol envoyerent à *Aix* deux
Deputez, pour demander qu'il plût au
Parlement de faire informer de leurs
erreurs, & de les leur faire connoître. *Chaſſeneuz* les ayant mandez,
leur remontra qu'il eſtoit inutile d'informer de ces erreurs, qui eſtoient
toutes notoires, les exhortant à y re-
noncer, & à ne pas obliger le Parlement à proceder contre eux en toute
rigueur; que cependant ils pouvoient

H h iiij

B. CHAS-
SENEUZ.

donner leur Confession de Foy, fur laquelle il feroit pourvû. Ils le firent en effet, par leur Requête du 7 Avril 1541. qui contenoit un grand nombre d'articles.

Mais pendant qu'on les examinoit tant en Provence qu'à Paris, où on les avoit envoyez, la mort emporta *Chaffeneuz*. Tous les Historiens conviennent qu'elle fut précipitée, & *Piton* affure dans fon Histoire de la Ville d'*Aix*, qu'il mourut empoifonné avec un bouquet de fleurs. Il ne nous apprend pas d'où ce coup lui vint; mais il y a lieu de foupçonner que ce fut l'effet de la haine, que conçurent contre lui ceux qui étoient fi fort acharnez à la ruine des Habitans de *Mérindol*, & qui peu aprés firent joüer contre eux cette fanglante Tragedie, dont les fuites ont fait tant de bruit.

Le tems de la mort de *Chaffeneuz* n'eft marqué précifément nulle part; on fçait feulement qu'il affifta encore, comme Commiffaire du Roi aux Etats de la Province, dont l'ouverture fe fit à *Aix* le 20. Janvier 1541. ou plutôt 1542. felon la maniere de

compter d'à prefent ; car l'année ne B. CHAS-
commençoit alors qu'à Pâques. *Guil-* SENEUZ.
laume Garçonnet fon fucceffeur ayant
efté pourvû de fa Charge par Lettres Patentes du 18. Juin de la même année : il faut que *Chaffeneuz* foit
mort dans l'intervalle.

Il n'a l'aiffé de *Petronille Languet*
fa femme , qui lui a furvécû ,
qu'un garçon & une fille. Le garçon
nommé *Artus* , a efté Confeiller
au Parlement de Dijon , & eft mort
affez jeune le 4. May 1560. après
avoir exercé cette Charge pendant
cinq ans feulemenr.

On lui attribuë fans fondement ,
un Traité de *Claufulis,* un autre *de Viris Illuftribus* , & des *Remarques fur
les Ordonnances* ; il n'a paru de lui
que les trois ouvrages fuivans.

1. *Commentarius fuper confuetudines
Burgundiæ , ac fere totius Galliæ. Lugd.
in-fol.* 1517. Cette Edition eft la premiere de cet ouvrage, qui a efté réimprimé plus de vingt fois. Il s'en eft
fait du vivant de *Chaffeneuz* jufqu'à
cinq Editions , toûjours augmentées
de nouvelles Remarques. Cette mul-
titude d'Editions fait voir le cas
qu'on a fait de ce Commentaire ; la

B. Chas-
seneuz.

peine que le fameux *Charles du Mou-*
lin a prise de le revoir d'un bout à
l'autre en 1525. & d'y faire des Obfervations pareilles à celles qu'il a faites fur quelques Livres d'*Alexandre*
& de *Decius*, le prouve encore mieux.
Il eſt vrai que pour en juger auſſi favorablement, il faut ſe rapprocher
du ſiecle où *Chaſſeneuz* écrivoit, &
entrer dans le goût des plus fameux
Juriſconſultes de ce tems-là. Contens
d'inſtruire leurs Lecteurs, ils ne ſongeoient point à polir leur ſtile. Pleins
d'une déference aveugle pour leurs
Maîtres, ils ne ſongeoient qu'à en-
taſſer autoritez ſur autoritez, & le
raiſonnement avoit peu de part à leurs
déciſions. Par cette maniere d'écrire,
non-ſeulement les Docteurs ultra-
montains, mais auſſi les plus eſti-
mez d'entre les nôtres, comme *Guy*
Pape, *Boyer*, *Bertrand*, *Tiraqueau*,
& pluſieurs autres, avoient merité les
applaudiſſemens de tous les Sçavans.
Faut-il donc s'étonner que *Chaſſe-*
neuz ait ſuivi la même route. Si depuis ce tems-là on a recherché d'a-
vantage les beautez de l'élocution ;
ſi l'on a banni des Livres de Juriſ-

prudence cette foule d'autoritez inu- B. CHAS-
tiles, fi l'on a enfin trouvé une ma- SENEUZ.
niere plus fimple & plus fure d'éclaircir les queftions de Droit & de Coutume, cela ne doit point diminuer
le merite de ceux qui ont défriché ce
champ plein d'épines, & qui nous
ont frayé le chemin à une plus grande perfection. De ce nombre a été
certainement *Chaffeneuz*, auquel on
a l'obligation d'avoir été un des premiers qui ait entrepris d'éclaircir le
Droit Coûtumier de France, & de
le concilier avec le Romain. C'eft
fans doute ce qui l'a rendu fouvent
incertain & timide, quand il a efté
queftion de decider. Reproche que
bien des gens lui font aujourd'hui
fans confiderer que c'étoit un effet de
fa modeftie, & que d'ailleurs il n'é-
toit pas fecouru de cette prodigieufe quantité d'Arrêts, qui ont efté rendus depuis fur toutes fortes de matieres, & qui ont fixé l'incertitude de
la Jurifprudence Françoife fur la plûpart des difficultez.

2. *Catalogus gloriæ Mundi. Lugd.*
1529. *in-fol.* C'eft la premiere édition, qui a été fuivie de quelques-

B. CHAS- autres. Dans le temps que *Chaffeneuz*
SENEUZ. travailloit fur la Coûtume de Bourgogne, quelques queftions de Pré-
feance, agitées entre certains Officiers,
lui avoient donné occafion d'approfon-
dir cette matiere, & de compofer un
Traité qu'il appelle, *Tractatus in ma-
teria Prælationis & Præcedentia diver-
forum & pæne omnium ftatuum*. Mais
le trouvant trop long pour l'inferer
dans fes Commentaires, il forma le
deffein de le faire imprimer à part.
C'eft pourquoi après qu'il eut publié
fon premier Ouvrage, il augmenta
celui-ci & l'enrichit tellement de ce
qu'il pût trouver dans les Livres de
convenable à fon plan, qu'il en fit
un volume auffi épais que l'autre.
Quoique ce Livre ait fait une grande reputation à fon Auteur par la
fingularité de la matiere, on peut
dire, cependant, que c'eft un pur
fatras.

3. *Confilia. Lugduni in-fol.* 1531.
réimprimés plufieurs fois depuis. Ce
font des Confultations fur differentes
matieres de Droit.

V. fon Eloge, par M. le Prefident
Bouhier, à la tête de fon *Commentaire*

fur la Coûtume de Bourgogne, imprimé à *Paris* en 1717. *in* 4°.

FRANÇOIS REDI.

FRANC,OIS *Redi* nâquit à F.REDI.
Arezzo, Ville de Tofcane, le 18.
Février 1626. d'une famille noble.
Il fit fes premieres études à *Florence*,
d'où il paffa à *Pife*, où il fut reçû
Docteur en Philofophie & en Medeci-
cine ; fon habileté dans l'une & l'autre de ces fciences lui acquit bien-
tôt une grande réputation. Le Grand
Duc *Ferdinand* II. le choifit pour
fon premier Medecin ; dignité que
Côme III. lui a confervée jufqu'à la
mort.

Ses grandes occupations ne l'empê-
choient pas de cultiver les Belles-Lettres ; il donnoit tous fes momens de
loifir à l'étude de la Langue Italienne ; & il a beaucoup travaillé au
Dictionnaire de *la Crufca*. M. *Ménage* dans fon Livre des *Origines de la
Langue Italienne*, reconnoît lui devoir beaucoup de chofes. D'ailleurs
il aimoit fort les Sçavans, & donnoit

F.Redi. avec plaifir , tous fes foins à ceux qui vouloient le devenir , auffi a-t-il formé plufieurs bons fujets.

Quoiqu'il fut fujet à plufieurs maladies, principalement au mal caduc, qui le tourmenta fort pendant les dernieres années de fa vie , il ne voulut jamais abandonner l'étude, & remplit toûjours avec exactitude les devoirs de la Charge de premier Medecin. Il fut trouvé mort dans fon lit, le 1. Mars 1697. Il étoit alors âgé de 71. ans.

Plufieurs Académies d'Italie le firent entrer dans leur Corps ; il fut reçû dans celle de *la Crufca* de *Florence* , dans celle des *Gelati* de *Boulogne* & dans celle des *Arcadiens* de *Rome*.

Catalogue de fes Ouvrages.

1. *Offervazioni intorno alle Vipere*, fatte da Fr. Redi. In Firenze 1664. in 4°. It. ibid. 1686. It. Paris 1666. in 12. It. traduites en Latin & inferées dans l'*Appendix* du premier tome des *Ephemerides des Curieux de la Nature*. Cet Ouvrage qui eft rempli de Remarques curieufes , ayant été attaqué en France, *Redi* fit une Ré-

ponſe modeſte à toutes les Objections F. REDI, qu'on avoit propoſées dans la Lettre ſuivante.

2. *Lettera di Fr. Redi ſopra alcune oppoſitioni fatte alle ſue Oſſervazioni intorno alle Vipere. In Firenze* 1670. *in* 4ⁿ.

3. *Eſperienze intorno alla Generatione degli Inſetti. In Firenze* 1668. *in* 4°. *Redi* fait voir dans cet Ouvrage que tous les Animaux ſe produiſent de la même maniere ; qu'on a tort de les diſtinguer en parfaits & imparfaits ; qu'il n'y en a point qui viennent de la ſeule pourriture, mais qu'ils ſont tous engendrez d'une veritable ſemence. Son Livre a été imprimé pluſieurs fois en Italien , & la cinquiéme édition s'en eſt faite à *Florence* en 1688. Il a été auſſi traduit en Latin , & imprimé ſous ce titre : *Fr. Redi Experimenta circa generationem inſectorum. Amſtelodami* , 1671. *in* 12. *figur.* Cet Ouvrage a été attaqué par le P. *Bonanni* Jeſuite, & *Redi* lui a répondu.

4. *Eſperienze intorno a diverſe coſe Naturali e particolarmente a quelle cheſi ſon portate dall' Indie. In Firenze*

F. REDI. 1671. *in* 40. *It.* traduit en Latin fous ce titre : *Experimenta circa res diverfas Naturales , quæ ex Indiis præcipue afferuntur ; acceffere obfervationes de Viperis , & Epiftola ad aliquot oppofitiones factas in fuas obfervationes circa Viperas , Itemque obfervationes circa illas Guttulas & fila ex vitro, quæ rupta in quacumque fui parte penitus communiuntur. Amftelodam.* 1675. *in* 12. Redi compofa cet Ouvrage à l'occafion de quelques Curiofitez que les Peres Francifcains arrivez des Indes Orientales, apporterent à la Cour de Tofcane en 1662. La derniere piece qui compofe le Recueil Latin , & qui traite de la Larme Batavique, a été traduite fur le manufcrit Italien. On la trouve auffi dans l'*Appendix* du fecond tome des *Ephemerides des Curieux de la Nature.*

5. *Le Vite di Dante e del Petrarca fcritte dà Lionardo Aretino , cavate dà un Manufcritto antico della Libreria di Fr. Redi , e confrontate con altri Tefti a penna. In Firenze* 1672. *in* 12. C'eft Redi qui a donné ces Vies au public.

6. *Offervazioni intorno à gli ani-*
mi

mali Viventi ; che ſi trovano negli ani-
mali viventi. In Firenze 1684. *in* 4°.
figur. Tous ces Ouvrages ſont écrits
d'un ſtile ſi pur & ſi beau , qu'on les
a ſouvent citez dans le Dictionnaire
de la *Cruſca.*

7. *Lettera intorno all' invenzione*
degli Occhiali di Naſo. In Firenze
1678. *in* 4°. Cette Lettre a été réimprimée une ſeconde fois à Florence avec des additions. Elle a été traduite en François par M. *Spon,*
qui l'a inſerée dans ſes *Recherches*
curieuſes d'Antiquité. Redi tâche d'y
déterminer le temps auquel les Lu-
netes ont été inventées , & prétend
qu'elles l'ont été ſur la fin du trei-
ziéme ſiécle, depuis l'an 1280. juſqu'en 1311.

8. *Bacco in Toſcana. Ditirambo di*
Fr. Redi con le annotationi. In Firenze
1685. *in* 4°. Cette piece de Poëſie eſt
une deſcription & un éloge des plus
excellens vins de la Toſcane. Les
notes , qui ſont pleines d'érudition ,
contiennent tout ce que les meilleurs
Ecrivains de tous païs , de tout âge ,
& de toute profeſſion ont dit ſur le
ſujet qu'il traite,

Tome III. I i

F. REDI.   9. *Sonetti. In Firenze* 1702. *in-fol.*
con figure. & *in* 12. Redi s'est toûjours appliqué à la Poësie. Comme il
en laissa en mourant plusieurs pieces,
qu'il n'avoit pas jugé à propos de
faire imprimer, le Grand Duc en a
fait faire un choix après sa mort, &
en a fait imprimer une soixantaine
avec de fort belles Planches. M. *Murator* dans son traité de la Poësie Italienne, assure qu'il y a beaucoup de
délicatesse, de douceur, de pureté de
stile, de netteté & de grace.

V. son Eloge par l'Abbé *Salvino
Salvini*, dans *le Vite degli Arcadi*
tome I.

Fin du troisiéme Volume.

TABLE

Des Auteurs contenus dans ce Volume, selon l'ordre des matieres qu'ils ont traitées dans leurs Ouvrages.

A

B

TABLE

C

Caroufels, Tournois, &c.

D

Dévotion.

DES MATIERES.

TABLE

F

Fêtes, Ceremonies, &c.

G

Geographie.

Geometrie.

Grammaire Hebraique.

Grammaire Latine.

H

Hiſtoire Generale.

DES MATIERES.

TABLE

Histoire des Sçavans.

J

Journaux.

L

Lettres.

Liturgie.

Logique.

DES MATIERES.

M

P

Philosophie Generale.

Tome III. K k

TABLE

Physique.

S

Sermons.

T

Théologie dogmatique.

La Religion en general.

KK ij

TABLE

V

Voyages.

Fin de la Table.

TABLE

NECROLOGIQUE,

Des Auteurs contenus dans ce Volume.

TABLE NECROLOGIQUE.

BONA, [Jean] mort le 20. Octobre 1674.

PAULLI, [Simon] mort en 1680.

HALLÉ, [Pierre] mort le 27. Decembre 1689.

HERMANT, [Godefroy] mort le 11. Juillet 1690.

VALOIS, [Adrien de] mort le 2. Juillet 1692.

THOMASSIN, [Loüis] mort le 24. Decembre 1695.

REDI, [François] mort le 1. Mars 1697.

AGUIRRE, [Joseph Saenz d'] mort le 19. Août 1699.

NORIS, [Henry] mort le 23. Fevrier 1704.

LUDOLF, [Job] mort le 8. Avril 1704.

BAILLET, [Adrien] mort le 12. Janvier 1706.

VAILLANT, [Jean-Foy] mort le 23. Octobre 1706.

TENTZELIUS, [Guill. Ernest.] mort le 24 Novembre 1707.

PAPIN, [Isaac] mort le 29. Juin 1709.

AURIA, [Vincent] mort le 6. Decembre 1710.

TABLE NECROLOGIQUE.

MAGALOTTI, [Laurent] mort le 2. Mars 1711.

LAMY, [François] mort le 11. Avril 1711.

GIORDANI, [Vitale] mort le 3. Novembre 1711.

TOMMASI, [Joseph-Marie] mort le 1. Janvier 1713.

COLLET, [Philibert] mort le 31. Mars 1718.

FEVRE, [Anne le] morte le 17. Août 1720.

DACIER, [André] mort le 18. Septembre 1723.

ALEXANDRE, [Noël,] mort le 21. Août 1724.

Fin de la Table Nécrologique.

De l'Imprimerie de Giffey.

www.ingramcontent.com/pod-product-compliance
Lightning Source LLC
Chambersburg PA
CBHW050744030726
47505CB00002B/389